Besinnliches zur Weihnachtszeit • Weihnachtsanthologie 2009

Besinnliches zur Weihnachtszeit

WEIHNACHTSANTHOLOGIE 2009

HERAUSGEGEBEN VON ROSWITHA ADAM

AUGUST VON GOETHE LITERATURVERLAG

IM GROSSEN HIRSCHGRABEN ZU FRANKFURT A/M

Das Programm des Verlages widmet sich
– in Erinnerung an die
Zusammenarbeit Heinrich Heines
und Annette von Droste-Hülshoffs
mit der Herausgeberin Elise von Hohenhausen –
der Literatur neuer Autoren.
Das Lektorat nimmt daher Manuskripte an,
um deren Einsendung das gebildete Publikum
gebeten wird.

Ein Unternehmen der Holding
FRANKFURTER VERLAGSGRUPPE
AKTIENGESELLSCHAFT AUGUST VON GOETHE
In der Straße des Goethehauses/Großer Hirschgraben 15
D-60311 Frankfurt a/M
Tel. 069-40-894-0 ✱ Fax 069-40-894-194
email: lektorat@frankfurter-literaturverlag.de

Medien- und Buchverlage
DR. VON HÄNSEL-HOHENHAUSEN
seit 1987

Websites der Verlagshäuser der Frankfurter Verlagsgruppe:

www.frankfurter-verlagsgruppe.de
www.frankfurter-literaturverlag.de
www.frankfurter-taschenbuchverlag.de
www.august-goethe-literaturverlag.de
www.fouque-literaturverlag.de
www.weimarer-schiller-presse.de
www.deutsche-hochschulschriften.de
www.deutsche-bibliothek-der-wissenschaften.de
www.haensel-hohenhausen.de

Bibliografische Information der Deutschen Nationalbibliothek
Die Deutsche Nationalbibliothek verzeichnet diese Publikation in der Deutschen
Nationalbibliografie; detaillierte bibliografische Daten sind im Internet
über http://dnb.d-nb.de abrufbar.

Satz und Lektorat: Marion Capell

Einbandillustration: Frankfurter Alte Oper

ISBN 978-3-86548-0654-8

Die Autoren des Verlags unterstützen den Bund Deutscher Schriftsteller e.V.,
der gemeinnützig neue Autoren bei der Verlagssuche berät.
Wenn Sie sich als Leser an dieser Förderung beteiligen möchten, überweisen Sie bitte
einen – auch gern geringen – Beitrag an die Volksbank Dreieich, Kto. 7305192, BLZ 505 922 00,
mit dem Stichwort „Literatur fördern". Die Autoren und der Verlag danken Ihnen dafür!

Gedruckt auf säurefreiem, alterungsbeständigen Papier,
hergestellt aus chlorfrei gebleichtem Zellstoff (TcF-Norm)

Printed in Germany

Horst Bieber

Keno lernt Weihnachten

Keno Douemphale hatte den Lehrgang „Deutsch für Fortgeschrittene“ mit der Traumnote „Eins Plus“ abgeschlossen und im Examen den Faustschen Osterspaziergang mit so viel Emphase und Frankfurter Dialekt vorgetragen, dass dem Leiter des örtlichen Goethe-Instituts die Tränen in die Augen traten und er spontan beschloss, für Keno Douemphale ein Reise-Stipendium durchzuboxen. Sein Antrag wurde wohlwollend, aber mit der den deutschen Behörden eigenen zeitraubenden Gründlichkeit behandelt, so dass er seinem Musterschüler die gute Nachricht erst Anfang November übermitteln konnte. Es war kühl geworden, nur knapp dreißig Grad und etwa 88 Prozent Luftfeuchtigkeit. Keno fröstelte; er hatte einen hellen Verstand, aber eine dunkle Haut. Genauer: Er war schwarz wie Ebenholz, gleichwohl fest entschlossen, das Land der Deutschen zu besuchen und eigenhändig jene Schneebälle zu formen, die ihm das Lehrbuch „Deutsch für Anfänger“ so nahe gebracht hatte.

Er landete Ende November in Deutschland, ziemlich enttäuscht darüber, im Anflug nur nasses Land zu sehen. In höflichster Diktion fragte er seinen Nachbarn, wie es denn mit Schnee in Deutschland stehe, und erhielt die verwirrende Antwort: „Tscha, ich bin Hamburger, bei uns gibt's keine weiße Weihnacht.“ Die beiden heftigen Landehüpfer unterbanden Kenos Wissbegier, wie er sich den Widerspruch von „weiß“ und „Nacht“ erklären dürfe. Wahrscheinlich hatte es etwas mit den vielzitierten Nordlichtern zu tun.

Er überstand die Einreiseformalitäten ohne nachhaltige Schäden an seinem positiven Deutschlandbild und stockte schon nach wenigen Schritten vor Dr. Meiers Sex-Shop, errötete, äußerlich nicht sichtbar, angesichts des Schaufensters und der Drohung, diesem sechs Mal zu begegnen, wurde dann aber von den aus dem Laden dringenden Tönen gefesselt.

„Stille Nacht“ knödelte ein Sopran, und Keno schaute verwirrt auf seine Uhr, die Ortszeit 14 Uhr anzeigte; andererseits herrschte draußen vor den Fenstern ein so nasses Dunkelgrau, dass es als Nacht durchgehen mochte. Aber die anschließende „Heilige Nacht“ verstand er nicht, bis sein Blick auf die Auslage fiel und er, neuerlich errötend, vor seinen Gedankenassoziationen flüchtete.

Ein grünes Gebilde bremste ihn bald wieder. Zwar erinnerte es ihn entfernt an die Nadelbäume seiner Heimat, aber solch ein saftiges Grün – er strich vorsichtig darüber und zuckte zusammen. Das war Plastik, kein Zweifel, mit dem Waldsterben musste es weit schlimmer sein, als man ihm erzählt hatte. Was allerdings die roten Bänder bedeuten mochten ...?

Sollten sie die Aufmerksamkeit der Passanten auf das Problem lenken? Diese Deutung lag nahe, passte allerdings nicht zu den roten Knollen, die wie überreife Kaffeefrüchte aussahen.

Liebliche Töne störten Kenos Überlegungen. „O du fröhliche ...“ drang an sein Ohr und ließ ihn erstarren. Hatte ihm sein Deutschlehrer nicht eingeschärft, Fremde auf jeden Fall zu siezen? „O du selige ...“ Mit der Seele war das so eine Sache! Keno war ein guter afrikanischer Animist und folglich religiös so tolerant, wie seine christlichen Lehrer auf dem Gymnasium zu sein behauptet hatten. Jedenfalls hatten sie strikt darauf bestanden, dieses unsichtbare Etwas befinde sich nur im Menschen, auf keinen Fall in Bäumen, Steinen oder gar Tieren ... „Weihnachtszeit!“ Aha, jetzt begriff er. Es war übertragen gemeint; es herrschte gerade Weihnachtszeit, aber die grau-gespannten Gesichter der an ihm Vorbeihastenden verrieten eigentlich keine Fröhlichkeit. Keno nickte versonnen – vielleicht waren diese Menschen nicht fröhlich, sondern selig. Er setzte ein ernstes Gesicht auf. Bis zum Weiterflug konsultierte er sein Wörterbuch.

„Nacht“ war ihm natürlich ein Begriff, auch „weihen“ fand er. Aber warum musste dieser feierliche Akt nachts, im Dunkeln geschehen? Keno beschloss, noch viel zu lernen, und erwarb als ersten Schritt dazu ein Transistorradio.

„Soll ich's einpacken?“, erkundigte sich die Verkäuferin.

„Nein“, erwiderte er verblüfft, „ich will's behalten, nicht verschicken.“

„Nein, ich meine, wollen Sie es verschenken?"
„Verschenken?"
Die Verkäuferin war eine Ausnahme, nämlich geduldig, und erläuterte deswegen: „Ja, verschenken. Zu Weihnachten."
„Ach, man verschenkt etwas zu Weihnachten?"
„Ja, sicher", belehrte sie ihn freundlich und deutete auf eine große Papierrolle. „Ich nehme also Weihnachtspapier."
Keno nickte überwältigt. Das gab's also auch, ein eigenes Papier zu diesem Zweck. Es musste ein großes Fest sein. Allerdings irritierte ihn der Aufdruck: Wieder diese Nadelzweige und „Rettet den deutschen Wald!", daran hängend ein bräunliches Gebilde, das er scharfsinnig als Samen identifizierte. Aber was sollte die brennende Kerze? Gut, im Wald war es dunkel, aber war es auch so nass, dass sich die Deutschen um einen Waldbrand keine Sorgen machen mussten?

Auf dem Weg zu seinem Gate prallte er gegen einen Mann, den er unschwer als Medizinmann erkannte. Langer roter Mantel, unten mit weißen Federn besetzt, langer weißer Bart und eine spitze rote Zipfelmütze. Ihm wurde warm ums Herz; das war ein Stück Heimat. Allerdings fand er den Sack recht groß, den der Rote in der Hand hielt. In seinem Dorf war der weise alte Mann mit kleinen Geschenken zufrieden, wenn man ihn um Rat bat. Und dieses seltsame Bündel nackter Äste verwirrte ihn vollends, diesen Zauber kannte er nicht. Doch schon wenige Meter weiter wurde ihm Erleuchtung zuteil: Ein zweiter Medizinmann kam in Sicht, die Konkurrenz schien hier ziemlich hart zu sein; gut möglich, dass sie mit diesen Bündeln ihre Reviere verteidigten. Das würde es sein, dazu passte, dass sie regelrecht um Kunden warben, und zwar lautstark und nachdrücklich, statt zu warten, ob einer etwas von ihnen wollte, und Keno ging auf, dass er eben eines der Grundprinzipien der Marktwirtschaft durchschaut hatte.

„Geht das Geschäft gut?", fragte er höflich. Der Rotbemützte knurrte: „Mäßig. Der verdammte Bart juckt." Ein eigenartiger Zusammenhang, dachte Keno. Er landete in Hamburg und dann bei Witwe Bullrich, die ihn herzlich mit „Min Jong" begrüßte, was ihn sehr beschäftigte.

Am nächsten Morgen entdeckte er ihre dritten Zähne im Glas und kam nach einigem Rechnen zu dem Schluss, dass in seiner Heimat die Frauen wohl früher heirateten. Beim Frühstück stand eine dicke, rote, brennende Kerze auf dem Tisch; er kombinierte und sagte, auf das Licht deutend: „Weihnachten?"
„Min Jong, du bist ja richtig gut", strahlte sie ihn an, und er strahlte zurück. Hatte er doch geahnt, dass es nichts mit der Zimmerbeleuchtung zu tun hatte.

Seine Hoffnung, die Geheimnisse dieses Weihnachtens zu durchschauen, erhielt jedoch einen bösen Stoß, als er in Witwe Bullrichs guter Stube einen grünen, stacheligen Ring betrachtete, der vier Kerzen trug. Drei waren unbenutzt, nur die vierte war ein Stück abgebrannt. Rote Bänder und holzige Früchte. Inmitten des Rings lagen Nüsse verschiedener Sorten. Ein seltsamer Zauber, und sobald er Witwe Bullrichs merkwürdigen Dialekt besser verstand, würde er sie danach fragen. Eines schien jedoch klar zu sein: Weihnachten war keine Nacht, sondern ein längerer Zustand.

Die nächsten Tage erkundete Keno die Stadt, anfangs etwas eingeschüchtert durch die hohe Dichte von Medizinmännern, denen es tatsächlich nicht gut zu gehen schien, mussten sie die Passanten doch mit kleinen Geschenken aus ihren Säcken bestechen, damit sie bei ihnen stehen blieben. Auch die Ritualgesänge lernte er beiläufig auswendig, die Stille Nacht und die Fröhliche Weihnachtszeit sowie die merkwürdigen Glöckchen, deren ungewöhnlichen Klang er allerdings nie vernahm; irgendwie musste auch ein entlaufenes Mädchen, die Tochter eines gewissen Zion, eine Rolle spielen, aber auch ihr begegnete er nie. Dagegen schien über seine Person gerade bei Kindern ein gewisses Missverständnis Platz zu greifen. „Guck mal, der sieht aus wie einer der drei Könige aus dem Morgenland!", jauchzte ein kleines Mädchen, und Keno sinnierte bis zum Abend, warum ausgerechnet in einer Stadtrepublik ein Monarch solche Begeisterung auslöste.

Zum Nachdenken wurde ihm überreichlich Gelegenheit geboten. Dieser Nadelbaum hatte unbedingt etwas mit Weihnachten zu tun; überall standen sie, groß und klein, zwar äußerlich sehr ähnlich, aber offenkundig, nach den Früchten zu schließen, doch extrem verschieden.

Keno staunte nicht schlecht über kindskopfgroße, lila glänzende Kugelfrüchte oder makellos goldene Äpfel. Eigentlich hätte er dieses unbekannte Obst gern einmal probiert, aber weil es niemand abpflückte, traute er sich auch nicht. Mit Witwe Bullrich kam er sprachlich noch nicht klar, und sein Lehrbuch „Deutsch für Kenner" ließ ihn im Stich. An manche Bäume traute er sich gar nicht näher heran, um nicht in Verdacht zu geraten, er habe es auf die Silberfäden abgesehen. Andererseits fand er es in guter Ordnung, dass im Kapitalismus der Reichtum offen zur Schau gestellt wurde.

Tage später verfiel er in tiefen Zweifel, weil in den Schaufenstern, die Keno als Abbilder der deutschen Wirklichkeit zu betrachten sich entschlossen hatte, immer häufiger eine seltsame Szene mit Hilfe hölzerner Puppen dargestellt wurde. Ein nacktes Baby – er fror schon beim Hinschauen – lag in einer seltsamen Gitterkonstruktion, die ausgesprochen ärmlich und unpraktisch wirkte, nicht anders als die Kleidung der anderen Figuren. Entsetzt registrierte er, dass sogar Tiere anwesend waren. Die Deutschen waren tierlieb, wie er von Witwe Bullrich wusste, die Katze, Köter und Kanarienvogel ihr Eigen nannte, aber dass diese Liebe zu Weihnachten so weit ging, sich mit Eseln abzugeben, jagte ihm einen Schrecken ein. Das mussten vorindustrielle Zustände sein, die er freilich in einem Punkt akzeptabel fand, weil ein Schwarzer ein offensichtlich gern gesehener Gast war. Äußerst unpraktisch erschien ihm überdies, dass einige Personen einen goldenen Ring um den Kopf trugen, dessen Funktion ihm überhaupt nicht einleuchten wollte.

Zudem fehlte es bei den Deutschen eindeutig an Einmütigkeit darüber, wer zu dieser Szene gehörte. Das Personal wechselte doch sehr stark von Schaufenster zu Schaufenster. Zum festen Bestand zählten das Kind, eine junge Frau und ein etwas älterer Mann, den er in seinen Grübeleien zum Großvater des Babys beförderte; wenigstens sah er so verdrießlich drein. Was freilich dieser Nadelbaum mit einem Neugeborenen zu tun hatte, blieb ihm verborgen.

Witwe Bullrich schickte ihn eines Tages auf den Markt, einen Tannenbaum zu kaufen, und drückte ihm zu diesem Behufe zwanzig Euro in die Hand. Sie mochte ihren ernsthaften Logiergast und dachte mit Schaudern an das Pieksen beim Heimtransport des Baumes. Keno blühte auf; endlich würden sich die Geheimnisse im unverfänglichen Dialog lüften lassen. Doch erst einmal löste der Markt einen Schock aus. So viele geschlagene Bäume! Hieß es nicht, der Wald stürbe? Hatte der deutsche Entwicklungshelfer nicht immer wieder die Wichtigkeit eines gesunden Baumbestandes betont? Oder war er auch einer der Propheten gewesen, die im eigenen Lande nicht gelten?

Erschüttert trug er sein Anliegen vor: „Ich hätte gerne einen Tannenbaum."

„Da habe ich eine wunderschöne Blautanne ..."

„Nein, nein, keine blaue Tanne" – Was es nicht alles gab! –, „sondern eine Weihnachtstanne."

„Mann Gottes, das ist doch ..." Der Verkäufer warf einen prüfenden Blick auf seinen Kunden, verschluckte den Rest und schlug versöhnlich vor: „Nehmen Sie eine schöne Fichte."

„Nein, eine Tanne soll es sein." Der Verkäufer nickte: „Ist schon recht. Zu Weihnachten heißt eine Fichte Tannenbaum." Bei diesem entschiedenen Ton wagte Keno nicht zu widersprechen, aber Witwe Bullrich war mit seinem Einkauf sehr zufrieden, stöhnte allerdings, das Engelshaar sei ihr ausgegangen. Keno blickte entsetzt auf ihre üppige Perücke und weigerte sich, Engelshaar einzukaufen. Das ging nun doch zu weit. Das Haar eines Engels, also, für Geld war doch wirklich alles zu beschaffen, und er stellte sich den Erzengel Michael, den er aus der Literatur sehr wohl kannte, mit Glatze vor. Bei aller Toleranz, diesen Frevel würde er nicht begehen, lieber selbst ein paar Locken opfern. Das bot er der Witwe Bullrich an, die darauf merkwürdig gereizt reagierte und ihn beauftragte, lieber eine Weihnachtsgans zu besorgen.

Dieses Tier hatte Keno in den Schaufensterszenen noch nie entdeckt, aber anscheinend hatte es seine Richtigkeit damit. Denn niemand lachte, als er diesen Vogel zu erwerben wünschte; eine hilfreiche Frau hinter der Theke fragte sogar, ob er auch die Füllung für die Gans gleich mitnehmen wolle, keine Weihnachtsgans ohne Füllung.

Den Rest des Tages wälzte er verwirrt seine diversen Lehrbücher; bei ihm zu Hause wurde Geflügel ausgenommen, in Deutschland hingegen gefüllt; bei Weihnachtsgänsen musste es sich um anatomisch äußerst eigenartige Tiere handeln.

Witwe Bullrich lud ihn zum Heiligabend ein, was er dankbar akzeptierte. Da stand die Fichte, genannt Weihnachtstannenbaum, barbarisch, fast kannibalisch geschmückt mit Haaren; der Witwe schien es finanziell nicht so gut zu gehen, hatte sie doch auf die Zurschaustellung von Silberfäden verzichtet. Neugierig betastete er die goldenen und silbernen Früchte, pflückte eine besonders große goldene, als die Witwe in der Küche zum letzten Mal die Gans mit Fett übergoss, und erschrak heftig, als die Frucht in seiner Hand platzte. Tiefsinnig begutachtete er die hauchdünnen Scherben. Das gehörte wohl auch zum Fest, manchmal mehr zu scheinen als zu sein. Der Baum schwankte noch immer, und ein Streifen Engelshaar entzündete sich an einer brennenden Kerze. Keno lachte erleichtert. Endlich durchschaute er, warum Flämmchen brannten und nicht nur elektrische Kerzenimitate. Der Baum loderte vorzüglich und entwickelte eine unheimlich, ihn an seine Heimat erinnernde Wärme, von der Keno so begeistert war, dass er die Löscharbeiten nachhaltig behinderte.

Ein Feuerwehrmann sagte kopfschüttelnd zu seinem Kollegen, das Wasserventil zudrehend: „Guck dir mal den komischen Kerl da an. Der hat wohl noch nie einen brennenden Weihnachtsbaum gesehen."

Julia Ellen Bösinger

Ein wandelnder Weihnachtsbaum

für meine Mutter, die ich über
alles auf der Welt lieb habe

Es gab vor langer Zeit einmal eine alte Dame, die spendete regelmäßig Geld an ein Waisenhaus. Sie war nämlich selbst eine Waise und wusste, wie es in Waisenhäusern aussah. Das Hauptproblem war immer das Geld. Nie blieb genug übrig, um die Decke zu reparieren und die Wände zu streichen, das Badezimmer zu renovieren und die Vorhänge zu wechseln. Die alte Dame spendete so viel an das Waisenhaus, dass kaum noch Geld für sie selbst übrig blieb. Oft litt sie sehr darunter, doch es war besser, dass junge Kinder ein gutes Leben führten anstatt so alte Damen wie sie. Und so wohnte sie in dem benachbarten, kleinen Haus, das bald einzustürzen drohte.

Eines Tages besuchte die alte Dame mal wieder das Waisenhaus, um ihren alten Rucksack zu spenden. Überall entdeckte sie lächelnde Gesichter, die hinter ihren dunklen Gesichtszügen hervorlugten. Die alte Dame erinnerte sich noch gut, wie es war, als sie ein kleines Mädchen war, und schmunzelte so warmherzig, dass sich tiefe Falten in ihr Gesicht legten. Sie lief weiter, weiter in das Büro der Chefin des Hauses. „Guten Tag", grüßte die alte Dame, nachdem sie die Tür aufgeschoben hatte und im Zimmer vor der Leiterin stand, „ich möchte mal wieder etwas spenden." Die alte Dame nahm ihren Rucksack vom Rücken und stellte ihn auf den Schreibtisch. Die Chefin namens Miss Gunnig schüttelte widerstrebend den Kopf. „Nein, nein! Das tut mir wirklich leid, aber Sie leiden unter viel größeren Geldproblemen als wir!", drückte sie streng hervor, doch die alte Dame war sehr warmherzig und zu jeder guten Tat bereit. „Doch, doch!", antwortete sie deshalb. „Nein, entschuldigen Sie bitte, aber ... aber ... so kurz vor Weihnachten wollen Sie doch bestimmt auch was für Ihre Enkel kaufen." Miss Gunnig wirkte sehr überzeugt.

Aber die alte Dame machte ihr einen Strich durch die Rechnung: „Ich habe keine Enkel. Nur meine Schwester, und die lebt schon lange nicht mehr hier unten, sondern da oben im Himmel. Selbst wenn ich eine Taube mit Geschenken losschicken würde, es käme nichts an." Miss Gunnig war sprachlos. Was konnte sie dagegen noch sagen? Doch dann erwiderte sie schmerzvoll: „Tut mir wirklich, wirklich leid! Aber Sie müssen das Haus jetzt verlassen. Vielleicht kommen Sie so zur Vernunft und gönnen sich auch mal etwas. Ich komme hier auch allein zurecht." Die alte Dame sah nun ein, dass sie so nicht weiterkam. Das stimmte nämlich, was Miss Gunnig gesagt hatte. Sie gönnte sich wirklich nichts, gab alles stets nur dem Waisenhaus. Und trotzdem langte es nicht, um das brüchige Waisenhaus zu renovieren. So verließ die alte Dame das Haus und trat wieder über ihre eigene Schwelle in ihr Haus. Jedoch hatte sie ihren Rucksack dort „aus Versehen" stehen lassen, so dass das Waisenhaus ihn nun doch behalten musste.

Der Schnee fiel leise rieselnd zu Boden und hinterließ eine weiße Schneelandschaft und tiefe Fußstapfen, wo die alte Dame gelaufen war. Alles war bestreut, als ob man Puderzucker hinüber gesät hätte. Die alte Dame schaute aus dem Fenster. Sie konnte von dort aus alle Nachbarn beobachten. In jedem Haus, war es auch noch so heruntergekommen, erblickte sie einen Tannenbaum. Jeder war wunderschön geschmückt und hatte Sterne, Engel oder ein Kreuz auf die Spitze gesetzt bekommen. Doch dann sah sie in das Waisenhaus. In ihm stand kein Tannenbaum, es gab keinen Zweig, noch nicht einmal ein Blättchen, und alle Kinder starrten gelangweilt auf ihr Essen. Die alte Dame wurde bei diesem Anblick ganz betrübt und überlegte lange Zeit, was sie tun könnte. Einen Tannenbaum konnte sie nicht besorgen, sie konnte sich ja selbst keinen leisten. Also wollte sie überlegen. Und sie überlegte, sie überlegte so lange, bis sie einschlief.

„Ich ging, ich lief, nein, ich rannte. Hinter mir mein Haus, es verfolgte mich. Mein altes, brüchiges Haus hatte lange, krumme Holzbeine bekommen, die links und rechts aus den Fenstern ragten. Um mich herum standen große Villen mit noch größeren Gärten.

Kein Mensch war weit und breit zu sehen. Noch nicht einmal eine Katze schlich durch die Anlagen, nur das Geräusch meines Schnaufens und das des laufenden Hauses war zu vernehmen. Ich kämpfte mich Schritt um Schritt voran. Warum war ich bloß so langsam? Klar, ich war schon über siebzig, und sicher trieb ich seit mindestens vierzig Jahren keinen Sport mehr, aber etwas schneller als eine Schnecke durfte man doch wohl sein, oder? Auf jeden Fall war das Haus genauso langsam wie ich. Vor mir erstreckte sich eine ellenlange Straße, die nirgendwo aufzuhören schien. Wahrscheinlich verlief sie einmal um die ganze Erde herum, und ich würde irgendwann hier wieder ankommen. Hier, ja, wo war ich denn überhaupt? Ich erkannte nur wenig, da ich meine große Brille mit den eckigen Gläsern nicht aufhatte. Aber ich sah wenigstens noch den Weg und die Häuser, die allmählich dichter wurden. Plötzlich stolperte ich. Das Haus kam langsam näher. Was wollte es? Ich hatte nicht die geringste Ahnung, was ein großes, starkes Haus mit einem kleinen (na, ja, mittelgroßen), alten, runzligen Menschen wie mir anstellen würde. Auf einmal verschwamm alles – aber es war nicht meine Sehkraft, sondern alles verschwand: zuerst die anderen Häuser, dann mein Haus und schließlich die Straße und der Hintergrund. Ole, der Junge vom Waisenhaus, trat vor mich. Alles um mich herum wurde grün. ‚Warum schenkst du uns nur unnütze Sachen und nie einen Weihnachtsbaum? Ich mag dich nicht mehr!', rief er erschüttert und rannte davon. Das versetzte mir einen Stoß. So gern ich die anderen Kinder auch immer gemocht habe, ihn mochte ich ganz besonders gern. Er war voller Energie und Streiche, dass man ein ganzes Fass hätte damit füllen können. Er war wie mein eigener Sohn. Doch nun mochte er mich nicht mehr! Genauso unerwartet, wie das mit Ole gerade passiert war, geschah dies jetzt: Eine Taube kam vom Himmel herab geflogen, an ihren Füßen gebunden ein kleines Päckchen. Sie landete auf meiner Schulter und hob den Fuß an. Es stand nur darauf: deine Schwester. Ich musste mir über die Backe wischen. Wie sehr vermisste ich meine große Schwester doch. Und nun das! Schnell band ich das Päckchen los, die Taube verschwand wieder hinter ein paar Wolken. Ich riss das Geschenkpapier mit Weihnachtsbäumen darauf auf. Zum Vorschein kam eine Nähmaschine.

Eine kleine, nützliche Nähmaschine. Ich war im ersten Moment verdutzt, doch dann erhob ich mich, und lief mit dem Geschenk des Himmels davon. Langsam verschwamm wieder alles, es wurde ganz schwarz um mich herum. Dann wachte ich auf ...“

Die alte Dame fuhr hoch. Sie hatte geträumt. Ein komischer Traum mit Nähmaschinen und einer Taube. Da fuhr ihr ein Gedanke durch den Kopf. Ein großer und wichtiger Gedanke. Und mitten in der Nacht machte sie sich auf in den Wald und sammelte Zweige von Tannen. Dann, als sie erschöpft nach Hause kam, ging sie in ihr Arbeitszimmer, in dem nur noch ein alter Schreibtisch mit einem angekauten Bleistift und halb voll geschriebenen Papieren stand. Alles andere hatte sie dem Waisenhaus bereits gespendet. Sie ging hinter den Schreibtisch und zog eine Kiste hervor. „Das“ war noch übrig geblieben. Sie hatte es nicht übers Herz gebracht, es zu verschenken. „Das“ war das Geschenk, das ihre Schwester ihr gemacht hatte, kurz bevor sie gestorben war. Es war die Nähmaschine aus dem Traum. Die alte Dame suchte in ihrem ganzen Haus grüne Stofffetzen zusammen, egal ob dunkelgrün, hellgrün, blaugrün, gelbgrün oder einfach nur grün. Alles nähte sie zusammen zu einem langen Kleid. Das dauerte die ganze Nacht, und als es dämmerte, nahm die alte Dame die Zweige aus dem Wald und stickte sie an ihr grünes Stofffetzenkleid. Nun sammelte sie in ihrem ganzen kaputten Haus Dinge zusammen wie Löffel, kleine Puppen (die sie noch nicht gespendet hatte), abgenutzte Mützen von ihr, angekokelte Fotos von kleinen Kätzchen, Zeitungsartikel und vieles mehr, hängte alles sorgfältig an die angestrickten Zweige und zog sich das ganze, voll beladene Kleid an. Sie sah aus wie ein wandelnder Weihnachtsbaum. Da leuchtete ihr Gesicht plötzlich auf. Sie schneiderte noch schnell aus den übrig gebliebenen Fetzten eine „grüne Taube“ und steckte sie oben auf die Spitze ihres Kopfes. Sie sah sehr zufrieden aus.

Als es Heilig Abend war und das Waisenhaus immer noch keinen Weihnachtsbaum besaß, zog sich die alte Dame ihr selbst gemachtes Kleid über und schritt in das angrenzende Waisenhaus. Sie klopfte und lächelte erwartungsvoll.

Die Kinder öffneten laut schreiend die Tür und kamen aus dem Staunen nicht mehr heraus. Sie waren wie im Traum und grinsten in sich hinein. Da trat die Chefin durch die Kindermengen und starrte sie an, als wäre sie von einem fernen Stern angereist. Die alte Dame schmunzelte und flüsterte: „Ich möchte euer Weihnachtsbaum sein und euch eine Freude machen!“ Frau Gunnig blickte zwar komisch, ließ sie jedoch durch. Die alte Dame stellte sich in die Mitte des Essraumes, in dem sich alle gerade aufhielten, und flüsterte wieder: „Ich fühle mich hier wie zu Hause, denn bei mir daheim ist niemand außer mir. Ich müsste alleine feiern. Doch hier sind viele nette Kinder, denen ich wenigstens eine Freude machen kann. Euer Lächeln ist für mich wie ein Geschenk des Himmels, bitte lasst mich mit euch feiern.“ Nach und nach riefen alle Kinder: „Jaa!“ und umkreisten sie. Ole, ganz vorne dran, hauchte der alten Dame noch zu: „Ich mag Sie!“ Und alle Kinder machten einen Kreis um sie und sangen Weihnachtslieder. Der alten Dame rannen Tränen die roten Bäckchen hinunter. Sie war so glücklich, dass man es nicht beschreiben hätte können, selbst wenn man sie selbst gewesen wäre. Es war nun mal ein einmaliger Augenblick. Auch für die alte Dame – denn so etwas hatte sie sich insgeheim schon immer gewünscht.

Jean Colombera

Richie Reich

Es war gegen halb zehn Uhr abends, als es an der Haustür klingelte. James, der Butler, öffnete behutsam die Tür und begrüßte den unerwünschten Gast. Vor der Tür stand ein in schwarz gekleideter Mann, der nicht gerade den allerbesten Eindruck vermittelte. Vertrauen und Sympathie erweckte er bei James jedenfalls nicht.
„Wiederum ein Bettler ... wie so oft in den letzten Tagen", grummelte der Butler vor sich hin.
„Mein Herr ... wir sind kein Wohlfahrtsinstitut ... gehen Sie zur Sozialhilfe", fauchte James den ungebetenen Gast an.
Der Mann am Türrahmen erwiderte trocken: „Ich will mit deinem Meister sprechen!"
„Der hat keine Zeit. Bei ihm geht es nur mit Termin", entgegnete James schroff.
„Ich brauche keinen Termin. Sage deinem Meister, dass ich ihn sehen will!"
James bekam Gänsehaut, denn diese furchterregende Person hatte etwas Unheilvolles an sich.
„Wen soll ich ankündigen?"
„Sag deinem Meister, dass der Tod vor der Tür wartet."
Wie ein Roboter, mit erstarrter Mimik und halb geöffnetem Mund, ging James, ohne anzuklopfen, ins Büro seines Meisters, Sir Richie Reich.
„Sir ..."
„James, ich will nicht gestört werden. Ich muss einen Weg finden, um mein Kapital zu retten. Diese Finanzkrise hat die Karten neu gemischt. Ich muss schauen, wie ich mein Geld gewinnbringend anlege, deshalb will ich nichts hören und niemanden sehen."
„Sir ..."
„Ich habe Nein gesagt ..."
„In Ordnung, Sir, ich wollte Ihnen nur mitteilen, dass der Tod vor der Tür steht."

„James ... was für ein Schwachsinn ... das bin ich nicht von dir gewohnt."
„Kann ich ihn raufschicken?"
„James, mach was du willst, aber verschwinde!"
Witze wollte Richie Reich in diesem Augenblick nicht hören. Er hatte ein milliardenschweres Imperium aufgebaut, und jetzt galt es, die richtigen Entscheidungen zu treffen. Er hatte sich wieder in seinen Gedanken vertieft, als plötzlich eine harte Stimme ihn aus den mathematischen Zahlen herausriss.
„Ich bin hier, um dir zu sagen, dass ich dich in zwei Tagen bei meiner Rückkehr mitnehmen werde. Nütze die dir noch zur Verfügung stehende Zeit, um alles in Ordnung zu bringen und dein Testament zu schreiben!"
Beim Anblick dieser Kreatur war Richie wie versteinert.
„Aber ... was soll das? ... wer bist du?", stammelte der Multimilliardär.
„Deine Zeit ist abgelaufen. Ich bin dein Freund ... der Tod."
„Aber ich will nicht sterben ... ich bin noch jung, habe eine Frau und zwei Kinder ... und ich muss mich um den Betrieb kümmern."
„Mach dir keine Sorgen! Ein anderer wird deine Arbeit übernehmen und für deine Familie sorgen", sagte der Tod. „Wir sehen uns in zwei Tagen wieder. Bis dann!"
„Nein, warte! Lass mich noch hier auf Erden! Wie viel Geld willst du? Ich kann dir alles geben ... ich bin steinreich."
„Ich bin unbezahlbar ... mein Freund."
Dann verschwand der Tod so leise, wie er gekommen war.

Richie Reich war so betroffen und kreischte so laut, dass die ganze Nachbarschaft sich vor seinem Haus versammelte. Die Kunde verbreitete sich wie ein Lauffeuer im ganzen Lande, dass der reichste aller Männer bald sterben würde.

Daraufhin meldete sich Magnus, ein Zauberer, bei Richie an und machte ihm folgenden Vorschlag: „Ich werde dich vor dem Tod retten, aber ich stelle folgende Bedingung: Du musst die Hälfte deines Besitzes testamentarisch armen Kindern vermachen, die andere Hälfte wird deine Familie bekommen."
„Aber dann bleibt mir ja gar nichts mehr übrig ...", stöhnte Richie.

„Entweder reich und tot oder arm und lebendig", erwiderte Magnus. Das war eine schwere Entscheidung. All seinen Reichtum aufzugeben ... das war doch eine Zumutung, das war unmenschlich, unfassbar, einfach verrückt. Jahrelang hatte Richie für seinen Wohlstand gearbeitet. Die Uhr tickte und tickte. Schließlich, von Angst getrieben, gab Richie nach und tat, wie vom Zauberer befohlen. „So", sagte der Zauberer, „jetzt werde ich dich vor dem Tode retten." Er nahm seinen Zauberstab, sprach eine magische Formel und verwandelte Richie in einen bunten Papagei. Richie saß nun in einem goldenen Käfig. Das Einzige, was ihn von einem richtigen Papagei unterschied, war, dass er noch wie ein Mensch reden und überlegen konnte.

Als die zwei Tage abgelaufen waren, kam der Tod ins Haus und wollte Richie mitnehmen. Der Butler erzählte ihm, was geschehen war.
„So", sagte der Tod, als er den Papagei anblickte, „du hast mich reingelegt ... aber ich habe Geduld ... sehr viel Geduld. Ich werde in fünf Jahren wiederkommen ..."
„Was? Du gibst mir nur fünf Jahre ...", stammelte Richie.
„Du wirst mir noch danken", spottete der Tod und verschwand.

Am Anfang war Richie das Maskottchen des Hauses. Jeder fand ihn süß ... außer dem Kater ... der mit seinen Pfoten immerwährend versuchte, ihn zu fangen. Richie musste auf der Hut sein. Der Kater wollte ihn fressen. Darum gebot Richie dem Butler James, den Kater aus dem Haus zu schaffen, was bei Richies Frau und seinen Kindern auf Widerstand stieß. Damit hatte er sich ernsthafte Feinde gemacht. Von nun an waren sie nicht mehr lieb zu ihm. Das Fressen stellte auch ein großes Problem dar. Richie bekam immer dieselben Körner vorgesetzt und nur Wasser zu trinken, denn sein Magen vertrug nichts anderes. Noch vor kurzer Zeit war er mit Kaviar und Champagner verwöhnt worden. Die Bewegungsfreiheit ließ auch zu wünschen übrig. Hier im Käfig flog er von einem Gitter auf das andere. Zwanzig Zentimeter nach links, zwanzig Zentimeter nach rechts. Früher fuhr er mit seinem Sportwagen in alle Richtungen. War das hier langweilig! Kein Fest, keine Party, kein Restaurant, keine Ferien ...

Dann musste Richie zusehen, wie seine Frau und seine zwei Kinder seinen ganzen Reichtum verprassten und sich flott und ordentlich austobten.
Auch James hatte sich verändert und betrachtete ihn als einen Vogel. Richie schrie sich die Seele aus dem Leib und bekundete, mit dieser Manier nicht einverstanden zu sein. Das Resultat war, dass der Tierarzt ihm ein Beruhigungspulver verschrieb. Langsam verfiel Richie, der Papagei, in eine schwere Depression.

Nach drei Jahren ließ er den Zauberer zu sich kommen.
„Magnus ...", flehte Richie ihn an, „verwandle mich wieder in einen Menschen!"
„Dann wird der Tod dich aber mitnehmen", entgegnete Magnus.
Das war Richie so lang wie breit. Nun war er endlich wieder Mensch. Der Tod ließ nicht lange auf sich warten.
„So, bist du jetzt zufrieden?", fragte er Richie.
„Du hattest Recht ... wäre ich dir vor drei Jahren gefolgt, dann hätte ich vieles nicht sehen müssen."
Der Tod grinste: „Richie ... ich will dir etwas verraten. Ich war Magnus, der Zauberer, und habe dich in einen Papagei verwandelt." „Was ...?" „Falls ich dich vor drei Jahren mitgenommen hätte, hättest du nichts von diesem Leben hier auf Erde verstanden. Du warst zu reich, um das Leid anderer Leute zu fühlen. Jetzt bist du reif! Du hast dein Abitur bestanden. Du kannst nun diese Erde verlassen, und ich werde dir noch einen letzten Wunsch erfüllen. Was begehrt dein Herz?"
Richie antwortete, ohne zu zögern: „Ich möchte, dass die Leute umdenken!"
„Dieser Wunsch soll sich erfüllen", sagte der Tod, „aber es wird noch etliche Zeit dauern."

Dann nahm er Richie an die Hand und mit in die himmlischen Gefilde.

Renate Dalaun

Das Geschenk

Zur Mitternachtsmesse will er pilgern. Er könnte auch mit dem Auto fahren, aber er hat sich am Totenbett seiner Mutter eine Pilgerreise vorgenommen.
Die Stadtgemeinde der neuen Vorstadtkirche bietet den Gläubigen die Möglichkeit, das Kind in der Krippe vor der Anbetung zu beschenken. Obwohl sich Übernatürliches von der modernen Welt verabschiedet zu haben scheint, fühlen sich viele Menschen angesprochen. Diese neue Windrichtung beflügelt auch ihn.
Aus Musterkatalogen hat er mit der Frau zusammen ausgewählt und sich fachmännisch beraten lassen.
Keiner außer ihm wird eine so kostbare Altardecke aus Brokat und eine zweite, die so kunstvolle Stickereien verzieren, stiften. Davon ist er überzeugt. „Geschmack muß man eben haben", stellt er fest, und die Frau stimmt zu.
Der Herr in der Krippe wird die Geschenke als Wiedergutmachung für die Sünden des vergangenen Jahres annehmen. Das glaubt er sicher zu wissen. Hinter seiner Stirn arbeiten seine Gedanken fieberhaft. Dann schnellt der Zeigefinger in die Luft. Den Einfall will er nicht missen: Ja, früher als geplant, muß er aufbrechen, um Zeit einzuplanen und dem Herrn Pfarrer das kostbare Geschenk zeigen zu können. Er stellt sich dessen Staunen über den Geschmack und die Freigiebigkeit des „Bauern" vor. Der Gedanke läßt ihn wachsen. Kerzengerade steht er, eine Hand in die Hüfte gestemmt, vor dem ausgebreiteten Geschenk und läßt seinen Gönnerblick über diese Pracht gleiten.
Auch Bekannte sollen sein Geschenk bestaunen, ihn, den Großbauern nicht für kleinlich oder gar geizig halten. Man sieht ihm die fruchtbaren Felder und satten Wiesen an. Genugtuung durchströmt ihn bei diesen Überlegungen. Er versteht seinen Besitz nicht nur zu verwalten und zu vermehren. Auch dem Christkind gibt er von seinem Überfluß ab.

Der Bauer verzieht das Gesicht zu einem zwischen Ironie und gönnerhaften Wohlwollen changierenden Lächeln. Er gehört zu den Menschen, die, noch kaum erwacht, zu arbeiten beginnen. Triumphierend schaut er am Morgen auf die Weckuhr, wenn er vor ihrem Rasseln die Beine energisch aus dem Bett schleudert, um der Erste im Stall und auf dem Feld zu sein. Es bereitet ihm Freude, Mägde und Knechte anzufeuern, sich als Vorbild zu präsentieren. Auch beim Verkauf seiner Waren versteht er es wie kein anderer, Profit zu erzielen. Man hält ihn für klug, aber für kleinlich, sogar für geizig. Diese Vorstellung muß er widerlegen. Der Pilger geht in den Stall, ignoriert das wiehernde Pferd und bindet den Esel los. Mit ihm beschließt er, zur Krippe zu pilgern. Pünktlich wird er an der Mitternachtsmesse teilnehmen. Den Esel darf er dort in der kleinen Anlage neben der Kirche anbinden. Auf das einfältige, geduldige Tier kann er sich verlassen. Nach den Feierlichkeiten soll es ihn nach Hause tragen. Hoch über den geduckten Häusern der Dörfer geht er durch eine Lerchenwiese, die ihm den Blick auf die ferne Stadt freigibt. Eigentlich hält er sich nicht gerne dort auf. Nicht allein der fehlenden Parkplätze wegen. Schmutz, Lärm und die Gesichter der Menschen, in denen die Langeweile geschrieben steht, wenn sie im Straßencafé ihren Kaffee trinken, mißfallen ihm.
Von oben kann er auch das Pfarrhaus neben der Kirche sehen, wo er den Herrn Pfarrer mit seinen Geschenken überraschen muß. Schräg gegenüber wohnt ein guter Bekannter. Ihn will er in der Mitternachtsmesse treffen. Ein listiges Schmunzeln prägt seine Mundpartie. Er kennt dessen Geschenk, das sich nicht mit seinen Kostbarkeiten messen kann. Nervös schaut er auf die Uhr. Die Zeit scheint schneller abzulaufen als sonst. Der Weg steigt ein Stück steil an. Bergab beschleunigt der Pilger den Schritt, eilt dem wildschönen Felsen entlang. Die Ruine, die einer abgebrochenen Speerspitze gleicht, läßt er links liegen. Auf der fast vergessenen, einsamen Waldlichtung steht eine verträumte Kapelle, zu der ein mühsam begehbarer Weg durch sumpfiges Gelände führt. Er umgeht es. Inmitten der Wiesen und leuchtend weißer Birken liegen Reste des ersten Schnees. Oberhalb klappert eines der ersten noch betriebsbereiten alten Mühlräder an einem rauschenden Bach.

Bald beleuchtet die Mondsichel spärlich den Wald in der aufkommenden Dämmerung. Zwei Eulen jagen gerade. Ein Knistern, etwas Bedrohliches liegt in der Luft. Der Zeiger seiner Armbanduhr läßt sich nicht bestechen, und sein Puls verspricht dessen Rasen zu folgen.
Er treibt den Esel an, aber ein leises Geräusch hemmt seinen Schritt, weil das Tier etwas zu wittern scheint. Es klingt wie das Weinen eines Kindes. Der Pilger wirft sich Halluzinationen vor, versucht, gegen des Esels Widerstand den Weg fortzusetzen. Das leise Wimmern, Weinen verstummt nicht. Er dreht sich um, geht ein paar Schritte zurück, fixiert die Uhr und stürmt wieder nach vorne. Der Esel hält ihn zurück, zerrt und bleibt stehen. ‚Nur fünf Minuten', denkt er, ‚die hole ich ein.' Dann folgt er dem Spürsinn des Tieres. Das Wimmern scheint nicht weit entfernt zu sein. Neugierig schlägt er sich durch die Fichtenzweige. Dann sieht er ihn, den Säugling, in das untere Gezweig gebettet. Das Feuer des letzten Lichtes beleuchtet die Waldkrippe.
Die Mitternachtsmesse! Die Zeit wartet nicht. Verzweifelt wischt er sich den Schweiß von der Stirn. Schultern und Arme vollführen plötzlich hilflose Gesten der Überraschung. Dann neigt er sich dem Kind zu, als wolle er sich ihm vorstellen. Er verzieht das Gesicht, winkt mit dem bunten Taschentuch. Aber das Kind reagiert nicht. Der Eindringling pfeift leise vor sich hin. Soll er die Polizei verständigen? Der Pilger durchwühlt seine Taschen, findet die gewünschte Nummer nicht, versucht, die Frau zu verständigen, aber nach dem ersten Satz merkt er, daß er vergessen hat, die Batterie aufzuladen. Die Landstraße, der er folgen muß, kann er von oben sehen. Aber der schnelle Gedanke verläßt ihn beim Anblick des Kindes wieder. Ein ausgesetzter Säugling am Heiligen Abend! Ratlos folgt sein Blick dem Zeiger seiner Armbanduhr und den Bewegungen des Kindes. Zwei große Augen, die das Himmelblau aufgesaugt zu haben scheinen, richten sich auf ihn. Er zieht die Mundharmonika aus der Tasche und spielt „O, du fröhliche". Der Esel hat sich längst entschieden. Demütig neigt er sich dem Kind zu. Die Hände ineinander verbissen, steht der Pilger vor der Krippe. Ein Satz, den er als Schüler gelernt hat, läßt sich nicht abweisen: „Wer eines dieser Kinder aufnimmt, nimmt mich auf." ‚Ich, sein Schutzengel? Der ist doch längst entmachtet!'

Er ringt verzweifelt mit sich. ‚Macht nicht die Botschaft den Menschen wie den Engel zum Boten?' Der Gedanke verselbständigt sich, folgt ihm. An die Mitternachtsmesse und an die Geschenke für das Christkind, die der Pfarrer begutachten soll, denkt er.
Das Kind kann er doch nicht mitnehmen. Der Esel dreht so vehement den Kopf, daß sein Proviantsack zu Boden fällt. Der Pilger hebt ihn auf, zieht die mit Milch gefüllte Flasche aus dem Beutel. Der Esel spürt den Hunger des Kindes. Der Satz hämmert sich in seinen Kopf ein. Er steckt dem Kind ein milchgetränktes Läppchen in den Mund, bis es saugt, tränkt es immer wieder neu. Es trinkt immer gieriger, schneller, bis es endlich satt ist. Die Mitternachtsmesse wird ohne ihn beginnen. Damit hat er sich abgefunden. Reiten kann er nicht, da der Helfer fehlt, der ihm den Säugling reichen könnte. Die Entscheidung ist gefallen. Der Kinderblick gibt ihn nicht frei. ‚Es wird naß sein, und es ist kälter geworden', überlegt er. Der Gedanke verursacht ein leichtes Schwindelgefühl. Der Himmel ist hoch und die Krippe in der Stadt noch so weit. Seine Ratlosigkeit kreist um die Windel. Wieder ist es der Esel, der seine Schnauze an seinem Hemd reibt, das sich aus der Hose zog. Er zieht die Schere aus dem Sack, schneidet sich einen Teil seines Hemdes vom Leib und windelt das Kind, wickelt es in seine Jacke, die er unter den Anorak gezogen hat. „Wer eines dieser Kinder ...", sagt er leise vor sich hin, bis der Satz dem Flüsterton entgleitet. Sein Atem rauscht vor Eifer. Der Satz hat seine Unentschlossenheit gelöscht. Das Kind hebt die Hand, läßt das Gesicht durch die gespreizten Finger gleiten, als könnte es ihn so besser sehen. Ein Knabe ist es.
Der Pilger garniert sein Denken mit der Bibel: ‚Liebet Euren Nächsten, so wie ich Euch geliebt habe!' Das gefolterte Wort Liebe bleibt auf seiner Zunge zurück. Dann bettet er das neugewindelte und gefütterte Kind auf den Esel und ergreift die Zügel.
„Die Bertl wird schauen, wenn ich das Christkind mitbringe", stellt er halblaut fest. „Die teuren Geschenke werden es kleiden und eine Zeit lang ernähren. Der Jesus-Knabe schenkt sie ihm." Dann greift er wieder zur Mundharmonika und führt Kind und Esel nach Hause. „Stille Nacht, heilige Nacht" tönt es durch den Wald.

Evelin Deuring-Pöhlein

Der Weihnachtssalat

Es begibt sich wie alle Jahre wieder in der Adventszeit, dass die Menüwahl für den Weihnachtsabend festgelegt werden muss. Das ist keine leichte Aufgabe, kann ich euch sagen! Aber wie in allen Jahren vorher schon nimmt diese Aufgabe Oma Mara in ihre Hände. Schließlich ist sie der Häuptling der Familie, und wir Kinder können es natürlich immer nicht erwarten, endlich den Nachtisch zu naschen.
Ich bin Elias und zehn Jahre alt. Ich habe noch eine kleine Schwester, Opa und Oma und meine Eltern. Puh, bei denen scheint dikke Luft zu herrschen, da Papa wieder einmal seiner Pflicht, der Besorgung des Weihnachtsbaumes, noch nicht nachgekommen ist, und wir dann, wie alle Weihnachten, den schrumpligsten und krummsten Baum in der ganzen Siedlung haben. Papa ist der Meinung, ein Baum ist halt ein Baum und jeder Baum sollte die Chance kriegen, Christbaum zu werden. Mama hingegen will, wie alle Frauen, eben den schönsten Baum der ganzen Stadt besitzen. Wenn Oma recht behält, fängt es bald an zu schneien, und wenn wir aus der Kirche kommen, ist alles weiß – das wäre herrlich.

Als Oma feierlich das Glöckchen läutet, wissen alle: Es geht los! Aus allen Ecken strömen die einzelnen Familienmitglieder an den Esstisch. Wir beginnen mit der Leberknödelsuppe, der Leibspeise von Opa: „Mmhh, Mara, mein Schatz, wunderbar, sag ich nur!" Opa schaut Oma ganz liebevoll an, und wir alle schmunzeln ganz verlegen in unsere Teller. Dann gibt es kross gebratenen Gänsebraten, Kartoffelknödel und Rotkohl.
Ja, und nun kommt der Weihnachtssalat, unser Dessert.

Alle aufgepasst, das geht so:
Opa serviert eine groooße Schüssel, die voll bedeckt ist mit Sahne, lecker, lecker!

Unter der Schlagsahne verbirgt sich etwas ... nanu! Plötzlich beginnt sich unter der weißen Haube etwas zu bewegen. Eine Erdbeere blinzelt zu uns herüber und spricht auch noch: „Ich bin die Königin aller Beerenarten. Meine Farbe ist rot, die Farbe der Liebe, und Weihnachten ist das Fest der Liebe. Abgesehen vom Apfel bin ich das beliebteste Obst auf der ganzen Welt. Und dafür belohne ich euch mit Vitamin C, Kalzium und Eisen. Und Opa sollte mich ganz besonders gern haben, denn ich lindere seine Gicht – also Opi, lass es dir besonders gut schmecken! Wir Erdbeeren werden in vielen Ländern der Welt angebaut. Wir brauchen jedoch ein gemäßigtes Klima, und darum komme ich jetzt im Winter von Spanien hierher zu euch. Stopp, noch nicht essen, lasst mich erst fertig erzählen, wie in Spanien Weihnachten gefeiert wird.
In Spanien steht die Familie sowieso an erster Stelle. Aber es gibt andere Traditionen als in Deutschland. Die Adventszeit verläuft in Spanien ziemlich ruhig, ohne Adventskränze und ohne Weihnachtsmärkte. Erst die spanische Weihnachtslotterie leitet das Fest ein. Sie ist wegen des vielen Geldes, das man dabei gewinnen kann, die größte Lotterie auf der ganzen Welt und findet bereits seit dem Jahre 1812 statt. Fast alle Spanier kaufen sich Lose und sehen sich die Ziehung im Fernsehen an.
Am 24. Dezember, das ist dort die *Noche Buena*, versammelt sich die ganze Familie zum Abendessen so wie ihr heute. Allerdings gibt es dort Turron als Nachtisch, eine Lieblingsspeise der Spanier aus Mandeln, Zucker, Honig und Eiern, also nichts mit Weihnachtssalat. Am 24. Dezember geht man zur Mitternachtsmesse, die dort Messe des Hahns heißt, denn der Spanier sagt, der Hahn hat als Erster die Geburt von Jesus Christus verkündet. Nach der Kirche treffen sich die Menschen auf größeren Plätzen in den Städten von Spanien und singen zusammen Weihnachtslieder und feiern die Geburt unseres Jesuskindes. Die große Bescherung findet erst am 6. Januar statt – die armen spanischen Kinder müssen ganz schön lange warten! So nun kennt ihr spanische Weihnacht“, sagt die Erdbeere und taucht unter.

„Auch eine schöne Weihnacht“, meint Mama.
Da meldet sich eine Apfelspalte zu Wort: „Ich bin total gesund. Ich enthalte kaum Fett, also los, greift zu!

Aber erst nach meiner Geschichte bitte. Ich stamme aus einer Apfelanbaufläche in Italien in der Nähe von Rom. Kinder, ich sage euch, die italienischen Kinder, die haben's richtig gut. Also passt auf: Am 6. Dezember kommt San Nicola, da gibt es Geschenke. Na ja, ist nichts Neues, aber dann am 13. Dezember wird schon wieder gefeiert, nämlich Santa Lucia. Die Heilige Lucia ist die Lichterkönigin und wurde vor ganz langer Zeit in Sizilien geboren. Sie gab alles, was sie besaß, den Armen, und darüber freut man sich in Italien, und die Kinder bekommen an dem Tag kleine Geschenke. Am 23. Dezember, also einen Tag vor Heiligabend, verkleiden sich Kinder als Schäfer und ziehen von Haus zu Haus. Sie singen Lieder und spielen auf der Flöte. Dafür bekommen sie dann Süßigkeiten oder etwas Geld.

In manchen Gebieten Italiens ist die Krippe viel wichtiger als der Christbaum, besonders für ältere Leute. Manche Italiener haben eine Krippe so groß wie das halbe Zimmer.

Am 24. Dezember wird ein großes Festessen veranstaltet. Es gibt Fisch und Gemüse. Zum Essen wird viel Wein getrunken. Die Geschenke aber dürfen erst am 25. Dezember ausgepackt werden. Fast alle Leute sehen sich die Mitternachtsmesse vom Papst im Petersdom in Rom an – entweder im Fernseher oder, wenn sie in Rom wohnen, auch direkt dort.

Am frühen Morgen des 25. Dezember kommt das Christkind und legt Geschenke vor die Schlafzimmertür oder unter den Tannenbaum. Aber das ist ja immer noch nicht alles! Eigentlich ist der 6. Januar, der Dreikönigstag, der Tag der großen Geschenke. Weil an dem Tag trafen schließlich die Heiligen Drei Könige in Bethlehem ein, um das Jesuskind anzubeten, und sie brachten ihm Geschenke mit.

Den Kindern in Italien bringen allerdings nicht die Heiligen Drei Könige die großen Geschenke, sondern die Hexe Befana. Die gute Hexe kommt mit den Päckchen durch den Schornstein gefegt. Die bösen, unartigen Kinder aber, die bekommen nur Kohle und Asche von ihr. Vor ururlanger Zeit saß Befana am Webstuhl in ihrem Häuschen. Da klopften die Heiligen Drei Könige an ihre Tür. Sie baten Befana, mit nach Bethlehem zu kommen, um das neugeborene Kind anzusehen. Aber Befana wollte erst zu Ende weben, und so gingen die Könige voraus.

Als Befana sich dann aufmachte, fand sie den Weg nicht und somit auch nicht das Jesuskind. Seither zieht sie auf ihrem Besen durch den Himmel und um die ganze Welt. Und am 6. Januar kommt sie dann in Italien an Häusern vorbei, in denen Kinder wohnen. Weil sie ja das neugeborene Jesuskind dort vermutet, gibt sie den Kindern Geschenke."

„Ach ja, schöne Geschichte Apfelspalte", ruft eine Heidelbeere. „Aber ich muss auch noch meine Weihnachtsgeschichte loswerden. Ich fang gleich an. Die Geschichte des Heidelbeeranbaus begann in den letzten Jahrzehnten des 19. Jahrhunderts, als nordamerikanische Farmer im Bundesstaat Indiana Sträucher anpflanzten." Papa ist ganz neugierig, kramt den Atlas raus und fragt nach, wo denn die Anbaugebiete sind. Die Heidelbeere freut sich natürlich und zählt fleißig auf: „Heidelbeerkulturen in großem Umfang gibt es heute in den Bundesstaaten Florida, New Jersey, Michigan, North Carolina und New York." Wir sitzen alle zusammen mit dem Atlas in der Hand und suchen diese Bundesstaaten. Das macht eine Menge Spaß, sag ich euch. „In Amerika", spricht die Heidelbeere weiter, „gibt es viele Traditionen; das liegt daran, dass die ursprünglichen Einwanderer aus vielen unterschiedlichen Ländern stammen und jeder etwas von seinem Land mit eingebracht hat. Das Aufhängen von Mistelzweigen stammt zum Beispiel aus England. Das Schmücken des Kamins aus Mexiko. Und der Weihnachtsbaum kommt eben aus Deutschland. Der Heilige Abend heißt Christmas Eve, und als traditionelles Weihnachtsessen gilt der Truthahn.
Doch ich will euch noch erzählen, welche Bedeutung der Candy Canes hat, ihr wißt schon, der rot-weiß-gedrehte Gehstock, den Mama auch an euren Christbaum gehängt hat", fährt die Heidelbeere fort. „Er ist die bedeutendste Weihnachtssüßigkeit überhaupt. Erfunden wurde er von einem Bonbonhersteller aus den USA. Der wollte unbedingt die Bedeutung von Weihnachten in einem Candy darstellen. Bisher allerdings hatte er nur Pfefferminz-Sticks in seinem Angebot. Er überlegte und bog diesen dann in Form eines Hirtenstabs – zur Erinnerung daran, dass Gott der gute Hirte ist. Gleichzeitig kannst du den Stab drehen und hast dann ein „J" für Jesus.

Der Bonbonhersteller wollte aber auch ein Zeichen für Christus' Liebe und Opfer setzen und beschloss, das in der Farbe wiederzugeben. So wählte er die Farbe Weiß als Farbe der Reinheit und Rot als Farbe des Blutes, das Jesus für uns vergossen hatte. Das Christentum spielt in Amerika eine große Rolle und ist etwas völlig Selbstverständliches. Kein Präsidentschaftskandidat würde je aufgestellt werden, wenn er sich nicht zum christlichen Glauben bekennen würde." Und dann verschwindet auch die Heidelbeere wieder unter der weißen Sahnehaube.

Ihr wollt auch eine Familie haben, so wie unsere eine ist, und miteinander Weihnachten feiern und den anderen Geschenke machen und euch freuen? Miteinander essen und füreinander da sein und natürlich der Geburt vom Jesuskind gedenken? Ja, das ist das Schönste im Leben! Worauf wartet ihr dann noch? Ladet Verwandte und Freunde dazu ein.

Frohe Weihnachten!
Euer Elias

Andreas Dittrich

Die Geschichte mit der Weihnachtsbaumkugel

Ich wuchs auf einem kleinen Bauernhof ganz am Rande des Erzgebirges auf. Mein Vater hatte drei Kühe, ein paar Schafe, Hühner und alles an Tieren, was einen kleinen Jungen glücklich machte. Er arbeitete in der Genossenschaft und fuhr einen Traktor oder Mähdrescher, während meine Mutter, erst mit Oma Hilde, dann allein wirtschaftete.

Die schönste Zeit war jedoch der Winter – wenn der Schnee sich auf die Wiesen und Felder legte und die Geräusche dumpf machte oder gar ganz verschluckte. Vater fluchte dann zwar immer, weil er früh raus musste, um mit dem Traktor die Straßen freizuschieben. Da saß er dann ganz dick eingemummelt und mürrisch auf seinem Trecker.
An solchen Tagen bat ich ihn immer, den Weg zur Schule als Letztes zu räumen, damit wir, wenn der Schnee hoch lag, eine gute Ausrede wegen des Zuspätkommens hätten.

Und dann war es endlich soweit: Weihnachten stand vor der Tür mit all seinen guten Düften, dem Weihnachtsschmuck und den Heimlichkeiten.
Als Kind war es für mich das Schönste, wenn mein Vater auf die Tanne als allerletzten Schmuck die alte, so wertvolle Familienweihnachtsbaumkugel an einen der obersten Äste hing. Andere Leute krönten ihren Baum mit einer gläsernen Spitze – wir hatten unsere Kugel.

Die Kugel war auf einer Seite ausgeschnitten, so dass der Innenraum sichtbar wurde. Da hinein wurde mit viel Liebe eine kleine Stadt gebaut. Es gab eine Kirche, Häuser und in der Mitte einen Brunnen. Alles war kunstvoll mit weißem Flitter überzogen, dass es aussah, als wäre eben erst Schnee herabgefallen.

Jedenfalls war die Kugel von unschätzbarem Wert und in unserer heutigen Zeit nicht mehr bezahlbar. Vor allem wegen der Magie, die in ihr wohnte. Denn wenn sie zerbrach, so konnte sie sich wie von Zauberhand, meist über Nacht, wieder zusammensetzen.

Das war mir schon dreimal passiert. Einmal wollte ich sie nur ansehen, dann, als ich den Ball geschenkt bekam, und schließlich noch einmal, als Pfeil und Bogen unter dem Weihnachtsbaum lagen.
Nie wurde deswegen mit mir geschimpft, denn die Kugel setzte sich ja immer wieder zusammen.
Wenn die Kugel nicht so heilig gewesen wäre, hätte ich sicher versucht, sie ein paarmal öfter zu zerdeppern, es hielt mich jedoch die Angst davon ab, dass es bei der Kugel, ähnlich wie bei einem Geist aus der Flasche, nur eine begrenzte Anzahl von Wünschen oder Wiederherstellungen gab.

Später, als ich mit meiner Freundin und unserer Kleinen das erste Weihnachtsfest in der eigenen Wohnung verbrachte, meinte mein Vater, dass es an der Zeit sei, die Kugel an die nächste Generation weiterzureichen.
Stolz stellte ich den kleinen Pappkarton in die Vitrine unserer Anbauwand. Jedes Mal, wenn ich sie sah, stellte sich bei mir dann so etwas wie Vorfreude auf Weihnachten ein. Und ich schwor mir, unserem Kind dieses Gefühl von Weihnachten auch zu vermitteln, wie es meine Eltern bei mir getan hatten.
Schließlich war es soweit: Wir bauten unseren ersten gemeinsamen Weihnachtsbaum auf. In der Woche geschah dann das, was immer passiert, wenn man kleine Kinder hat.
Unsere Tochter fand die Kugel auch so schön, dass sie in einem unbeobachteten Augenblick so lange an dem Baum zog, bis er umfiel. Das überlebte die ein paar hundert Jahre alte Kugel natürlich nicht. Sie zerbrach in tausend Stücke.

Als ich von der Arbeit nach Hause kam, hatte meine Freundin schon wieder alles gerichtet – zu meinem Leidwesen waren leider auch die Teile der Kugel schon in der Mülltonne entsorgt.

Wütend rannte ich die Treppe hinunter und inspizierte die Tonnen. Doch alle waren leer – wie geleckt. Ich schaute in den kalten, nächtlichen Himmel. Vereinzelte Schneeflocken fielen auf mein Gesicht. Irgendwo auf irgendeiner Deponie würde sich in dieser Nacht die Kugel zusammensetzen, würde im fahlen Mondlicht glitzern – weit, weit weg von mir.

Obwohl ich mir Mühe gab, hing unser neu erworbener Haussegen schief. Besonders wenn Freunde zu Besuch kamen und unseren Baum lobten, hatte ich Mühe, meine Enttäuschung zu verbergen. Vor allem nervte mich, dass meine Eltern am dritten Advent zum Essen kommen wollten. Ihnen musste ich ja eine plausible Erklärung geben, wieso unsere Familientradition so abrupt endete. Ich hatte richtig Bammel davor.
Als es dann an der Tür läutete, ging ich schnell hin, um meine Eltern hereinzulassen. Ich hatte mich entschlossen, gleich das Unvermeidbare zu beichten.

Zu meinem Erstaunen drückte mir mein Vater, noch ehe er die Jacke ausgezogen hatte, eine kleine, vergilbte Pappschachtel in die Hand. Verblüfft öffnete ich sie und fand darin unsere gute, alte Familienweihnachtsbaumkugel. Ich muss ziemlich verwirrt dreingeschaut haben – mein Vater lachte und sagte: „Mann Junge, hast du wirklich all die Jahre geglaubt, die Kugel würde sich selbst wieder zusammensetzen? Deine Freundin hat uns schon gebeichtet, was die Kleine angerichtet hat, und so habe ich euch eine neue Kugel mitgebracht."

Ganz sprachlos schaute ich meinem Vater zu, wie er die Kugel an unserem Baum aufhing. Er räusperte sich und sagte etwas verlegen: „Also Junge, was wir euch fragen wollten: Was haltet ihr denn davon, wenn ihr die Feiertage bei uns verbringt? Wir haben Schnee, und ihr könntet mit der Kleinen einen Schneemann bauen. Du weißt schon … wie wir früher ..."
Schweren Herzens musste ich ihm leider absagen, weil wir uns schon mit einer befreundeten Familie verabredet hatten. Wir wollten in einer Gaststätte essen und anschließend zum Bowlen gehen. Für die Kleinen gab es dort ein Kinderprogramm.

Nach dem Essen, bei einem Schnaps, erfuhr ich dann das erste Mal von meinem Urgroßvater, der früher von den Glasbläsern im Erzgebirge Weihnachtsbaumkugeln gekauft hatte, um damit durch die Lande zu ziehen und in der Weihnachtszeit die Kugeln auf den Märkten zu verkaufen. Bis nach Nürnberg oder Berlin war er mit seinem Karren bei Eis und Schnee gezogen.

Das waren handgeblasene Kugeln, die mit viel Liebe zum Detail hergestellt wurden. In einem Jahr überschwemmten dann jedoch die großen Glasfirmen mit maschinengefertigten Weihnachtskugeln den Markt. Seitdem war er nie wieder auf Wanderschaft gegangen. Er erwarb den kleinen Hof und lebte fortan als bodenständiger Bauer, obwohl ihn hin und wieder das Fernweh plagte. Einige Kisten mit Kugeln hatten jedoch die Zeiten überlebt, und mein Großvater hatte schließlich die Idee, eine Familientradition zu begründen.

Am Abend, nachdem meine Eltern gegangen waren, brachte ich meine Tochter in ihr Bett und erzählte noch lange von der Familienweihnachtsbaumkugel, wie sie sich immer wieder zusammengesetzt hatte, und von der Weihnachtszeit.

Auch wenn sie noch nicht alles verstand, freute ich mich, wie sehr ihre Augen zu leuchten begannen und sie förmlich an meinen Lippen hing, und ich beschloss, diese Tradition in unsere Familie, eine Generation weiter, zu tragen. In ihren klaren Augen sah ich mich selbst: Wie ich vorm Weihnachtsbaum gelegen war, wie ich mit meinen Freunden im Schnee herumgetobt hatte und dann mit blaugefrorenen Fingern nach Hause gekommen war, und wie wir am Weihnachtsabend noch lange zusammen gesessen und Mensch-Ärgere-Dich- Nicht oder Rommé gespielt hatten.

Als die Kleine endlich schlief, ging ich zu meiner Freundin und nahm sie lange in den Arm. Dann holten wir eine Flasche Rotwein und redeten das erste Mal richtig über die Zukunft unserer kleinen Familie und darüber, mit welchen Werten wir unser Kind erziehen wollten. Meine Freundin hatte ihre Eltern schon vor vielen Jahren verloren und beneidete mich um meine „heile Welt".

Später ging ich zum Telefon und rief meine Eltern an. Es dauerte eine Weile, dann hörte ich das Räuspern meines Vater, und ich sagte gleich, noch ehe er sich melden konnte: „Hallo Paps. Wir wollten ... Was ich sagen will ... Wir kommen die Feiertage zu euch. Freunde hat man immer. Aber Weihnachten sollte der Familie gehören. Habt ihr noch den alten Weihnachtsbaumständer mit den Verschnörkelungen? Den Baum bringen wir mit und natürlich auch die Kugel. Wegen der Tradition – du verstehst?"

Ich horchte in das Telefon. Ein paar Sekunden war es still, und dann hörte ich ihn zu meiner Mutter mit brüchiger Stimme sagen: „Mutter, die Kinder kommen." Dann sagte er: „Danke Junge. Das werden die schönsten Weihnachten werden. Kannst dich drauf verlassen!"

Danach war es wieder still. Aber tief drinnen in unseren Herzen, da war es – das Gefühl von Weihnachten.

Ramona Fezzeni

Im wallenden Kleide der Nacht

3.10.2008

Wandelnd ein kleiner Junge auf einem Schneefelde irrt,
Ob die bedrohliche Weite ihn zu einem neuen Wege führen wird?
Die Hoffnung gar ganz aus dem Sinne geschrieben,
Stolpert er weiter, einzig von Todesangst getrieben,
Unvergessen: seinen kleinen Teddy im Schlafanzughemd,
Sicher, geschützt, ihm als Einziges nicht fremd.
Die Nacht hat ihr dunkles Kleid über die Landschaft gerafft,
Ob der Junge es aus diesem heil zu entfliehen schafft?
Betend, keuchend, rote Bäckchen verraten,
Furcht davor, noch tiefer hineinzugeraten.
Bebend am Körper, stehend, steif und still,
Was nun? Der Junge doch nicht etwa aufgeben will?
Er singt ein Lied, und es kommt ihm so vor ...
Als halle es mit den Stürmen bis ans Himmelstor.
Unstet will er alsbald wieder flieh'n.
Sein Teddy verloren, er ist nicht bei ihm!
Grausig das Nachtkleid bespickt mit Pailletten aus Kälte und Schmerz.
Eine Stimme er vernimmt: „Öffne deinen Glauben und ebenso dein Herz."
Dem Kinde unbegreiflich, am Ende seiner Selbst angelangt,
Bangt er um sein Leben; am Wahn schon erkrankt.
Nach ungeheurer Stille wird er ansichtig märchenhafter Fantasie,
Sanfte Musik erklingt: Er glaubt an eine Todessymphonie!
Doch statt des Bösen wird er überrascht!
Mit kräftigem Schwung ihn etwas Starkes von oben erhascht.

Ein Rauschen, die Winde – wo kommt all dies her?
Orientierungslos blickt er um sich, suchend: Wer war dies wohl? *Wer?*
In warmen Decken er sich findet, weich, geschützt,
Eine väterliche Hand ihn hält, ihn stützt.
Geschmeidig fliegen sie dahin
Über Wälder, Straßen, Dächer mit Kamin.
Der Junge zögerlich lächelt jetzt zart,
Sich sicher: Diese Traumbilder sein Herz auf ewig bewahrt!
Sieh! All die Federflocken in ihrer strassglitzernden Pracht ...
Sich verheißungsvoll drehen auf dem Weg durch die Nacht ...
All die Lichter an Bäumen schreiben wortlos für sich
Eine Geschichte in die Landschaft, die der Dunkelheit wich.
Dahinter im Antlitz des Augenblickes dort: Rehe im Glanz!
Ein jedes Haus geschmückt voll Pracht mit Kranz.
Engel! Unglaublich, aber wahr.
Engel! Mit perlmuttseidigem Haar!

Ein Poltern, ein Krachen ... nichts mehr, wie es war.
Sitzt der Junge im Zimmer, im Geiste nun klar.
Das Gesicht spiegelnd im Fenster bei Kerzenschein,
Ihm dämmernd: Er muss zuvor eingeschlafen sein ...
Da steht er allein, enttäuscht durch die Realität,
Öffnet das Fenster behutsam ... es ist bereits spät.
Wie sehr wünscht er sich erneut die Engel herbei!
Den Flug, die Rehe ... wie das nochmal sei!?
Traurig dreht er sich um, langsam zum Gehen,
Da glaubt er etwas am Fensterbrett zu sehen ...

Sein Teddy! Wie? Hat diesen jemand an sein Zimmer gebracht?
Zaghaft späht er hinaus, worauf der grundverzaubert lacht,
Viel schöner als in Träumen! Und kaum hat er's gedacht ...
birgt der Glaube Illusionen im wallenden Kleide der Nacht ...

Die Botschaft

27.10.2007

Die weiße Botschaft in Glitzerflocken wirbelt, braust, fegt,
Bald darauf der Schnee so zart und müde sich über die
Felder legt,
Die beruhigende Stille stimmt ihn ein,
Bis morgens bald die Kinder ziehen mit hölzernen Schlitten
hinein.
Ein buntes Treiben in sanftem Weiß,
Bilden, formen die schönsten Figuren aus Eis.
Geräuschlos ziehen die Schlittenkufen,
Als abends, von weit her, die Eltern nach Hause rufen.
Dort taut die Wärme manch rote Bäcklein auf,
Bald der Abend, der heil'ge, man freut sich darauf.
24 dunkle Tage, gefüllt mit Warten, vergehen,
Die Kinder voll Sehnsucht auf Weihnacht gar flehen,
Spielend und fromm werden die Tage verbracht,
Bis sie – kaum erwartend – bevorsteht, die Nacht.
Und draußen hört man stets den Wind geheimnisvoll
flüstern,
Wie er mystisch ruft und lockt ... die Stimme so lüstern.
Im Schein von Kerzen: Oh lasst euch führen!
Öffnet euer Herz, seht, was sich birgt hinter verschloss'nen
Türen ...
So gütig, verzaubert wie die Kinder, wir stets selber sind,
Die weiße Botschaft ruft nach dir – horch! – draußen im
Wind.
Spüre, sei achtsam im Geiste, denn niemand ist dort blind,
Erscheint es wohl auch hinter deiner Tür: das himmlische
Kind.
Liebevoll ... lass es ruhig herein!
Und nicht nur an Weihnachten (für immer!) dein
Herzensgast sein ...

Engelsgabe

2.12.2005

Wenn weißer Glitzer vom hohen Himmel über die
Erde weht,
Und das Wundergefühl mit den Englein sich dreht,
Die Stube ist längst angeschürt,
Der Plätzchenteig, der Bratapfel wohl angerührt.
Die Lichter auf Tannen, die Glöckchen von Weitem,
Die frohe Stimmung heimlich verbreiten,
Wenn die Liebe der anderen dich sanft umhüllt,
Wenn dein Herz nur mit gutem Hab gefüllt,
Wenn du mehr gibst, als du selber hast,
Und das Böse aus deinem Sinn verblasst,
Dann, nur dann ... zieht der Weihnachtszauber ein in
deinen Geist,
Und du selber Engel bist ... wie du weißt.

Regina F. Fischer

Eine Stimme mit Flügeln

Weihnachten 2007
ereignete sich in einer
schlichten Kapelle
an einem dunklen Novembertag
kurz vor dem ersten Advent.

Völlig unvorbereitet
erlebten mein Mann und ich
das Licht und einen tiefen Frieden
in unseren Herzen nach einem
sehr schweren Jahr meiner
Brustkrebserkrankung.

Vielleicht berührt auch Sie
diese intensive Begebenheit,
die wir fest in unsere Herzen
einpflanzten …

Advenire

Ausschnitt aus dem Buch
„Zauber eines Augenblicks"

Kurz vor der Adventszeit hatte ich meinen letzten Untersuchungstermin nach sieben Chemo-Zyklen. Dankbarkeit strömte aus unseren Herzen. Es war geschafft! Mein Mann – Fels in der Brandung mehr denn je in diesem schicksalsreichen Jahr – und ich folgten unserer inneren Stimme der Danksagung und suchten die Kapelle des Franziskushospitals auf.

Heller Gesang empfing uns aus dem Halbdunkel dieser kleinen Gebetsstätte. Eine Anzahl Kerzen flackerte und umgab fast mystisch die Mutter Gottes. Und immer wieder wurde diese Dunkelheit durch eine glockenreine Stimme unterbrochen und bereichert, dann wieder der Inhalt wie ein Mantra betont.

Auf einer der wenigen Bänke kniete ein Engel. Er verstummte, als er sich nicht mehr allein wusste. Beim andächtigen Kerzenanzünden blickte ich bewegt zu „ihr".
„Wir haben Sie in Ihrem wunderschönen Gesang gestört", bekannte ich leise.
„Ich wollte Sie nicht stören!" Einfühlsame Worte an diesem tristen Novembermorgen.

„Im Gegenteil", mein Mann und ich gaben ihr zu verstehen, wie sehr uns ihr Gesang berührt hatte.

Ich erklärte ihr voller Freude, dass ich vor dem Abschluss meiner schweren Chemo-Therapie stünde. Mit Nervenschäden an Händen und Füßen. Taxol.
„Ihre Situation kann ich nachempfinden. Mein Mann hatte auch Krebs."

Es folgte ein betroffener Blick meinerseits mit der vorsichtigen Frage, ob er überlebt habe.
„Mein Mann lebt."

Nach diesen wenigen Minuten hob sie wieder an zu singen.
„Und gib, dass wir dich heute noch erkennen ..."

Ihr gesungenes Band verknüpfte die Schicksale zweier Menschen, erinnerte ferner an etwas, das wir in unserem Alltag nicht mehr suchten, geschweige denn zu finden hofften.

Beim Abschied kreuzten sich unsere Blicke.

In der Dunkelheit –
eine Stimme
mit Flügeln

Der Untersuchungstermin rückte nun heran. In einer Nische des Krankenhauses wollten wir das soeben Erlebte nochmals überglücklich nachvollziehen und in unsere Herzen wie einen kostbaren Schatz fest einschließen.

Im Vorübergehen nahmen wir die Pfarrnachrichten des Pastoralverbundes Bielefeld-Mitte zur Hand.

„Heilige
sind Menschen, durch die
die Sonne scheint ..."

So lautete die Überschrift.

Eine Begebenheit reihte sich an die andere.

Weihnachten hatte für uns begonnen.
Vorzeitig.
Weihnachten geschieht immer dann,
wenn Jesus in unseren Herzen (neu) geboren wird.

Advent – eine Gedankenkette

Ausschnitt aus dem Buch
„Das Licht ist immer in dir …!“

Auf dem Weg sein
Kälte überstehen
Widrigkeiten des Lebens trotzen
Nie verzagen
Glauben
An etwas Höheres

Er führt uns

Zum Kind werden
Die Arme ausstrecken
Empfangen dürfen

Gnade
Licht
Liebe

Allumfassend

Ankunft …

Chris Frey

Weihnachten im Keller

Eine Weihnachtserzählung

„Ein Adventskalender! Oh wie schön! Danke!" Claudias Stimme troff nur so vor Ironie.
„Nun sei mal nicht so giftig!", mahnte ihre Mutter emotionslos. „Bisher jedenfalls hast du dich immer gefreut!"
„Ja, 'tschuldigung! Ich meine nur ... ich bin doch nun wirklich schon groß!"
Mit ihren dunkelbraunen Augen, dem vollen schwarzen, schulterlangen Haar und dem dunklen Teint war Claudia eine ausgesprochene, manchmal fast geheimnisvoll wirkende Schönheit.
Sie wusste das und hatte sogar schon gelernt, damit umzugehen. Sämtliche Jungen ihrer Umgebung, auch ältere, waren nämlich längst darauf aufmerksam geworden. Als einzige Tochter sehr reicher Eltern war sie von Anfang an nach Strich und Faden verwöhnt worden. Jeden Wunsch hatten ihr ihre Eltern von Kindheit an von den Augen abgelesen.
Die Rechnung für die Eltern war ja auch aufgegangen! Zwar hatte Claudia, als sie noch klein war, mit ihren Eltern hin und wieder gespielt. Aber beide waren stark beruflich engagiert, er als Manager, sie als Rechtsanwältin. Schon früh und dann immer wieder hatten sie ihrer Tochter erklärt: „Bitte, stör uns doch nicht dauernd! Sieh mal, wenn wir nicht arbeiten können, können wir auch nicht so viel Geld verdienen! Dann hättest du auch viel weniger!"
Die Folge war, dass Claudia heute absolut keine Wünsche mehr hatte! Jedenfalls keine, die sie benennen konnte!

Lustlos schleppte Claudia den Kalender mit sich nach oben auf ihr Zimmer. Genauer gesagt, es war eine ganze Zimmerflucht, aber Claudia nahm all den Luxus, in dem sie lebte, gar nicht wahr. Sie kannte es halt nicht anders! Immer öfter jedoch fühlte sie sich unausgeglichen und melancholisch. Auch der Adventskalender änderte daran nichts!

Sinnierend betrachtete sie das Ding, wie es da auf ihrem Schreibtisch lag. Sie verspürte nicht die geringste Lust, das erste Türchen zu öffnen.
Fast mit Schrecken dachte sie an das bevorstehende Weihnachtsfest. Bestimmt würden wieder irgendwelche Besucher kommen, Kollegen ihres Vaters, die irgendwelche Spießigkeiten von sich gaben. Und jedes Mal musste sie sozusagen als Aushängeschild dabei sein.
„Ich verstehe schon, dass dir da langweilig ist!", hatte ihr Vater im vorigen Jahr gesagt. „Aber dir geht es so gut, da kannst du uns zumindest aus Dankbarkeit Gesellschaft leisten!"
Woher der Gedanke kam, wusste sie nicht. Auch nicht, warum sie plötzlich ausgerechnet an Raimund dachte. Aber einmal in ihrem Sinn, wurde sie den Gedanken an ihn nicht mehr los.
Raimund war einer ihrer Klassenkameraden, allerdings einer, der sie noch nie angebaggert hatte. Das machten nämlich sonst alle Jungen; sie war umschwärmt wie das Licht von den Motten. Aber auch unabhängig von ihr sah sie ihn selten mit anderen zusammen. Auffällig war, dass er immer die gleichen ollen Klamotten trug und fast nie lachte. Aber intelligent war der Kerl, war er doch einer der Besten in der Klasse.
Warum nur dachte sie gerade an ihn? Klar war, dass es ihm längst nicht so gut ging wie ihr. Moment mal! Was hatte sie neulich in der Zeitung gelesen? Galoppierend zunehmende Armut? War Raimund etwa ...?
Die Idee ließ sie elektrisiert auffahren! Ja, das würde sie tun!
Sorgfältig packte sie den Kalender in einen Aktendeckel und dann in ihre Schultasche. Die Idee stimmte sie so froh, dass sie am Montag zu Beginn der neuen Schulwoche ganz gegen ihre Art mühelos aus dem Bett und zur Schule fand.

So war sie ausnahmsweise mal richtig früh an Ort und Stelle. Zum Glück war Raimund auch schon da, sie sah ihn in der Tür stehen. Stracks lief sie auf ihn zu. Raimund bemerkte sie zunächst nicht, denn er schaute in den Himmel. Ach ja, er interessierte sich für Wolken und Wetter.

„Hallo Raimund! Na, liest du wieder die Wolken?", fragte sie keck. Aber noch bevor er zu einer Antwort ansetzen konnte, schlug sie erschrocken ihre Hand vor den Mund.
„Du, ich meine es ehrlich! Ich will mich nicht über dich lustig machen!"
Da lächelte Raimund und wandte sich ihr voll zu. „Hallo Claudia! So habe ich es auch nicht aufgefasst! Wenn du willst, kann ich dir ja mal erklären, was ich da sehe!"
„Ja, ja, vielleicht ..." Sie druckste etwas herum, denn sie hatte mit keiner Silbe daran gedacht, wie schwer es ihr fallen würde, ihre Idee umzusetzen. Aber sie hatte auch nicht damit gerechnet, wie patent ihr Klassenkamerad war! Er bemerkte ihre Unsicherheit und versuchte, ihr eine Brücke zu bauen.
„Du wolltest doch mit mir nicht über Wolken reden, oder?"
Claudia biss sich auf die Lippe. „Nein, eigentlich nicht! Ich wollte dich fragen ..." Wieder biss sie sich auf die Lippe.
„Claudia? Frag' doch einfach!", sagte Raimund fast zärtlich. Eine Woge der Sympathie für ihn schwappte durch Claudia.
„Weißt du ... also, meine Eltern schenken mir immer einen Adventskalender! Immer noch! Ich wollte dich fragen ... bekommst du eigentlich auch immer noch einen?"
Raimund lachte laut auf. „Adventskalender! Mann!!" Er wurde ernst und sah Claudia an, ohne gleich noch etwas zu sagen. Claudia merkte sofort, dass er nun seinerseits unsicher war. Sie legte ihre Hand auf seine Schulter.
„Raimund? Bitte sei nicht böse! Ich wollte doch nicht ..."
Wieder lächelte er. „Ich bin doch nicht böse, Claudia! Wie könnte man dir böse sein! Aber es ist ... also, ich hatte noch nie einen Adventskalender!" Plötzlich verhärtete sich sein Gesicht. Er wurde lauter. „Es war einfach nicht drin! Verstehst du? Es ging nicht!" Seine Miene wurde wieder weich. „Entschuldige, Claudia!"
Ein ganzer Gedankensturm wälzte sich darauf durch Claudia! Plötzlich wusste sie, was mit Raimund los war! Er war so arm, dass er oder seine Eltern es sich nie leisten konnten, ihm einen Adventskalender zu besorgen! Noch klarer wurde ihr, wie sehr er sich immer einen gewünscht hatte! Zum Glück, und für Claudia diesmal wirklich zum Glück, läutete jetzt die Schulglocke. So hatte sie Zeit, ihre Gedanken zu ordnen.

Als Erstes wurde ihr klar, wie richtig sie mit ihrer Idee gelegen hatte! Raimund wünschte sich so sehr einen Adventskalender, war aber zu arm, einen zu bekommen. Sie konnte sich zehntausend Adventskalender kaufen, hatte aber schon zu dem einen von ihren Eltern keine Lust!
Die ersten beiden Stunden zogen sich heute in die Länge wie Gummi! Kaum jedoch hatte es zur großen Pause geläutet, als Claudia aufsprang. Aber die Jungen, die gleich auf sie einstürmten, handelten sich heute einen Korb ein.
„Leute, jetzt nicht! Ich bin jetzt mit Raimund verabredet!"
Der war zunächst sitzen geblieben, riss aber Mund und Augen weit auf, als er Claudia das sagen hörte. Aber sie ließ nichts anbrennen.
„Ach so, 'tschuldige! Hab' vergessen, es dir zu sagen! Komm doch mal! Ich möchte dir was zeigen!"
Ohne seine Reaktion abzuwarten, beugte sich Claudia zu ihrer Tasche hinab und holte den Aktendeckel heraus, sorgfältigst darauf bedacht, dass niemand sehen konnte, was sich darin befand. Sie sah wieder auf und zu Raimund, der inzwischen zu ihr getreten war.
„Komm!", forderte sie nur und lief voraus. Sie wusste, dass kein Junge je ablehnen würde, mit ihr zu gehen. Auch Raimund folgte ihr gerne, jedoch war er nur sehr neugierig. Was könnte dieses tolle Mädchen von ihm wollen?
Sie führte ihn in eine Ecke des Schulhofes. Dort drehte sie sich um und sah ihn mit ihren dunklen Augen an.
„Weißt du, das mit dem Adventskalender ... hast du dich nicht über die Frage gewundert?"
„Zuerst nicht, aber inzwischen schon! Wie bist du eigentlich darauf gekommen?"
„Weil ich es satt habe!", rief sie fast heftig, wurde aber gleich wieder ruhiger. „Meine Eltern schenken mir jedes Jahr einen! Und inzwischen hab' ich dazu wirklich keine Lust mehr! Ich wollte einfach mal wissen, wie das bei anderen ist! Bei dir zum Beispiel!"
Raimund spitze die Lippen in konzentriertem Nachdenken.
„Hmm ... nun ja, früher ... alle hatten einen, nur ich nicht ..." Er sah kurz zu Boden und dann wieder in Claudias dunkles Gesicht.
„Sagen wir mal so: Es wäre schön, wenn ich mal einen gehabt hätte! Aber meine Mama ..." Resigniert zuckte er die Schultern.

„Es ging nicht! Einmal hat meine Mama fast geweint, aber es ging einfach nicht! Schule war wichtiger!"
„Du, magst du eigentlich immer noch einen?", fragte Claudia fast schüchtern, was nun ganz und gar nicht ihrem Naturell entsprach.
„Na ja, sagen wir mal, ich habe mich daran gewöhnt, keinen zu haben! Meinst du das?"
„Ja! Jetzt schau mal her! Das Ding hier haben mir meine Eltern geschenkt!" Sie klappte den Aktendeckel auf. Raimund zog überrascht die Luft ein.
„Heute ist doch schon der erste Dezember!", sagte er leise. „Und du … willst du kein Türchen aufmachen?"
„Nein, Raimund, ich will nicht!", erwiderte Claudia langsam und leise. „Ich wollte dich fragen … also, ich dachte, wenn du nie einen hattest … vielleicht möchtest du den hier mal haben?"
„Scheiße!!", schrie Claudia erschrocken, als jetzt die Schulglocke los schepperte. Das war aber auch ein blöder Zeitpunkt!! Sie verstummte wieder, und Claudia sah, wie rot Raimund geworden war! Dachte er etwa…?
Nein! „Wir reden nachher weiter, ja? Ich …"
„Hey, ihr Turteltauben!", rief jemand von hinten, „los, reinkommen!"
Claudia fuhr herum! „Komm ja schon, du Schneemann!", schrie sie wütend zurück. Der Rufer zuckte zusammen, als hätte er einen Schlag bekommen. Ohne weitere Worte machten sich die beiden dann aber doch auf den Weg in ihren Klassenraum.
Gleich in der zweiten großen Pause schleppte Claudia Raimund wieder in die Ecke.
„Na, magst du?", fragte sie mit einem Ton, der es ihm praktisch unmöglich machte, abzulehnen.
„Na ja, wenn du meinst … ich habe ein paar Freunde, die auch noch nie einen hatten! Dürfte ich vielleicht mit denen zusammen …?"
„Aber Raimund, das ist doch keine Frage! Je mehr Freude du damit hast, oder wer auch immer, desto mehr freue ich mich doch auch!"
Das verstand Raimund nicht, aber sorgfältig nahm er den Aktenordner und verstaute ihn in seinen schäbigen Rucksack. Dann sah er wieder auf.

„Danke, Claudia! Aber, sag mal, deine Eltern … wundern die sich nicht …?“
„Ach die! Denen ist das ziemlich egal, glaube ich!“
Das verstand Raimund wieder nicht. So drückend die Armut bei ihnen auch war, aber mit seiner Mutter verband ihn immer ein herzliches, liebevolles Verhältnis.
Die Adventszeit schritt voran. Erst nach und nach ging Claudia in dieser Zeit auf, wie sehr sich Raimund gefreut hatte und noch freute! Sie konnte es nicht fassen, dass es Menschen gab, die so arm waren, dass sie sich nicht einmal einen Adventskalender kaufen konnten! Sie erinnerte sich immer noch an den Zeitungsartikel, der ja zu ihrer Idee geführt hatte. Aber es war doch ein ziemlicher Unterschied, ob man das irgendwo las oder ob man selbst damit konfrontiert wurde. Raimund würde nie offen darüber sprechen, weil es ihm peinlich war (warum bloß, um Himmels Willen?), und deswegen hatte er seine Freude auch nicht so richtig zeigen können.
Aber immer wieder erzählte er ihr, was heute hinter dem Türchen zum Vorschein gekommen war. Und Claudia wunderte sich fast, wie zutiefst glücklich sie war, wenn Raimund das erzählte!
Aber auch das Fest selbst warf seine Schatten voraus. Claudia fürchtete das Schlimmste! Dann fiel ihr wieder Raimund ein. Wie würde er eigentlich Weihnachten feiern? Würde er überhaupt feiern?
Sie musste lange mit sich kämpfen, ob sie ihn überhaupt fragen durfte. Aber am letzten Schultag vor den Weihnachtsferien, als er ihr wieder einmal von dem Kalender erzählte, wie andächtig seine Freunde den Adventskalender behandelten, fasste sie sich ein Herz.
„Du, Raimund? Darf ich dich mal was fragen? Aber du darfst nicht böse werden!“
„Um Himmels Willen, Claudia! Wie könnte ich dir böse sein? Bitte frag!“
Dennoch zierte sie sich einen Moment. „Sag mal … was ich wissen wollte … was machst du eigentlich Weihnachten?“
Tatsächlich hatte sie einen wunden Punkt in ihm berührt. Fast schmerzhaft verzog er sein Gesicht.
„Warum möchtest du das wissen?“, fragte er zurück.

„Na ja, bei mir ist Weihnachten immer so langweilig! Da dachte ich ...“ Sie hielt inne, denn Raimund hatte vor Überraschung die Augenbrauen hoch gezogen.
„Aber du ... bekommst du nicht alles, was du willst?“, fragte er, und nie war Claudia bewusster geworden, welche Welten zwischen ihrem und seinem Leben lagen! Und noch etwas wurde Claudia erschreckend deutlich klar: Es würde bei Raimund nie so etwas wie Weihnachtswünsche geben!
Die Schulglocke ging, zum letzten Mal in diesem Jahr.
„Frohe Weihnachten, trotzdem!“, sagte Claudia leise und lahm.
„Wünsche ich dir auch!“, erwiderte Raimund.
Das Weihnachtsfest selbst übertraf dann noch ihre schlimmsten Befürchtungen. Ihre Mutter hatte ihre Kanzlei wie üblich in der Woche vor Weihnachten schon geschlossen und das Haus nach Kräften weihnachtlich geschmückt. Am Tag vor dem Heiligen Abend sah sie sich all den glitzernden, bunten, blinkenden Kram an – und musste immer daran denken, dass es all das bei Raimund nicht gab! Und doch ertappte sie sich am Abend, als sie schon im Bett lag, dabei, dass sie sich insgeheim wünschte, einmal bei Raimund zu linsen, wie er das Fest verbrachte! Zumindest würde es bei ihm vermutlich viel gemütlicher zugehen als mit der kalten Pracht bei ihr.
Am Heiligen Abend selbst kam ein Kollege ihres Vaters mit seiner Frau, das war schon Tradition. Ebenso wie das abendliche Essengehen in einem sehr feinen Restaurant. Die beiden Herren unterhielten sich über die Firma, die Damen über neuesten Klatsch. Auch von ihr selbst war die Rede, aber aus irgendwelchen Gründen hatte sie es in diesem Jahr sehr schnell satt! Diese Völlerei! Dieser Überfluss! Dieses leere Gewäsch! Und keine Möglichkeit, dem zu entkommen! Raimund würde sich dieses Restaurant vermutlich nicht einmal von außen ansehen können!
Nach dem Essen war Bescherung. Claudia hatte nichts für ihre Eltern. Sie erwarteten auch gar nichts. Sie selbst bekam Schokolade und Konfekt, zwei neue Computerspiele, die sie lediglich irgendwann einmal erwähnt hatte, und modischen Schnickschnack.
„Schatz, du scheinst irgendwie unglücklich zu sein!“, sprach sie ihre Mutter am ersten Feiertag an. „Geht es dir gut? Schau doch, wie schön es bei uns ist!“

Claudia setzte zu einer zornigen Antwort an, beherrschte sich aber im letzten Moment. Ihre Mutter würde ja doch nichts verstehen! Sie selbst verstand jedoch auch nicht so recht, warum sie plötzlich alles nur noch zum Kotzen fand! Wie sonst auch, lebte man gemeinsam nebeneinander her, das heißt, dass Claudia sich meistens in ihrem Zimmer aufhielt. Am zweiten Feiertag kam ein Mandant ihrer Mutter mit seiner Frau zu Besuch, der genauso wohlhabend und dekadent war wie ihre Eltern. Schlimmer noch, dieser Kerl verfolgte sie mit geilen Blicken, die seine Frau nicht zu bemerken schien!
Apathisch saß sie am Nachmittag vor ihrem Computer. Zu nichts hatte sie Lust! Weihnachten ... wie sehr hatte sie das Lachen und Juchzen, diese unbändige Vorfreude der Kinder schätzen gelernt, als sie vorgestern über den Weihnachtsmarkt in ihrer Stadt gebummelt war!
Fast zwangsläufig fiel ihr wieder Raimund ein. Hatte er Besuch? Wohl nicht! Sie betrachtete den Berg ihrer Geschenke, lieblos dargebracht von ihren Eltern, die doch nur an ihre Geschäfte dachten. Der ganze Naschkram ... sicher, sie mochte Schokolade ganz gerne, aber doch nicht so viel! Schon zu ihrem Geburtstag im September hatte sie massenhaft Schokolade bekommen, auch von den ach so lieben Anverwandten – davon war immer noch ein Großteil da! Bei Raimund ...
Plötzlich fuhr sie kerzengerade hoch! Mensch! Das war doch wie mit dem Adventskalender! Wenn Raimund gar nichts hatte und sie viel zu viel ...
Sie plumpste wieder auf den Stuhl. Wie in aller Welt sollte sie ihn erreichen? Sie wusste, wo er wohnte – es war nicht gerade die Vorzeigegegend der Stadt. Sie konnte unmöglich einfach dort hingehen!
Warum nicht? Raimund sollte diesen ganzen Kram haben! Plötzlich erfüllte sie die Freude! Ja, er sollte alles haben! Er hatte bestimmt nichts und würde sich freuen!
Einer plötzlichen Eingebung folgend, packte sie auch ein paar Kerzen und ein Feuerzeug ein. Sie wusste später nie mehr zu sagen, wie sie auf diesen Gedanken gekommen war!
Den Rest des Tages brütete sie über diesen Gedanken. Der Knackpunkt war, zu ihm zu kommen!

Aber andererseits, was sollte passieren? Sie würde ja nicht abends bei Dunkelheit hingehen. Nein, gleich nach dem Mittagessen wollte sie sich auf den Weg machen!
Sorgfältig packte sie die ganze Schokolade und den übrigen Naschkram in eine Plastiktüte. Sie ließ nichts zurück!

„Ich möchte mal einen Spaziergang machen!“, verkündete Claudia am nächsten Tag nach dem Essen ihren Eltern.
„Schon recht, Bewegung ist immer gut! Aber pass auf dich auf!“
Verächtlich wischte sie diese Plattitüde ihrer Mutter innerlich beiseite. Sie zog den Mantel über, denn draußen herrschte die übliche neblige Feuchtigkeit, klamm, aber mild und ohne Schnee.
Zügig marschierte sie los. Auch während der Busfahrt war sie noch in der gehobenen Stimmung. Aber als sie nach sechs Stationen ausstieg, inmitten der düsteren, fünfstöckigen Mietskasernen, die eine enge Straßenschlucht mit ein paar kahlen Bäumen einzwängten, wurde sie unsicher.
Deutlich zögernder lief sie zwei Querstraßen weiter. Vom Verkehrsgebrodel der großen Hauptstraße war hier nichts mehr zu sehen und zu hören. Dann plötzlich schrak sie zusammen! Hinter einer Ecke lösten sich zwei armselig aussehende Kerle und kamen auf sie zu.
„Sieh mal, Matze!“, sagte einer der beiden laut und vernehmlich, „haben wir die hier schon mal gesehen?“
„Nee, nicht dass ich wüsste! Hallo Kleine! Suchst du jemand?“
Die beiden strahlten etwas aus, das Claudia sofort ruhiger werden ließ. Der eine war untersetzt und sicher sehr kräftig, der andere lang und fast dürr. Sie kamen näher.
„Ich … ich wollte zu Raimund …“
Beide lachten auf. „Zu Raimund, so, so!“, erwiderte der Kraftprotz. „Den kennen wir auch! Was willst du denn von ihm?“ Der Lange nahm inzwischen prüfend den Saum ihres Mantels in die Finger und besah dann übertrieben deutlich ihre Ohrringe. Aber Claudia war inzwischen instinktiv sicher, dass diese beiden Typen ihr nichts Böses wollten.
„Na denn kommen Sie mal, Frau von und zu!“, sagte der Dünne auf eine Art, dass Claudia fast lachen musste.

Die beiden gingen mit ihr aber nicht zu dem Hauseingang mit Raimunds Wohnung, sondern führten sie einen Block weiter auf ein völlig verwildertes Grundstück. Trümmer zeugten davon, dass hier auch mal ein Haus gestanden haben musste. Aber jetzt hatte sich nur mehr oder weniger hohes Gestrüpp ausgebreitet. Kahl und dunkel ragten die Zweige in den Nebel. Sprühregen tropfte herab. Nie hatte Claudia eine deprimierendere Umgebung gesehen!
„Nu komm schon! Raimund wohnt nicht in einem Palast! Weiß er, dass du kommst?"
„Nein!", erklärte Claudia nur, sorgfältig darauf bedacht, sich nicht ihre Jeans schmutzig zu machen. Auch ihre feinen Schuhe waren für dieses Gelände denkbar ungeeignet.

Eine Weile ging es über Stock und Stein, auf einem kaum erkennbaren Trampelpfad. Dann bogen die Kerle ab in Richtung eines scheinbar undurchdringlichen Gestrüpps. Claudia hielt inne.
„Nu komm schon, Puppe!", rief der Matze genannte Kraftprotz. „Oder hast du Angst?"
Die beiden sahen ungepflegt aus, mit zerlumpten Sachen und schmuddeligen Gesichtern. Aber irgendetwas hatten sie, dass Claudia sich plötzlich ganz sicher fühlte, ja dass sie die Typen beinahe sympathisch fand.
„Das hättest du wohl gerne!", erwiderte sie frecher, als ihr eigentlich zumute war. Dann folgte sie den beiden. Vor dem Gebüsch blieben sie stehen.
„Hey, Leute!", rief Matze, „hier ist eine Puppe, die möchte zu Raimund!"
Selbst jetzt, in der winterlichen Kahlheit, war das Gestrüpp so dicht, dass man nicht hindurch sehen konnte. Es war nur von außen zu erkennen, dass es sich sehr ausgebreitet hatte. Plötzlich teilte sich der Busch, und dann trat Raimund heraus!
Total überrascht blieb er stehen.
„Hallo Claudia!", rief er entgeistert, „was treibt dich denn hierher!"
„Mundi, du hättest mal sehen sollen, wie sie da stand, an der Straße!", sagte der Lange. „Mensch, Mädchen, so was wie dich haben wir hier ja noch nie gesehen!"

Wieder teilte sich das Gebüsch, und noch ein Kerl trat heraus, ein kleiner, dicklicher. Auch er starrte Claudia an wie den Mann im Mond, fing sich aber gleich wieder.
„Wenn ihr hier noch lange rumsteht, wachst ihr noch fest!“, sagte er ruhig. „Los, rein mit euch! Und du …“ Er hielt inne. „Es kann sein, dass du dich hier schmutzig machst!“
Ein schönes und offensichtlich wohlhabendes Mädchen inmitten einer mehr als trostlosen Umgebung und zwischen fünf armseligen Kerlen! Blitzartig kam ihr das zu Bewusstsein, doch im gleichen Moment fühlte sie sich plötzlich sicher! Sicher und geborgen! Die waren doch klasse, diese Typen!
„Also, herzlich willkommen!“, sagte Raimund warm. „Obwohl ich mir nicht vorstellen kann, was du bei uns möchtest! Wenn du schon hier bist … komm! Du bist das erste Mädchen, das unseren Unterschlupf sieht!“
Zwei bogen das Gebüsch beiseite, so dass Claudia Raimund problemlos folgen konnte. Plötzlich tat sich der Boden auf, und eine Treppe führte hinab in die Dunkelheit. Das heißt, ‚Treppe‘ war übertrieben! Man konnte hinab steigen, das war alles. Aber vorher drehte Raimund sich noch einmal um.
„Das ist hier absolut keine Gegend für dich! Aber für uns die einzige Stelle, wo es wirklich gemütlich ist!“
„So weit kommt das noch, dass ich jetzt kneife!“, rief Claudia und folgte ihm vorsichtig. Ratsch! An einem Ast, den sie übersehen hatte, riss ihre Hose auf.
Sie merkte nicht, dass sie inzwischen bei den Jungen unbewusst in die Position einer Göttin geraten war. Keiner der fünf hatte je ein so schönes, elegantes Mädchen von nahe gesehen! Die billigen Schlampen in den entsprechenden Etablissements waren jedenfalls ein Nichts gegen sie!
Es ging nicht tief hinab. Sie fand sich wieder in einem Gewölbe, das früher mal ein Keller gewesen sein mochte. Es war hier genauso klamm und feucht wie draußen, aber immerhin war man vor Wind und Wetter geschützt.
„Magst du dich hier mal setzen?“, fragte Raimund. Hastig klaubten die anderen ein paar zerlumpte Decken zusammen und legten sie auf die Stelle. Claudia sah, dass sie nun auf dem nackten Stein saßen.

„Also, Leute", begann Raimund, „das ist meine Klassenkameradin Claudia! Die, die mir den Adventskalender geschenkt hat!"
Alle klatschten.
„Schau mal, Claudia, das Ding haben wir noch!"
Tatsächlich! Es war unverkennbar, dass sie es auf eine Art Ehrenplatz gestellt hatten! Alle Türchen waren geöffnet, aber es war klar, dass auch der leere Kalender alles andere als Müll für die Jungen war.
„Ach Leute, ihr seid … klasse!", erklärte Claudia aus tiefstem Herzen.
„Also, das ist schon ein Ding!", meinte Matze, „kommt ein Mädchen mutterseelenallein hierher, trifft fünf wilde Kerle und sagt, dass wir klasse sind! Mann! Mundi, stell uns doch mal vor!"
Raimund lächelte. „Nun, Thorsten und Matze kennst du ja schon! Das ist Jörg, und da sitzt Willi! Der sagt nie was, ist aber sehr lieb!"
Der Willi Genannte verzog sein Gesicht zu einem herzlichen Lächeln, blieb sonst aber tatsächlich stumm. Seine Gesichtszüge waren im Dunkel kaum zu erkennen, denn das ohnehin schon spärliche Tageslicht drang nur sehr gedämpft bis hier unten vor. Claudia griff nach ihrer Tüte.
„Also, ich finde es ganz schön dunkel hier! Ich glaube, ich hab was dagegen!" Sie kramte die Kerzen hervor. „Seht mal! Wollen wir die mal anmachen?"
Die Jungen reagierten nicht, aber Claudia konnte in allen Mienen ehrfürchtiges Staunen ausmachen. Fast andächtig halfen sie ihr, die Kerzen zu fixieren. Sie zündete sie an. Warmes Kerzenlicht durchflutete das armselige Gewölbe. Die Jungen saßen stocksteif und starrten sie an. Da lief Claudia zu Hochform auf!
„So! Raimund, du hast dich so gefreut über den Kalender! Da dachte ich … also, Leute, bei mir zu Hause ist Weihnachten echt ätzend! Hier, den ganzen Scheiß haben sie mir geschenkt!" Mit einem Wutsch kippte sie den gesamten Inhalt der Tüte auf den Boden. „Ich schaff das alles doch gar nicht! Und ich … ich wollte dir einfach was abgeben! Euch auch!", fügte sie in die Runde hinzu.
Eine ganze Weile rührte sich niemand. Andächtig wanderten alle Blicke zwischen dem Berg an Naschsachen und ihr selbst hin und her. Noch größer aber, ja fast mit Händen greifbar, war Erstaunen!

Erstaunen über eine Weihnachtsgabe nach Weihnachten, eine Art Heiliger Nachmittag, der sich tief in die Seelen der fünf Jungen einbrannte!
„Greift doch zu, Leute!", forderte Claudia leise. Sie griff eine große Tafel und reichte sie Raimund. „Los, ich kann euch nicht alle bedienen! Das ist für euch!"
Zögernd griffen sich jetzt alle etwas aus dem Haufen. Man hörte das Rascheln der Verpackungen, als sie geöffnet wurden, und das Geräusch brechender Schokoladenriegel. Sonst jedoch herrschte völlige Stille!
Claudia sah sich um; sah in die andächtigen, unrasierten Gesichter, sah die Freude darin, sah ungläubig schimmernde Augen im Kerzenlicht.
Raimund beugte sich vor. „Claudia?", fragte er fast flüsternd, „darf ich ... darf ich auch für meine Mama ...?"
„Klar doch! Wollt ihr auch? Das ist für euch! Ich hab doch nun wirklich genug!"
„Matze, sieh mal! Echtes Marzipan!"
„Du bist ja selber schon ein Marzipanbrot!", gab Matze zurück. Plötzlich war sie da, die Stimmung! Die Jungen lachten und scherzten! Wie lange waren sie nicht mehr so glücklich gewesen! Und alles nur wegen ein bisschen Schokolade!
Claudia lehnte sich zurück und betrachtete die Jungen, ihre Freude, ihr andächtiges Genießen. Immer wieder fing sie auch die Blikke der Kerle auf, die sich freuten wie Kinder!
Da plötzlich wusste sie, was Weihnachten ist! Wusste es mit jeder Faser ihres Herzens! Und sie war glücklich! Glücklich wie noch nie in ihrem Leben! Glücklich in diesem feuchten, kalten, muffigen Kellergewölbe; glücklich unter fünf Typen, die gar nicht wussten, wie ein schönes Mädchen aus der Nähe aussieht. Sie wandte ihren Blick nach oben. Dann sank sie zusammen und fing an zu weinen!

Sofort kehrte Ruhe ein! Die Jungen umringten sie, und Raimund legte ihr warm die Hand auf die Schulter. Das taten kurz darauf auch die anderen, aber niemand sagte ein Wort! Warme Kraft floss durch Claudia, durch fünf junge Männer, die auch zum ersten Mal in ihrem Leben wussten, was Weihnachten ist.

„Ich habe immer gedacht, Engel sind blond!“, sagte der kleine, dickliche Jörg leise in die Runde. „Aber hier … hier ist ein dunkler Engel!“

Claudia beruhigte sich schließlich, war aber nicht in der Lage, etwas zu sagen. Sie sah Raimund an, der sah sie an.
„Leute …!“, flüsterte Matze. Wie auf Kommando teilte man die ‚Beute‘ unter sich auf, ohne Streit und in herzlicher Kameradschaft. Es war immer noch ein ganzer Batzen für jeden.
„Mundi? Wir sehen uns!“, flüsterte Thorsten und kämpfte sich nach draußen. Die anderen außer Raimund folgten ihm. Schließlich blieben die beiden allein zurück.

Einen Moment standen sie noch Auge in Auge, dann umfingen sie sich in einer festen Umarmung.
„Raimund?“, flüsterte sie in sein Ohr, „dieses Weihnachten werde ich nie, nie vergessen!“
„Ich auch nicht, Claudia!“, flüsterte Raimund zärtlich zurück. „Komm, ich bring dich nach Hause!“

Einen Moment standen sie noch Arm in Arm. Dann kämpfte sich Claudia mit Raimunds Hilfe nach oben. Claudia hakte sich bei ihm unter, und langsam, wirklich sehr langsam, liefen sie zur Bushaltestelle.

Arno Häcker

Heiliger Nikolaus

Sternenfunkeln am Firmament,
ein Lichtlein brennt im Advent,
und weit von draußen eilt er her,
uns zu verkünden eine frohe Mär.

Ob Schneegestöber, ob Sonnenschein,
Nikolaus findet Eingang in jedes Heim,
dort erfreut er der Menschen Herzen,
sehen sie doch das Licht unvergänglicher Kerzen.

Er ist des Lebens brüderlicher Freund,
der nicht nur von Nächstenliebe träumt,
denn voll Herzensgüte teilt er Gottes Gaben aus,
um in Liebe zu beschenken eines jeden Haus.

Eilt er schließlich frohgemut von dannen,
erklingt es leise bei den weißen Tannen:
„Nikolaus war wieder hier,
gesegnete Weihnachten dir und mir!"

Schneeflöckchen, komm wieder zu mir

Weiße Flöckchen sinken nieder
aus dem weiten Himmelszelt,
singen heiter frohe Lieder
über unsre schöne, alte Welt.

Lustig tanzen sie
über Berg und über Tal,
tun uns kund von Gottes Segen,
unsrem Wegbegleiter still und leise
auf der Lebensreise.

Und wenn auch schnell vergehet ihre Pracht,
sei nicht traurig, gib nur acht,
denn sie kommen immer wieder,
um zu singen ihre frohen Lieder
hier bei dir und überall
über Gottes unvergänglich Weltenall,
das beherbergt Freude, Glück und Liebe,
das ermöglicht all die Pracht,
die es gibt am hellen Tage,
aber auch in finstrer Nacht.

Ist der Winter dann vorüber,
ist der Kindertraum vorbei,
naht ein neuer Winter
mit dem Winde schnell herbei.

Sehr zur Freude all der Kinder,
die es gibt auf dieser Welt,
kommen immer wieder
aus dem weiten Himmelszelt,
um zu singen frohe Lieder,
weiße Flöckchen dicht an dicht
vor uns Menschenkinder Angesicht.

Zeichnung von Hilda Vetter, geb. 1918

Schönster Baum auf Erden

„Weihnachten, Weihnachten ist bald!“,
erschallt es im lichtdurchfluteten Winterwald.
Ein Raunen und Wispern durcheilt den weiten Raum,
und große Freude erfüllt einen jeden Baum.

Ist Christus nicht einst gekommen in des Menschen Haus,
zu verkünden: „Liebe und Glück müssen in die Welt hinaus!“?
Und die Bäumchen, sie spüren den himmlischen Glanz,
der in Liebe umfangen hält die Welten des Lebens ganz.

Myriaden von Schneeflöckchen tanzen heiter auf und nieder,
singen den Christbäumchen verheißungsvolle Lieder.
Und ein fröhliches Treiben herrscht im glitzernden Wald,
denn Weihnachten, Weihnachten ist bald.

Wir Menschen freuen uns auf diese heiligen Stunden,
die uns vergessen lassen im Leben erfahrene Wunden.
Sternenglanz und Lichterfeuer verzaubern unsere Herzen,
wie hell doch wieder leuchten die Christbaumkerzen!

Zeichnung von Hilda Vetter, geb. 1918

Heimkehr am Heiligabend

Schnell, doch mit sicherem Schritt
durcheilt er das Dunkel der Winternacht,
Schnee knirscht geheimnisvoll bei jedem Tritt,
in wenigen Stunden ist Heilige Nacht.

Schnee und Eiskristalle gleißend funkeln
bei der alten Lampe hellem Schein,
sichtbar wird das ersehnte Ziel im Dunkeln,
bald wieder wird Weihnachten sein.

Voller Freude trägt er auf seinem Rücken
Weihnachtsgeschenke und einen kleinen Baum,
diese sollen wieder festlich schmücken
einen vom Licht der Liebe erfüllten Raum.

Bewahre dir Liebe und Gottvertrauen im Herzen,
erhöre die Botschaft der Heiligen Nacht,
hell leuchten für dich dann die Christbaumkerzen,
wenn das Christkind kommt in der Winternacht.

Weggefährte in der Nacht

Guter Mond, du stehst so stille
hoch oben am Himmelszelt,
bist Ausdruck von Gottes Wille,
der stets uns begleitet auf dieser Welt.

Freundlich schaust du auf uns nieder,
hell leuchtend in tiefdunkler Nacht,
mit Freuden sehen wir dich dann wieder,
wenn dein Licht im Dunkeln uns leise zulacht.

Das Licht des Tages ist längst vergangen,
entschwunden in der Dunkelheit,
das Licht der Sonne ist von uns gegangen,
dein Kommen schenkt uns Helligkeit.

Wie Kinder freuen wir uns deshalb wieder,
wenn wir dich sehen in sternklarer Nacht,
erklingen in uns doch leise Lieder,
wenn wir dich erblicken in der dunklen Nacht.

Das Sternenlicht, dein milder Mondenschein
lassen unsere Herzen schneller schlagen,
dein Zauber umschmeichelt unser irdisches Sein,
lässt in uns verstummen manches Klagen.

Und ist dann endlich wieder Winter,
beginnt die wunderschöne Weihnachtszeit,
dann freuen wir uns wie die kleinen Kinder,
wenn es draußen so richtig schneit.

Ein überirdisches Weiß erhellt die lange Winternacht,
und sind wir eines Morgens glücklich aufgewacht,
bist du unser Weggefährte in der Sternennacht,
die wir Menschen nennen „Heilige Nacht“.

Christian Imhoff

Lukas

Eine Weihnachtsgeschichte

Es war bitterkalt, und es stürmte. Man sah kaum noch die Hand vor Augen. Lukas zitterte wie Espenlaub trotz der dickgefütterten Winterjacke. Auch Kapuze, Schal und Handschuhe konnten diesem Umstand nicht entgegenwirken. Am liebsten wäre der Junge wieder in diejenige Richtung zurückgekehrt, aus der er gekommen war. Doch ihm war nicht danach zumute, die Gesellschaft des strengen Heimleiters weiterhin zu ertragen. Dann wollte er noch lieber hier draußen in der eisigen Kälte erfrieren. Jawohl!

Mutig stapfte der knapp siebenjährige Blondschopf durch den beinahe kniehohen Schnee, der bei jedem Schritt wie morsche Bretter unter seinen knöchelhohen und mit Lammfell gefütterten Schnürschuhen knirschte. In der rechten Hand hielt der Bub die Zügel seines besten Freundes Sandy – einer schimmelfarbenen Ponystute – fest umklammert.

Welcher Grund mochte wohl den Jungen überhaupt dazu bewegt haben, sich mutterseelenallein, nur in Begleitung seines Pferdes, in den kalten Winter zu begeben? – Nun, Lukas war ein Waisenkind, dessen Eltern vor einem knappen halben Jahr durch einen tragischen Verkehrsunfall ihr Leben lassen mussten. Diesen schrecklichen Verlust hatte er bis heute weder verkraften noch verarbeiten können. Und da keine Verwandten ausfindig gemacht werden konnten, hatte man Lukas ohne Umschweife kurzerhand ins Kinderheim gesteckt.

Für den arg gebeutelten, sensiblen Jungen war die Welt dadurch endgültig wie ein Kartenhaus in sich zusammengebrochen.

Doch was diese abscheuliche Situation noch verstärkte, war die Tatsache, dass Lukas jedesmal von adoptionswilligen Ehepaaren kategorisch abgelehnt wurde, und dies auch bloß, weil er nur mitsamt seinem Pferd in eine Adoption einzuwilligen gedachte. Doch welche Leute wollten schon einen Jungen mitsamt Pferd zu sich nehmen? Niemand natürlich!

Und dieser Umstand deprimierte Lukas dermaßen, dass er jedesmal in tiefe Trauer und Lustlosigkeit verfiel. Tagelang war er stumm wie ein Fisch, nahm nichts zu sich und hielt sich stundenlang bei seinem Pony im Stall auf. Tja! Was hätte er gegen diese verzwickte Situation denn auch unternehmen sollen? – Etwa sein Pferd abtun oder verschenken? – Niemals! Dazu liebte er sein Shetlandpony zu sehr! Er und Sandy waren ein Herz und eine Seele, unzertrennliche Freunde auf Lebzeiten. Und außerdem war die Ponystute das einzig Verbliebene, was ihn noch an seine geliebten Eltern erinnerte. Hatte er doch das Pferd vor knapp eineinhalb Jahren von ihnen geschenkt bekommen.
Doch was hätte Lukas denn bloß Gescheites tun sollen, dieser aussichtslosen Lage zu entrinnen? – Nun, der Bub hatte sich einfach keinen klugen Rat gewusst. Und je länger er sein tristes Dasein im Kinderheim fristete, desto intensiver hatte sich der Entschluss gefestigt, sich auf eigene Faust nach einer passenden und pferdefreundlichen Familie umzusehen. Und als Herr Knoll – so der Name des Kinderheimleiters – wegen Sandy wieder einmal einen seiner berühmt-berüchtigten Wutanfälle bekommen hatte, hatte Lukas die Gelegenheit beim Schopf gepackt und war mitsamt Pony in der darauffolgenden Nacht ausgerissen.
Doch je länger sich der Junge durch den Schneesturm kämpfte, desto geringer erschien ihm die Hoffnung, das gesteckte Ziel jemals zu erreichen, zumal er sich in diesem unbekannten Gelände komplett verirrt hatte. Irgendwann war Lukas vom Weg abgekommen und irrte seitdem ziellos umher. Und die schlechte Sicht raubte jegliche Orientierungsmöglichkeit.

Unter einer dichten Baumgruppe, die etwas Schutz vor dem eisigen Wind und den tobenden Schneeflocken bot, legte Lukas eine Rast ein. Erschöpft sank er zu Boden und blieb regungslos liegen. Erst als ihm Sandy mit ihren warmen, weichen Nüstern zärtlich über den Kopf strich, wandte er sich um und blickte sein Pony mit tränengefüllten, tiefblauen Augen trostlos an.

„Ach Sandy ...“, begann er schluchzend, „... am liebsten würde ich sterben.“

Die Angesprochene aber schüttelte erschrocken den Kopf und begann, mit dem linken Vorderhuf den Schnee zu scharren.

„Du hast ja recht, meine Beste", pflichtete Lukas seinem Pony bei, nachdem er die Pferdesprache entschlüsselt hatte, „ich darf die Hoffnung nicht aufgeben."
Der Junge seufzte herzerweichend und zog die Jackenkapuze etwas tiefer ins Gesicht.
„Das einzige Haus, bei dem wir angeklopft haben", fuhr er schniefend weiter, „war uns gegenüber nicht sonderlich freundlich gesinnt gewesen. Kannst du dich noch daran erinnern, was die Leute zu uns gesagt haben, Sandy?"

Die Angesprochene nickte und schnaubte kräftig, während ihre seidenen Ohren immerzu auf ihren lieben, kleinen Freund wiesen.

„Erraten!", triumphierte Lukas und versuchte ein Lächeln. „Sie sagten: ‚Was? Ein Pferd gehört auch dazu?! – Nein danke!! Das wäre ja noch 'n Fresser mehr!! Dich könnten wir ja als Arbeitskraft gebrauchen und einsetzen! Aber was sollen wir mit einem Gaul?! Macht, dass ihr von unserem Grund und Boden verschwindet! Aber 'n bisschen dalli! Oder soll ich euch beiden Beine machen?!!'"
Lukas presste die Lippen zu einem schmalen Strich zusammen, um auf diese Weise das aufkommende Schluchzen zu unterdrücken.
„Und dann haben wir uns verlaufen, Sandy."
Lustlos fuhr sich der Junge mit dem Handrücken übers nasse Gesicht und wischte es sich sauber. Er war deprimiert, fühlte sich in den Abgrund gestoßen, was man seinem niedlichen, zarten Kindergesicht denn auch ohne Umschweife entnehmen konnte.
Plötzlich wurde Lukas' Bubenherz erneut schwer, und die Traurigkeit ergriff abermals Besitz von ihm. Des Jungen Schluchzen verstärkte sich kontinuierlich, artete zu bitterem Weinen aus. Dicke Tränen traten aus seinen Augen hervor und bahnten sich einen Weg zum Kinn, von wo aus sie lautlos in den Schnee kugelten. Im Zeitlupentempo richtete sich der Junge auf, schlang die Arme um den Hals seines Pferdchens und vergrub sein Antlitz in dessen dichte Mähne.

„Ach Sandy!“
Lukas atmete tief durch, um sich auf diese banale Weise ein bisschen zu beruhigen.
„Was soll ich bloß tun? Ich weiß mir einfach keinen Rat, womit …“
Er brach die Äußerung abrupt ab, öffnete in bedächtigem Tempo die Satteltasche und ergriff die darin befindliche rote Feldflasche, um mit ihrem Inhalt seinen Durst zu stillen.
Nun, nachdem er sich einige Schlucke des köstlichen, aber eisigen Inhalts genehmigt hatte, verstaute er den Behälter wieder und schnallte die Satteltasche gut zu. Doch damit war seine Ponystute keineswegs einverstanden. Ungläubig riss sie den Kopf hoch und stupste Lukas dermaßen unsanft von sich, dass er beinahe zu Boden geplumpst wäre. Im allerletzten Moment aber bekam er den Sattelgurt zu fassen und vereitelte somit einen Sturz in den Schnee.
„Was ist denn plötzlich in dich gefahren?“, erkundigte sich Lukas sichtlich bestürzt und ergriff sein Pony am Halfter. „Bist du übergeschnappt, oder ist dir etwa dein gesunder Pferdeverstand abhanden gekommen?“

Die Angesprochene schnaubte kurz, warf den Kopf mehrmals hoch und scharrte den Schnee.

Lukas begriff rasch. „Ich würde dir ja liebend gerne ’nen Schluck Wasser geben, Sandy“, begann er, nachdem er die Pferdesprache entschlüsselt hatte. „Aber du könntest von dem eisigen Wasser ’ne Kolik bekommen und sterben, hat mir Paps mal gesagt.“
Lukas strich zärtlich über Sandys Nüstern.
„Ich kann das nicht riskieren, meine Beste. Du bist doch mein Ein und Alles.“
Die Ponystute begriff und wandte die Aufmerksamkeit vom Jungen ab.

Mittlerweile hatte die Abenddämmerung den Tag eingeholt. Der Schneesturm hatte spürbar an Stärke verloren. Wenig später war er dorthin zurückgekehrt, woher er gekommen war. Am Firmament wurden abertausend kleine Sterne sichtbar, die ihr silbernes, weiches Licht verspielt zur Erde sandten.

„Weißt du eigentlich, welcher Tag heute ist, Sandy?“, erklang Lukas’ helle Kinderstimme durch die einsame, lastende Stille, die höchstens durch Sandys Schnaub- und Atemgeräusche durchbrochen wurde.
Die Angesprochene nickte, worauf Lukas lächelnd sagte: „Erraten! Heute ist der 24. Dezember, Heilig Abend!“
Geschickt entledigte sich Lukas der Handschuhe, rieb die vor Kälte nahezu klammen Hände kräftig aneinander und hauchte sie zu guter Letzt noch mit seinem warmen Atem tüchtig an. Dabei entdeckten seine verweinten Augen etwas Seltsames am Himmelszelt. Zuerst dachte der Bub, dass der helle Fleck am Firmament lediglich ein von seiner Fantasie erzeugtes Trugbild wäre. Bei genauerem Hinsehen aber entpuppte sich die gleißende Kugel als heller Stern, der stillschweigend über den Baumwipfeln schwebte.
„Märchenhaft“ war das einzige Wort, welches Lukas angesichts dieser bezaubernden Erscheinung über die Lippen brachte.
Wie angewurzelt stand der Junge da und starrte gebannt auf das leuchtende Gebilde, so als wollte er mit ihm eine telepathische Verbindung aufnehmen.
Plötzlich, wie von Zauberhand gelenkt, begann sich der lieblich anmutende Stern in eine ganz bestimmte Richtung zu bewegen.
„Genau wie in der Weihnachtsgeschichte“, murmelte Lukas und fuhr sich über die Stupsnase.
„Komm, Sandy!“, forderte er in etwas kräftigerer Tonlage, „wir folgen ihm!“
Entschlossen schwang er sich aufs Pferd, nahm die Zügel in die Hand und dirigierte das Pony hinter dem Stern her.
Über zwei Stunden lang folgten die beiden dem gleißenden Licht, bis es über einem prächtigen, einsamen Haus stehenblieb und sich nicht mehr von der Stelle rührte. Neugierig glitt Lukas’ Aufmerksamkeit über das hübsche, von einer Laterne schwach beleuchtete Gebäude. Sollten hier drin etwa seine zukünftigen Eltern wohnen, die er sich so sehnlichst wünschte?
Plötzlich wurde dem Jungen schwindlig und schwarz vor Augen. Die eisige Kälte und ein leerer Magen hatten ihn restlos ausgebrannt und die allerletzten Kraftreserven gefordert. Lukas aber riss sich eisern an der Kandare und glitt vorsichtig aus dem Sattel.

Er durfte sich jetzt keinesfalls der Gleichgültigkeit hingeben! Ansonsten wäre er verloren. Dies jedenfalls vermittelte ihm ein untrügliches Gefühl.
Entschlossen stapfte Lukas durch die weiße Pracht zum Haus hinüber und klopfte an. Dann aber knickten seine Beine wie Streichhölzer ein und er sank, komplett erschöpft, lautlos in den weichen Schnee. Die Naturgewalt hatte über den Jungen gesiegt und seine Willenskraft gebrochen. Wenn sich seiner nicht innerhalb kürzester Zeit irgendwer annahm, war er für alle Zeiten verloren! Armer Junge! Er hätte einfach unter keinen Umständen aus dem Kinderheim ausreißen dürfen! Denn wie schnell konnte man sich in dieser ländlichen Gegend und erst noch zu dieser Jahreszeit verirren! Doch Lukas hatte einfach die Gesellschaft des strengen Heimleiters nicht mehr länger ertragen!

Es tat gut, hier zu liegen und an nichts zu denken.

Aus dem Hausinnern gewahrte man zwei überrascht klingende Stimmen, die kontinuierlich an Intensität zunahmen, je mehr sie sich der Tür näherten, die kurz darauf geöffnet wurde und die Sicht ins Haus freigab. Die Beleuchtung des prächtigen und majestätisch in die Höhe ragenden Torbogens – der vor der kleinen Brücke thronte, welche das Anwesen der Bosselmanns mit der Straße verband – wurde angeknipst und tauchte den Vorplatz in geheimnisvolles Licht.
„Das ist ja ein Kind!“, kam es Frau Bosselmann sichtlich erschrocken über die Lippen.

Ihr Mann nickte seiner Gattin beipflichtend zu.

Entschlossen kniete sie sich vor den kleinen Jungen nieder, griff ihm unter die Arme und richtete ihn vorsichtig auf.
„Was machst denn du so mutterseelenallein hier draußen, Kind?“, kam es ihr sichtlich verdutzt über die Lippen.
Mit einigen geschickten Handbewegungen säuberte sie Lukas’ mit Schnee bedecktes Gesicht und streifte ihm die Jackenkapuze vom Kopf.

„Ooooch!“, entfuhr es ihr sichtlich gerührt. Und sie konnte dabei ihre Erregung kaum im Zaume halten.
„Der Junge sieht ja aus wie ’n kleiner Engel!“
Sie fuhr Lukas mehrmals zärtlich durchs flachsblonde und schräg nach hinten geschnittene, dichte Kinderhaar und gab ihm einen dicken Kuss auf die geröteten und eiskalten Wangen. Dann hob sie den Jungen hoch und legte ihn behutsam aufs neben dem wärmenden Kamin befindliche Sofa.

Zögernd öffnete Lukas die Lider und blickte direkt in zwei starr auf ihn gerichtete Augenpaare.

„Er kommt zu sich“, bemerkte Herr Bosselmann mit gedämpfter Stimme und fuhr dem Jungen zärtlich durchs Stirnhaar.
„Wie heißt du – wo kommst du her?“, versuchte Frau Bosselmann den Jungen zum Reden zu bewegen, „hast du dich etwa verirrt?“

Lukas jedoch besaß nicht die geringste Lust dazu, Fragen zu beantworten.

„Lass nur, Katja“, meldete sich Herr Bosselmann zu Wort, „wenn die Zeit reif ist, wird er’s dir ganz bestimmt erzählen.“

Die Angesprochene nickte zustimmend und eilte in die Küche, um Lukas heißen Kakao aufzubereiten, während sich Herr Bosselmann ins Schlafzimmer begab, um mit einer dicken Wolldecke bepackt zum Ausgangspunkt zurückzukehren. Lächelnd breitete er sie über den frierenden Jungen aus und setzte sich neben ihn nieder.

Neugierig blickte Lukas um sich und entdeckte dabei den festlich und äußerst geschmackvoll hergerichteten und geschmückten Christbaum. Und die feierliche Musik verlieh der friedlichen Weihnachtsatmosphäre noch mehr an Intensität.
Tränen wurden in Lukas’ Augen sichtbar. Das wundervoll dekorierte Wohnzimmer ließ die Erinnerung an die gemeinsamen Weihnachtsabende mit seinen Eltern wieder aufflackern. Und das schmerzte natürlich ganz gehörig.

„Du weinst ja“, stellte Herr Bosselmann sichtlich gerührt fest und fuhr Lukas tröstend durchs seidene Kinderhaar.
Als sich Lukas wieder gefangen hatte, bat er leise, beinahe flüsternd: „Bitte kümmern Sie sich um mein Pony. Es braucht dringend etwas zu essen und zu trinken.“
„Darum kümmere ich mich sofort“, versprach Herr Bosselmann, „ich verstehe nämlich was von Pferden. Schließlich bin ich mit ihnen quasi aufgewachsen.“
Lächelnd erhob er sich vom Sofa, schlüpfte in Wintermantel- und Stiefel und schritt nach draußen, um sein Versprechen einzulösen. Eine knappe Viertelstunde später kehrte er wieder ins Haus zurück.
„Na, Liebling?“, meldete sich Herr Bosselmann zu Wort, als er seine Frau, neben Lukas kniend, entdeckte. „Hat unser kleiner Engel in der Zwischenzeit etwas über sich erzählt?“

Die Angesprochene verneinte kopfschüttelnd und flößte Lukas einen weiteren Schluck des köstlich anmutenden Kakaos ein. „Außer, dass er ein Waisenkind ist, war nichts aus ihm zu entlocken.“

„Vermutlich sucht er ’ne Bleibe für einige Tage, um von irgend etwas Abstand zu nehmen“, kombinierte Herr Bosselmann, „vielleicht aber“, fuhr er nachdenklich weiter, „ist er ausgerissen, weil ihn niemand mitsamt seinem herrlichen Pony zu adoptieren gewillt ist!“
Er legte den Arm um die Schultern seiner Frau und zog sie sachte zu sich rüber.

„Daran hab’ ich auch schon gedacht“, meinte Frau Bosselmann nickend und gab ihrem Mann einen Kuss auf die Lippen. „Sollen wir seine neuen Eltern werden? – Wir könnten es doch mit ihm versuchen und ihm eine glückliche Kindheit mit auf seinem langen Lebensweg geben. Und sein Pony soll kein Hinderungsgrund sein. Schließlich haben wir ja genug Platz auf unserem Besitz. Was meinst du dazu, Martin?“

Der Angesprochene nickte stumm und drückte seiner Gattin einen sanften Kuss auf die Lippen.

Lukas schloss zufrieden und erleichtert zugleich die Augen. Diese herzenswarmen Menschen hatten seine Botschaft verstanden, ohne dass er sie ihnen durch Worte hatte darlegen und mitteilen müssen. Endlich sollte auch er wieder richtige Eltern haben, auch wenn sie seine leiblichen niemals zu ersetzen vermochten.

Doch das war nebensächlich! Hauptsache, er besaß wieder jemanden, der ihn liebte und mochte und für ihn sorgte!

„Ich glaube, es wäre jetzt an der Zeit, den Jungen zu Bett zu bringen. Er ist von der langen, strapaziösen Reise hierher, sicherlich hundemüde."

„Du hast recht, Liebling", stimmte Herr Bosselmann seinem Gegenüber nickend zu und hob den Buben behutsam vom Sofa hoch.

Wenig später lag Lukas in einem wohlig weichen, warmen Bett, flankiert von zwei Menschen, die ihn vom ersten Augenblick an in ihr Herz geschlossen hatten. Dies jedenfalls vermittelte ihm ein untrügliches, sicheres Gefühl. Und er wusste, dass er und seine Shetystute Sandy hier ein neues Zuhause gefunden hatten.

Nachdenklich wanderte Frau Bosselmanns Aufmerksamkeit von Lukas' Antlitz zu ihrem Mann rüber. Zärtlich nahm sie seine Hände in die ihren und bemerkte selig: „Ich glaube, Gott hat uns mit diesem Jungen eine Chance gegeben, uns ihm gegenüber zu beweisen und den schweren Verlust unseres leiblichen Kindes zu überwinden."

Herr Bosselmann nickte zustimmend, während Tränen unbändiger Freude und Dankbarkeit in seinen Augen sichtbar wurden, die ihm seine Frau unverzüglich mit einem Taschentuch trocknete.

Ingrid Karner

Vom Schnee

Heute erfüllt sich mein geheimer, schon längere Zeit schwelender Wunsch, es möge endlich schneien. Als ich am Morgen aus dem Fenster schaue, blicke ich auf eine Schneestadtlandschaft, auf die weißen Dächer, die Autos, alle mit einer Schneehaube bedeckt, die Straße, die Gehsteige verschneit – eine Augenweide für mich.

Bald wird das sanfte Weiß in schmutziges Graubraun übergehen. Die unberührte Schneekristallhülle wird sich auflösen, zu Schneematsch verrinnen.

Aber jetzt ist es noch nicht soweit, jetzt genieße ich die kindliche Freude über den Schnee, auch wenn das erwachsene Ich nüchtern vorausblickt. Keine Rutschgefahr, keine Glatteisbedrohung können diese ursprüngliche Freude trüben. Mit dem Ich meiner Kindheit schaue ich auf den Mantel strahlender, glitzernder Helligkeit, der sich über den gewohnten Anblick der Landschaft gelegt hat.

Als Kind war der Schnee für mich eine weiße Spielwiese, war mit Bewegung, mit Herumtollen und Gestaltung verbunden – Rodeln, Schneeballwerfen, Schneemannbauen, Spurenbetrachten. Schnee als Faszination des weißen Blattes, das nur darauf wartet, beschrieben zu werden.

Ich wage nicht, mich im Geist in eine Winterlandschaft zu versetzen, ins Nonplusultra eines Schneezaubers, der sich im Gebirge darbietet oder über einer lieblichen Hügellandschaft ausgebreitet ist. Welches Hochgefühl würde mich treffen, könnte ich nun in einer verschneiten Landschaft wandern, ins Eisgitternetz der Baumkronen blicken, mich im unendlichen Weiß verlieren, darin versinken! Dieser Sehnsucht will ich nicht zu sehr Raum geben, da es mir derzeit nicht möglich ist, diesen Traum zu erfüllen.

Im Augenblick will ich mich beim Blick aus dem Fenster einfach über das Schauspiel, das sich mir bietet, freuen: Es hat über Nacht geschneit. Das Ereignis der Verwandlung berührt meine inneren Kanäle, die vom Prinzip Verwandlung gespeist sind. Das Leben kann einen zu diesen Gedanken führen. Von der Ruhe der Vorbereitung, der Ruhe vor dem Sturm sozusagen zur Unruhe im Lebenswirrwarr bis hin zur Ruhe am Ende, wie immer man dieses Begriffspaar deuten mag, ob als Ruhe nach getanem Werk, ob als Ruhe nach dem Sturm, ob als Abschluß einer Erfüllung, als Gelassenheit im Älterwerden oder Ruhe des ewigen Friedens.
Im Schnee spiegeln sich all jene Vorstellungen als mein inneres Bild.

Schnee, schützende Hülle, sanfte Leere, die sich über die Zumutung aller Reizüberflutungen legt, weißes Licht, du bist für mich Allegorie einer anderen Wirklichkeit, der Transzendenz.

Weihnachtsstadtbummel

Voradventliche Stimmung
in der Bognergasse
tief unter dem Himmel
leuchten elektrische
Weihnachtssterne
über den Köpfen
und Autodächern
wenn ich das Wort
„elektrisch“ ausspare
kann ich schöner träumen
sogar der Regen stört mich nicht

In den Auslagen Erlesenes
Ausgefallenes wie
rote Wichtelmänner
oder schlank-elegante Engel
aus Blech
die alltägliche Tristesse
ausgeblendet beim Bummel
durch die Innenstadt
stille Erwartung kommt auf
fast uneingestanden

Winter-Haiku

Die weißen Spitzen
aus glitzerndem Eis im Licht
der Wintersonne

Beim Heimweg abends
noch grau getönte Straßen.
Stunden später sanftes Weiß
frisch gefallener Schnee

Auf den Dächern Schnee –
mein Blick umfaßt das Bild der
Stille und Sanftheit

Am Silvestertag
wirbeln Eiskristalle
auf den Schnee
von gestern.
Im kalten Wind
tanzen Flocken
in das neue Jahr

Ruth Kellerhoff

Die „Dunkle Zeit“

Klirrende Kälte erhebt sich übers Land,
kriecht in jedes Loch, füllt jede Ritze aus,
lässt keinen Raum, lässt nichts aus.

Schnee fällt in leichten Flocken,
schichtet sich auf, wächst, wird dick und dichter,
überdeckt die Erde, wie eine wärmende Schlafdecke
das Kind in der zugigen Nacht, umhüllt es,
wärmt die Muttererde, schützt die Wurzelballen,
hält die Samenkörner in konstanter Temperatur,
gibt den Larven Wärme vor dem klirrenden Frost.

Speichert sie von vergangenen Sommertagen,
gibt Schutz, lässt herankeimen und -wachsen
in der warmen Tiefe des Mutterbodens
für das kommende Jahr, dem nächsten Frühling.

Schneesterne glitzern in den Sonnenstrahlen gegen das
einbrechende Licht. Bezaubern, verzaubern
die Welt der Farben in eine weiße Traumwelt,
das Spiel von Farben ist wie mit einem Pinselstrich
weggewischt, ausgelöscht – so als ob sie nie da gewesen wären!
Zauberpracht im glimmenden strahlenden Weiß
verwirrt die Sinne.

Es glitzert, es flimmert, es blendet die Augen –
es verschwimmt vor ihnen.
Die kristallene Helligkeit behindert den Blick des Suchenden,
tut den Augen weh.
Die überwältigende Leuchtkraft des winterlichen
durchscheinenden Weiß dringt ein in das Innere deiner Selbst.

Du holst tief Luft, hältst sie an, um jeden Augenblick,
die Zeit der Zeit, den Punkt festzuhalten,
um zu verstehen, was da passiert,
um zu nutzen dein Wissen.

Nebelige Schwaden entweichen beim Ausatmen
und steigen wie kleine Bläschen in die Atmosphäre,
nehmen etwas von dir mit in den Kreislauf der Natur.
Die Welt der Mutternatur hat sich ihr Winterkleid angelegt –
über und über mit zigtausend leuchtenden weißen Schneesternen
und irisierenden klar durchscheinenden Eisperlen bedeckt,
steht sie da in ihrem Festgewand,
das im Sonnenlicht wie Diamanten leuchtet,
das unwirkliche Licht brechend erstrahlt
und bizarre Feuerfunken versprüht, die nie erlöschen.

Sogar im Mondschein glänzt und funkelt alles an ihr,
in einem violetten Lichtstrahl erscheint die Welt
von Weiß in Rotviolett bis zum zarten Goldton.
Sie ruft auf, lädt ein zur Krönung des Winterballs,
um die Wiedergeburt zu feiern, die das Land
und die Natur erneuern, wieder auferstehen lassen.

Neues wachsen lassen, leuchten den brennenden Fackeln –
durchdringt die Dunkelheit, die Nachtzeit verscheucht sie,
das dämmrige, wattige Licht wird verdrängt glänzend in der Nacht
vom Vollmond des hell violetten Scheins und taucht alles ein
im Glanze des reflektierenden Schneeteppichs,
der über das Land ausgebreitet liegt wie dicke,
weißstrahlende Wolken am hellblauen Himmel.

Weich und zart fühlt es sich an, wenn wir daraus Schneebälle formen, Burgen bauen und sonstiges davon modellieren.
Es ist eine traumhaft schöne, unwirklich scheinende Wirklichkeit,
wüsste man es nicht besser, könnte man annehmen,
es wäre nicht von dieser Welt.

Ein märchenhafter Zauber liegt in der Luft,
erfasst meine Augen, meinen Blick, mein Herz,
überdeckt das Land, übersteigt das Fassungsvermögen –
man meint zu träumen, wenn morgens an den Fenstern
die herrlichsten Eisblumengebilde aufleuchten in der schimmernden Morgenhelle.
Jede ist anders in Form und Größe,
jede ist noch schöner im morgendlichen Rosarot.

Über Tag verschwinden sie auf seltsame Weise,
um darauf auf dem folgenden Morgen in der Sonnenröte
aufs Neue wiedergeboren zu werden,
in neuen bizarren Formen und Glanz erstrahlen.

Kleine und große Nasen drücken sich platt
an den Scheiben der Fenster, um das Wunder der Natur
zu bestaunen, um ganz nah zu sein –
aufpassen muss man, um mit seinem Atem nicht
das Schauspiel der vollkommenen Formen verschwinden zu lassen.
Die einzelnen Kristalle sind so atemberaubend schön geformt,
dass sie kein menschliches Wesen so hinreißend
nachmachen kann – dies bringt nur Mutter Natur,
die Schneekönigin, zustande
im immerwährenden Rhythmus der Gezeiten.

Lange Eiszapfen summen eine Melodie, wenn der Wind von Väterchen Frost aus dem kühlen Norden sie leicht umspielt.
Die klirrende Kälte des Frostes bringt die glitzernde Schneedecke
zum Knirschen und Knacken
Die Melodie des Windes spielt zum Tanze auf – auf zugefrorenen Seen tanzen Menschen mit Schlittschuhen im Takt, geben somit ihrer Freude Ausdruck. Auch Kinder – die großen – die kleinsten feiern mit. Ihre Schlitten aus den Kellern oder Speichern geholt und gewachst, begeben sie sich auf die Hügel und gleiten jauchzend die Abhänge hinunter – Strahlen stehen in ihren Augen, sie wetteifern mit ihren glühendroten Wangen.
Von Kälte sieht man bei ihnen keine Spur.

Pferdekutschen mit Glockengeläut sind unterwegs,
begleiten die wirbelnden Schneeflocken, die tanzend
und wirbelnd zur Erde niederschweben.
Menschen, die sich nicht kennen, sich nie vorher geseh'n,
ergreifen die ausgestreckten Hände ihres nächsten Nachbarn, bil-
den einen Kreis, tanzen, jubeln, feiern das Fest der Freude – rot-
glühende Wangen strahlen mit leuchtenden Augen um die Wette.
Nie weiß man, wer die Oberhand behält.
Familie und Freunde rücken näher zusammen,
wärmen sich am Holzfeuer.
Groß und Klein benutzen den Punkt der Zeit,
um aus zarten Eiskristallen Schneefrauen, Schneemänner,
ja ganze Familien erstehen zu lassen,
Eisschlösser, Iglus zu bauen und, und, und.
Menschenhände, kleine, große, schmücken die Häuser,
die Wohnungen, die Bäume auch mit kunterbunten
glitzernden oder matten Kugeln, Lichterketten –
Türrahmen werden mit grünen Tannenzweigen eingerahmt. Trep-
pengeländer wird damit umwickelt.
Rot-Grün ist die beherrschende Farbe, aber auch buntes Lametta
darf nicht fehlen. Sie werden mit roten, weißen, violetten oder
gelben Kerzen geschmückt, die nach Bienenwachs duften,
warmes flackerndes Licht abgeben, verteilen,
sie lassen die staunenden Kinderaugen aufleuchten
in erwartungsvoller Freude.

Es ist so, als wollten sie „Farbe", die der Winter hat,
verschwinden lassen, zurückholen, festhalten, behalten,
sich in Erinnerung rufen, weil sie von dem winterlichen Weiß
geblendet sind, sich von der Reinheit überraschen lassen,
vielleicht auch fürchten.
Nicht damit umgehen können. Nicht die Zeit des Jahres willkom-
men heißen, sie genießen – die Ruhe, die Unzerstörtheit. Der voll-
kommene Blick der unausgesprochenen Reine,
der Vollkommenheit, die Ruhe, die Besinnlichkeit,
das Insichgekehrte, den Frieden.
Der das Weiße vermittelt weitergibt, fortpflanzt in die Ewigkeit,
in die Unendlichkeit der Gezeiten, in den Raum.

Achim Klein

Die Wahrheit über einen Weihnachtsmarktbesuch

Viele Menschen meinen, dass ein Besuch auf dem Weihnachtsmarkt die rechte Weihnachtsstimmung bringt.
Gemütlich schlendern sie zwischen den geschmückten Ständen auf und ab, kaufen Geschenke und bestaunen die prächtigen Krippenfiguren. Dazu erwärmt ein Glühwein das Gemüt, und gebrannte Mandeln erfreuen den Gaumen. Träumerisch stapfen die Menschen durch den knirschenden Schnee und verspüren ein wohliges, weihnachtliches Gefühl.
Ist das nicht ein wunderschöner Traum?

In Wahrheit gibt es keinen Schnee. Anstelle von Schneeflocken verspüren wir Regen und oft einen eisigen Wind.
Auf Weihnachtsmärkten wird man geschoben und gedrängt. Die Besucher bestimmen, wohin es geht.
Bei dem Gedrängel landet oft der Glühwein auf der Jacke oder dem Mantel. Doch die Hände sind wenigstens warm geworden. Mancher verbrennt sich auch die Zunge mit dem heißen Getränk.

Vorweihnachtliche Nächstenliebe ist zwar edel, aber auf dem Weihnachtsmarkt nicht zu praktizieren. Zum Glück halten dicke Jacken nicht nur die Kälte, sondern polstern auch gegen Stöße ab.
Die abenteuerliche Mischung der Düfte aus gebrannten Mandeln, Glühwein, Bratwurst und Plätzchen verträgt nicht jeder, und oft enden Weihnachtsmarktbesuche in Beziehungskrisen: Man verliert sich im Gedränge oder streitet über Standpräferenzen.

Doch vielleicht erleben gerade Sie Ihr ganz persönliches Weihnachtsmärchen auf dem Markt – es gehört nur etwas Engelsgeduld dazu.

Weihnachten und Umweltschutz

Wenn Weihnachten vor der Tür steht, liegt etwas in der Luft. Dabei denkt jeder an den Duft frischer Plätzchen, der in die Nase steigt, oder an Glühwein.

Doch wer macht sich bewusst, dass vor und an den Feiertagen viel Staub aufgewirbelt wird? Die EU hat eine Feinstaubkonzentration von 50 Mikrogramm pro Kubikmeter Luft an 35 Tagen im Jahr als Grenzwert festgelegt. Das Backen der Plätzchen und das Braten der Weihnachtsgans führen zu Spitzenbelastungen durch Feinstaub, also ultrafeine, nicht sichtbare Partikel.
Diese Partikel werden nur in einem bestimmten Umfang von den Härchen in der Nase aufgefangen. Der Rest dringt in die Atemwege ein und kann Herz-, Kreislauf- und Atemwegserkrankungen auslösen.

Dazu kommt der Weihnachtsputz, und hierbei ist der Staubsauger ein richtiger Staubmacher.
Und auch der Weihrauch in der Christmette produziert Feinstaub wie die Kerzen am Weihnachtsbaum und auf dem Adventskranz.
Vergessen wir nicht, dass das Rauchen einer einzigen Zigarette die Belastung um bis zu 37 Mikrogramm pro Kubikmeter Luft erhöht.

Es ist gut, dass der gute, alte Weihnachtsmann schon am 24. oder 25. Dezember kommt, denn ab Januar könnte er vielleicht ohne Umweltplakette Schwierigkeiten haben, in einige Städte eingelassen zu werden.

Und wer Weihnachten in die Ferne fliegt, muss sich darüber bewusst sein, dass Flugzeuge von allen Fahrzeugen den meisten Staub produzieren.

Eine Frage: Hatte der Stern über dem Stall in Bethlehem nicht einen Schweif aus Staub? Und hatte einer der Heiligen Drei Könige nicht Weihrauch als Geschenk?
So ganz ohne Umweltverschmutzung geht es eben nicht!

Advent

1

Advent, Advent, die Zeit die rennt!
Weihnachtsgrüße, Ostergrüße,
vielleicht auch Grüße an die Süße,
vielleicht eine Mail im Internet,
vielleicht ein Gruß ans Krankenbett.
Nikolaus, Christkind, ach ihr Guten,
wie immer heißt es: eilen, sputen!
Advent, Advent, die Zeit, die rennt.

2

Advent, Advent,
die Schule brennt,
der Rektor rennt,
denn nur er kennt
des Brandes Herd:
Es ist der Kranz,
er ist es wert,
den man ganz
vergessen hatte
in der Debatte.
Das Wasser zischt,
der Brand erlischt.
Liebe Kinder, geht nach Haus:
Die Schule und der Brand sind aus!

Das Christkind, der Nikolaus und der Weihnachtsmann

Die Bescherung am Heiligen Abend ist ein relativ neuer Brauch. Bis zum 16. Jahrhundert gab es zum Fest gar keine Geschenke. Der Tag, an dem die Kinder beschenkt wurden, war der 6. Dezember, der Tag des Heiligen Nikolaus. Eine Legende hat dazu beigetragen, dass der Nikolaus zum Gabenbringer wurde. Er soll drei Töchter seines Nachbarn vor der Prostitution gerettet haben, weil er nachts Gold für die Mitgift durch das Fenster geworfen und so den Töchtern eine Heirat ermöglicht hat.

Im Spätmittelalter soll der Nikolaus seine Gaben durch den Schornstein geworfen oder sie auf Teller, in Schuhe, Strümpfe und Mützen verteilt haben, die am Abend von den Kindern ans Fenster oder vor die Tür gestellt worden waren.

Seit der Mitte des 17. Jahrhunderts breitete sich von Süddeutschland her ein Einkehrbrauch aus. Der Nikolaus kam mit Knecht Ruprecht zu den Kindern ins Haus, die dann von ihm belohnt oder von Knecht Ruprecht bestraft wurden.

Im Zuge der Reformation wurden auf protestantischer Seite die Heiligen nicht mehr als Mittler zwischen den Gläubigen und Gott verehrt. An die Stelle vom Nikolaus trat nach und nach das Christkind, und der Termin des Schenkens verschob sich auf Weihnachten. Das Christkind ist aber keinesfalls das Jesuskind aus der Krippe. Es erscheint oft mit einem Glöckchen als Engel in einem weißen Gewand.

Seit Mitte des 19. Jahrhunderts gibt es den Weihnachtsmann als eigene Figur. Das Christkind blieb der Gabenbringer in katholischen Gebieten, während Kinder in protestantischen Gegenden vom Weihnachtsmann beschenkt wurden, der verschiedenfarbige Gewänder und meistens einen Bart trug. Als Kopfbedeckung diente eine Zipfelmütze, ein Hut oder eine Kapuze.

Erst in den Zwanzigerjahren des 20. Jahrhunderts setzte sich die rote Kleidung mit weißem Pelzbesatz durch. Die Verbreitung dieses Weihnachtsmannes besorgte ab 1930 Coca-Cola, das ihn als Webeträger nutzte. Doch Coca-Cola hat den Weihnachtsmann nicht erfunden, sondern ihn nur für eigene Zwecke eingesetzt.

Steffanie Krank

Weihnachtsintermezzo

Die Sonne brannte heiß vom Himmel, unbarmherzig und grell. Eine unfassbare Schwüle tauchte die Menschen und Tiere auf den Straßen und in den Vorgärten in, für dieses Wetter typische, Trägheit. Obwohl heute Heiligabend begangen wurde, war das Einzige, was über die tristen, breiten Straßen geweht wurde, feiner, rötlicher Sand, der regelmäßig aus der nahegelegenen Wüste in den kleinen Vorort getrieben wurde. Schnee hatte es hier wohl noch nie gegeben.

Missmutig kauerte ein junges Mädchen von etwa elf Jahren auf der abgeschlagenen Stufe vor dem schlichten Bungalow ihrer Eltern. Der Staub fing sich in ihren dunkelblonden Haaren und auf den vor Schweiß feuchten Stellen ihrer Haut. Ihre Augen waren dunkel, wie die der meisten Menschen in dieser Gegend, denn die Wurzeln der meisten hier lagen bereits bei den Azteken.

Der Tag neigte sich endlich dem Ende zu, so dass man sich wieder aus dem Haus trauen konnte. Das Mädchen, dessen Name Carla war, hatte ihre Knie hochgezogen und ihre Arme eng darum herumgeschlungen. Von hier aus konnte sie hervorragend in die leicht geöffneten Fenster der Bungalows und Trailer rundherum sehen. Die Essenszeit war bereits vorbei, und nun begannen die Vorbereitungen für das Fest. Carla konnte erkennen, wie die Mütter in den Küchen verschwanden, um Schinken, Pasteten und andere Leckereien vorzubereiten, während die Kinder aufgeregt neben ihren Vätern standen und warteten, dass ihnen Sterne, Kekse und anderer Schnickschnack in die kleinen Hände gelegt wurden, um den Baum aufzuputzen.

Carla kannte all das nicht. Ihre Eltern hatten vor vielen Jahren jedem Glauben abgeschworen und beschlossen, sich nur noch von ihrem Alkohol leiten zu lassen, denn er schien ihnen geeigneter für diese Arbeit. Weihnachten kannte Carla nur aus dem Fernsehen und aus den Erzählungen anderer Kinder. Mittlerweile war es dunkel geworden, und ein Vorhang nach dem anderen um sie herum schloss sich, um die Familien dahinter wenigstens ein wenig in festliche Stimmung zu bringen.

Der Wind aus der Wüste ließ das dünne Kind stark frösteln, und so blieb ihr nichts anderes übrig, als in ihre Bleibe zurückzukehren. Bereits beim Durchschreiten der Tür schlugen ihr durchdringender Alkoholgeruch und der Gestank von Tabak und Essensresten in die Nase. In der Küche hörte sie Fliegen summen. Carla bemühte sich immer, beim Durchqueren des Gangs nicht die Wände zu berühren, denn sie ekelte sich davor. Oft dachte sie an ihr früheres Leben, an das schöne Haus und den Garten, die Feste und alles andere. Doch das war vor der Arbeitslosigkeit und vor allem vor dem Alkohol gewesen.

Im Schlafzimmer zu ihrer Rechten hörte Carla ihre Mutter im Rausch schnarchen. Sie lag wieder voll bekleidet auf dem schäbigen Läufer vor dem Bett. Das Kind rümpfte die Nase und ging weiter. Ihr Zimmer lag jenseits des Wohnraumes, und so blieb ihr wohl auch heute der Anblick ihres, nur mit einem Unterhemd, einer speckigen Jeans und alten Latschen bekleideten und von oben bis unten vollgekotzten Vaters nicht erspart. Es war das zweifelhafte Highlight jedes Tages, ihren besoffenen Vater zuzudecken, damit er im Rausch nicht erfror, und zuzusehen, wie er ohne Perspektiven vor dem Fernseher vor sich hin vegetierte.

Er war über die besten Jahre schon raus, und nach seiner Kündigung fand er keine Anstellung mehr. Deshalb trank er, um zu vergessen. Momentan schlief er wieder halb, aber das war immer noch besser, als wenn er wach gewesen wäre und ihre Mutter verprügelt hätte.

Diese trank, seit Carlas zwei Brüder, Zwillinge, kurz vor der Geburt gestorben waren. Die Fehlgeburt mit ihrem letzten Geschwisterchen hatte sie zur Rechtfertigung genommen, weiter zu trinken, und irgendwann war das Warum vollends gleichgültig geworden.

Doch jetzt stand Carla, wie jeden Abend, erst einmal ihr Vater bevor. Beim Gedanken daran wollte das Kind keinen Schritt mehr tun. Sie blieb stehen und atmete einmal tief durch. Dann machte sie auf ihrer nackten Ferse kehrt und ging den Weg wieder durch den Gang zurück, durch welchen sie eben gekommen war, bis in die Küche.

Wenn auch schon ihren Eltern alles egal war, so wollte doch wenigstens sie es für sich selber ein wenig gemütlich haben. Entschlossen griff sie sich erst einmal ein Heft, um der Fliegen ein wenig Herr zu werden. Danach ließ sie kaltes Wasser in das verwaiste Spülbecken laufen. Das warme war längst abgestellt.

Auch hatten sie kein Spülmittel mehr, aber das schreckte das Mädchen nicht ab, sie musste nur einfach kräftiger schrubben ... Sie griff sich eine alte Kupferkanne, wusch sie flüchtig aus, füllte sie mit Wasser und versenkte danach einige Teller und Tassen im Becken, um sie einzuweichen. Dann ging sie einen Schritt weit zu dem alten Gasherd nebenan, denn mit einer Tasse Tee war doch jede Arbeit viel angenehmer. Es dauerte eine Weile, bis sie die Feuerhölzer gefunden hatte, doch endlich war eines entflammt. Zufrieden hielt sie es an die Platte.
Ein Knall!
Stille.

Der Mond war heute so wunderbar hell, dass man fast die Augen bedecken musste, um nicht geblendet zu werden. Es konnte aber auch an den Unmengen von glitzerndem Schnee liegen, die über Nacht wieder nachgefallen waren, denn sie reflektierten ihn so schön!
Verspielt schüttelte Carla einen Schneeregen vom Ast einer der wunderbar geschmückten Tannen um sich herum und beobachtete vergnügt, wie die einzelnen Flocken auf ihrer fast ebenso weißen Hand liegenblieben und in allen Farben schimmerten.
„Carla! Komm schon, Süße!", drang eine freundliche Stimme an ihr Ohr. „Ich komme!", antwortete sie und beschleunigte ihre Schritte. Sie war spät, denn unter dem mit Glöckchen, Backwerk und Tannenzweigen geschmückten Pavillon waren schon alle versammelt. Während ihr Vater damit beschäftigt war, ihre kleinen Brüder von den Geschenken unter dem Weihnachtsbaum fernzuhalten, füllte ihre Mutter am Tisch schon großzügige Mengen des riesigen, duftenden Truthahns, der leckeren Soße, der Kartoffeln und des Gemüses auf die perlmutternen Teller. Diese kamen immer nur an Weihnachten zum Einsatz, ebenso wie der wunderbar verschnörkelte Pavillon mit dem schwarzen Gestänge.
Das Weihnachtspicknick war jedes Jahr der Höhepunkt. In der Schule bewunderten Carlas Freunde sie so sehr dafür. Wie gerne hätten sie das auch gehabt, doch wer eine so wunderbare, liebevolle und intakte Familie hat, der muss sie auch pflegen, und dieses Fest gehörte nur Carla und den Menschen, die sie am meisten liebte.
Das Mädchen musste ihre Füße kräftig anheben, um sie aus dem Schnee herauszubekommen. An den schwarzen Wildlederstiefeln haftete er nämlich besonders gut.

Es war eine riesen Arbeit gewesen, die vielen Tannen um ihren Picknickplatz herum zu schmücken, aber sie hatten es noch rechtzeitig geschafft.

Carla zog den Fellkragen ihres dunkelgrünen, samtenen Wintermantels noch ein wenig enger um ihren Hals, denn auch hier war der Schnee hineingeraten.
Die Kerzen an der großen Tanne im Pavillon brannten schon, und entzückt sah das Mädchen, wie wunderschön ihre Familie sich herausgeputzt hatte. Ihre Mutter sah besonders wohl aus, wie alle Mütter, die vor kurzem ein Kind geboren haben. Auch Carla hatte heute wieder ihr bestes Kleid aus feiner schwarzer Spitze an.
Nun hatte sie den Pavillon endlich erreicht und ließ ihren Blick noch einmal glücklich über die Szenerie schweifen. Mit einiger Befriedigung stellte das Kind fest, dass ihr geliebter Schokoladenpudding dieses Jahr so groß war wie nie zuvor, und was hatten ihre Eltern für schöne Gläser für das Wasser gekauft!
Erwartungsfroh setzte sich Carla an die reiche Tafel und genoss nach dem feierlichen Weihnachtsgebet ihres Vaters mit großer Wonne das Mahl. Sie hatte einen Hunger, als hätte sie Notzeiten hinter sich!
Leider sind Mägen immer dann zu klein, wenn es besonders gutes Essen gibt, und so war das Mahl viel zu schnell zu Ende. Erstaunlicherweise schien der Truthahn größer zu sein, als er auf den ersten Blick ausgesehen hatte, denn er war immer noch fast so groß, als hätte man nie von ihm gegessen. Die Geschenke warteten jedoch und ließen keinen weiteren Gedanken daran zu. Und wie großzügig war der Weihnachtsmann gewesen! Spielzeug und Kleider, Schmuck und Leckereien türmten sich vor dem bunten Papierberg, und immer, wenn man dachte, das wäre die letzte Packung gewesen, tauchte doch noch irgendwo eine neue auf.
Es war spät in der Nacht, als Carla und ihre drei Brüder in den Schößen ihrer Eltern, vom vielen Auspacken erschöpft, aber selig einschlummerten, in den Ohren klangen noch die unzähligen Geschichten und Lieder, die ihnen heute vorgetragen worden waren. Über eines war Carla sich sicher: Ihre Familie feierte doch immer das schönste Weihnachtsfest von allen.

Christa Kraus

*Gedichte von Hugo Ahlendorf**

Die rechte Liebe

Ineinander sich versenken,
Ohne Herz und Hand zu schenken,
Zieht die dumpfe Schwermut nach.

Nur wo heitre Geister sprühen
Und die Herzen rot erglühen,
Bleibt die Liebe freundlich wach.

* Die Autorin ist die Enkelin des 1892 in Kappellendorf bei Weimar geborenen Poeten Hugo Ahlendorf. Die Gedichte entstammen dem Zyklus „Lied des Lebens. Gedichte und Balladen", die sich in seinem Nachlaß befanden. Hugo Ahlendorf kämpfte im Ersten Weltkrieg in drei Gefechten. Bis 1944 war er Wollwarenfabrikant in Apolda, dann wurde er in Buchenwald interniert. Später fand er seine neue Wahlheimat in Würzburg.

Unter den Sternen

Forschergeist in Sternenwarten
Kündet neue Welten an.
Über diesen ziehn Milliarden
Noch geheimnisvolle Bahn.

Über uns die Sternenberge,
Streiten wir uns, dumm und blind,
Wissen nicht, was doch für Zwerge
Unsre Menschensorgen sind.

Zuspruch

Mußt du durch trübe Tage wandern,
Läßt dir der Kummer keine Ruh,
So geh und hilf noch einem andern,
Der krank und ärmer ist als du.

An solchen Tagen deines Lebens
Scheint dir die Sonne rein und hell,
Denn jede Stunde deines Gebens
Wird dir zum eignen Freudenquell.

Mein Herz

Wenn in der Nacht die schwarzen Wolken stehen,
Wenn keine Glut die Himmelsbrände schürt,
Verbundnen Auges würd ich zu dir gehen,
Weil mich mein Herz in deine Arme führt.

Mit blinden Augen würd ich dich erkennen,
Und würdest du bei tausend andren stehn.
Mein klopfend Herz wird deinen Namen nennen,
Weil es erglüht, schon im Vorübergehn.

Zieht mich hinaus ein unerforschlich Streben,
Mir bliebe doch ein unbewußtes Glück.
Die fremde Welt, sie kann mir nichts mehr geben,
Zu dir allein führt mich mein Herz zurück.

Unendlichkeit

Unendlichkeit hat ihren Stempel
In alle Sterne eingedrückt.
Auf Erden siehst du ihren Tempel,
Wohin dein schwaches Auge blickt.

Sie hat so feine, zarte Wellen,
Die wandern weich von Stern zu Stern.
Der Herrgott selbst läßt sie entquellen
Und schleift damit den Berg zum Kern.

Von letzten Dingen

Gott ist der Herr im Weltendome
Und lenkt das weite Sternenall.
Fand Forschergeist, auch die Atome,
Gib acht, o Mensch, auf den Zerfall –
Denn sollten Menschen je es wagen,
Ins Letzte, Höchste einzusehn,
Wird einst die Welt in Schreckenstagen
Durch Höllengluten untergehn.

Ulrike Küppers

Der Weihnachtsteddy

Es war ein klarer, kalter Dezembermorgen. Über Nacht hatte sich die Welt durch plötzliche Raureifbildung in eine Märchenlandschaft verwandelt. Bäume und Sträucher sahen aus, als wären sie in Zuckerguss getunkt. Über den Feldern und Wiesen stand noch der Frühnebel, der bizarre Formen in die weitläufige Landschaft zeichnete. Die Sonne erhob sich langsam über den Baumwipfeln und tauchte das Firmament in ein kräftiges Rotorange. Elke war auf dem Weg in die Stadt und wollte die letzten Besorgungen für das Weihnachtsfest erledigen. Sie hatte es nicht eilig. Während sie auf der Landstraße nach Norden rollte, genoss sie das herrliche Naturschauspiel am Himmel.

In Gedanken hörte Elke ihre Mutter sagen: „Schau Kind, die Engel heizen schon den Ofen ein, die Weihnachtsbäckerei beginnt. Bald kommt das Christkind auf die Erde. Die Geburt Jesus ist alle Jahre wieder ein bedeutendes Fest für uns Menschen.“ Nun, das war damals für Elkes kleine Kinderseele eine wirklich einleuchtende Aussage. Sie glaubte fest daran. Für sie war die Geburt des Christkindes untrennbar mit der Weihnachtsbäckerei verbunden. Sie gehörte zum Fest wie die Ostereier zum Osterhasen.

Mit Mutters Erklärung ließen sich dann auch die mysteriösen Funde, die sie in der Adventszeit hin und wieder in der Wohnung machte, plausibel erklären. Manchmal fand sie ein Lamettafädchen im Korridor, einen kleinen Tannenzweig in der Küche oder gar goldenes Engelhaar am Fenstergriff in der Schlafstube. Es gab keine Zweifel: All das waren Utensilien, die die Himmelsboten bei ihrem geschäftigen Treiben in der Wohnung verloren hatten. Eifrig sammelte sie diese herrlichen Schätze ein, legte sie in eine leere Zigarrenkiste und hütete sie wie kostbare Juwelen. Man schrieb das Jahr 1951, es war Dezember, und Elke zählte stolze sieben Lenze. Die Adventszeit schien ihr, wie alle Jahre zuvor, unendlich lang und wollte auch in diesem Jahr nicht vergehen. Wenn sie mittags aus der Schule kam, roch es im Haus verdächtig lecker nach Plätzchen, aber entdecken ließ sich nichts. Nirgends stand eine Teigschüssel herum, die sie – wie sonst üblich – ausschlecken durfte, auch Krümel fand sie nicht. Die Küche wirkte wie eine Vorzeigeküche in einem Möbelhaus, nirgends waren Spuren einer Backaktion zu entdecken. Aber – und daran war nicht zu rütteln – wenn die Weihnachtsplätzchen tatsächlich im Himmel gebacken wurden, konnten sie in irdischen Küchen auch keine Spuren hinterlassen! Die Weihnachtsbäckerei war also von jeher eine aufregende Sache.
Auch heute schaute sie gebannt in den Himmel und konnte sich an den bunten Wolken nicht satt sehen. Als kleines Mädchen stellte sie sich vor, wie Engel und Wichtel mit Eiern, Butter, Zukker und Mehl hantierten, wie sie den Teig kneteten, Plätzchen formten, auf Backbleche legten und in den heißen Ofen schoben. Das Wasser lief ihr im Mund zusammen, wenn sie an Zimtsterne, Apfelkringel und Lebkuchen dachte. Und trotzdem blieb es für sie viele Jahre ein Rätsel, warum der Honigkuchenteig drei Wochen vor Weihnachten in einer großen Schüssel, mit einem Küchentuch abgedeckt, ausgerechnet auf dem heimischen Kleiderschrank stand. Dies Geheimnis ließ sich nicht ergründen, regte sie jedoch jedes Jahr wieder zu einer riskanten Kletterpartie an. Heimlich, möglichst geräuschlos und auch nur, wenn die Mutter in der Waschküche oder gerade mal gegenüber im Krämerladen war, konnte sie die gefährliche Akrobatik wagen, die zuvor eine umständliche Vorbereitung erforderte.

Zunächst musste sie einen Stuhl vor die Frisierkommode schieben, dann eine hohe Fußbank auf die Marmorplatte stellen – hier war schon äußerste Vorsicht geboten, denn die Platte hatte im Krieg durch eine Brandbombe einen hässlichen Sprung bekommen und lag jetzt nur lose auf der Ecke. Doch damit war es nicht genug. Elke war für ihr Alter recht klein, sie reichte noch längst nicht bis an den Schüsselrand und schon gar nicht mit der Hand in die Schüssel bis an den Teig. Da musste erst noch das dicke Märchenbuch auf die Fußbank gehievt werden. Also: Stuhl, Frisierkommode, Fußbank, Märchenbuch. Ein kleiner Klimmzug und ein gut dosierter Schwung waren zudem notwendig, erst dann gelang ihr ein Griff in die geheimnisvolle Schüssel. Zeigefinger, Mittelfinger und Ringfinger malten ein kleines Loch in den sonst gleichmäßig ruhenden Teig unter dem Tuch, das bei dieser Aktion natürlich nicht verrutschen durfte. Der Forschungseifer ließ sie wachsen und wachsen, bis sie endlich eine kleine Kostprobe aus dem Tiegel fischen konnte. Genüsslich schleckte Elke ihre Finger ab, prüfte den Geschmack und war sich ganz sicher: Der Schüsselinhalt war wirklich der unwiderstehliche Lebkuchenteig, der Weihnachten gebacken, in Diagonale geschnitten, mit Mandeln verziert oder Schokolade bestrichen auf dem bunten Teller lag. Zufrieden und um eine wichtige Erkenntnis reicher meisterte sie auch den Abstieg immer ohne „Zwischenfälle“. Damit war das streng verbotene Abenteuer erfolgreich überstanden und die größte Neugier gestillt.

Elke hatte die Stadt erreicht. In Gedanken versunken bog sie gleich nach rechts ab und steuerte das Parkhaus an. Um diese Zeit war hier noch nicht so viel Betrieb. Sie zog ein Ticket, suchte sich einen günstigen Parkplatz und stellte das Auto ab. Beim Eintritt ins Kaufhaus wurde sie von den Weihnachtsliedern empfangen, die ja schon seit Mitte Oktober aus den Lautsprechern dröhnten. Von dem Glanz und Glimmer an den einzelnen Verkaufsständen fühlte sie sich fast erschlagen. Monitore verschiedener Firmen lockten die Käufer an, und versuchten mit Werbefilmen von der Einzigartigkeit ihrer Ware zu überzeugen. Weihnachtszauber? Nein, den gab es hier nicht! Hier ging es eigentlich nur ums Geschäftemachen, Nutzen und Gewinn standen an erster Stelle.

Im Eingangsbereich fand sie den Kalender für die Tochter und die CD für den Schwiegersohn. Danach durchstöberte sie die Herrenabteilung und suchte nach einem passenden Geschenk für ihren Mann. Nach einigem Suchen und Abwägen entschied sie sich für einen sportlichen Pullover. Dann fuhr Elke mit der Rolltreppe zur Spielwarenabteilung hinauf; hier wollte sie das ferngesteuerte Auto für den Enkel erstehen. Auf diesen Kauf freute sie sich schon lange. Maxi hatte seinen Wunsch ganz genau auf dem Wunschzettel aufgemalt. Die „Kaufanleitung“ hatte sie eingesteckt; eigentlich konnte da nichts mehr schief gehen. Doch das riesige Warenangebot irritierte sie. Überall piepte und klingelte, blitzte und blinkte es.

Während sie sich nach einem Fachmann umschaute, der sie in dieser wichtigen Mission beraten konnte, bemerkte sie einen kleinen Jungen, der die Verkäuferin nach einem Teddy fragte, der im obersten Regal saß und den er sich offensichtlich schon tags zuvor ausgesucht hatte. Unwillig zeigte sie mit dem Zeigefinger nach oben: „Den Teddy willst du? Na Kleiner, hast du denn auch genug Geld für das gute Stück? Übrigens, du darfst ihn nur in Begleitung deiner Mutter kaufen, aber das habe ich dir bereits gestern schon gesagt. Du solltest sie doch mitbringen, wo ist sie denn?“ Der Dreikäsehoch machte sich vor dem Ladentisch ganz groß: „Ja, genügend Geld habe ich. Aber meine Mutter ist krank; sie kann nicht mitkommen.“ „Nun, Junge, das tut mir leid, dann kann ich dir den Teddy nicht verkaufen. Komm wieder, wenn deine Mutter gesund ist.“ Mit diesen Worten wandte sie sich ab und ließ das Kind stehen. Der Kleine stand regungslos an der Theke, Tränen kullerten über seine Wangen. Sehnsüchtig blickte er zu dem Teddy hinauf. Elke war erschrocken, hatte alles genau verfolgt. ‚Das ist ja entsetzlich’, dachte sie und überlegte nicht lange. Mit raschen Schritten ging sie auf ihn zu: „He kleiner Mann, komm, ich lade dich zu einem Kakao ein und dann erzählst du mir von deinem Kummer; wir werden bestimmt eine Lösung finden. Übrigens, ich heiße Elke, und wie heißt du?“ Ungläubig schaute er Elke an. „Ich darf mit niemandem mitgehen, das hat meine Mama mir verboten.“ „Das ist richtig, das darfst du auch nicht, aber wenn du magst, gehen wir dort drüben ins Restaurant, da kannst du mir alles erzählen.“

Behutsam schob sie den Jungen vor sich her, führte ihn in die Cafeteria und hob ihn auf den Sessel, der am Tisch stand. Hier wurde er zutraulicher. „Ich heiße Ansgar, am letzten Montag bin ich sechs Jahre alt geworden. Noch gehe ich in den Kindergarten, aber im Herbst komme ich in die Schule. Den Teddy, den habe ich mir ganz doll zu Weihnachten gewünscht. Mama hat mir das Geld gegeben, sie sagt, ich soll ihn kaufen, damit ich ein Andenken an sie habe, wenn sie nicht mehr da ist. Meine Mama ist nämlich schon lange krank; sie kann gar nicht mehr aufstehen. Seit Papa nicht mehr da ist, sorgt Tante Hilde für uns. Sie macht sauber, kocht und wäscht und bügelt, aber für diesen Einkauf hatte sie keine Zeit, ich denke, sie fand ihn auch völlig überflüssig." Elke hörte ihm aufmerksam zu. Als er geendet hatte, fragte sie sich, welche Tragik sich wohl hinter dieser spärlichen Aussage verbarg, welche Entbehrungen der Junge hinnehmen musste? Ja, er war genau so alt wie ihr Enkel Maxi, der behütet und umsorgt im Kreise der Familie aufwuchs. „Ansgar, weißt du was, ich habe eine Superidee. Ich gehe mit dir, wir kaufen deinen Teddy jetzt gemeinsam." Entschlossen fasste sie den Jungen an die Hand und ging mit ihm zurück in die Spielwarenabteilung. Zielstrebig steuerte sie dieselbe Verkäuferin an, die Ansgar zuvor so barsch abgewiesen hatte. In einem Ton, der keine Widerrede zuließ, forderte sie den Teddy aus dem obersten Regal. Elke betrachtete ihn prüfend von allen Seiten, ehe sie Ansgar den weichen Zottelbär in den Arm drückte: „Der ist für dich mein Junge. Du sollst viel Freude an ihm und mit ihm haben." Sie zahlte und reichte dem Kind den Kassenbon. „Steck den Beleg gut in deine Tasche; du darfst ihn nicht verlieren, denn er ist der Beweis dafür, dass du den Teddy rechtmäßig erworben hast." Ansgar wollte noch Einwände erheben, wollte Elke das Geld geben, das seine Mutter ihm anvertraut hatte, doch Elke wehrte ab. „Lass es nur stecken, gib es deiner Mutter mit einem herzlichen Gruß von mir zurück." Mit Ansgars Hilfe und dem Fachwissen eines kundigen Verkäufers gelang es ihr auch noch, Maxis Wunsch zu erfüllen. Ruhig und rundum zufrieden verließen sie die Spielwarenabteilung. „So, mein Junge, das wäre geschafft. Aber jetzt müssen wir noch ein passendes Weihnachtsgeschenk für deine Mutter aussuchen. Kennst du einen Herzenswunsch von ihr?"

„Ja, meine Mama wünscht sich ein schickes Nachthemd, so mit einer Spitzenborte am Hals und an den Ärmeln. Ich glaube, rosa ist da ihre Lieblingsfarbe. Aber Tante Hilde meint, dass sie genug davon hat." In der Abteilung für Nachtwäsche fanden sie bald das Richtige, ließen es als Geschenk verpacken und verstauten es in einer weihnachtlichen Tragetasche. Für Tante Hilde wählten sie ein kleines Präsent aus der Parfümerie. „So, jetzt sind wir komplett, oder gibt es in deiner Familie noch jemanden, den wir bedenken müssten?" „Nein, mehr sind wir nicht zuhause." „Ja, dann können wir ins Parkhaus gehen. Du musst dir keine Sorgen machen, wenn du jetzt gegen die Anordnung deiner Mutter verstößt. Ich möchte dich nach Hause bringen, damit du mit dem Teddy und den vielen Paketen beladen auch heil dort ankommst. Magst du vorher noch einen Kakao, vielleicht mit einer Waffel und einem Klecks Sahne?" „Ja." „Dann lass uns noch einmal in das Restaurant gehen. Ansgar, du bist ja schon ein großer Junge. Möchtest du diese Bestellung für uns aufgeben? Für mich bitte nur einen schwarzen Kaffee." Elke beobachtete den Buben. In dieser kurzen Zeit war er richtig aufgeblüht und blieb dennoch höflich und zurückhaltend. Wie ein kleiner Kavalier stand er am Tresen und äußerte souverän seine Wünsche. Beim Schmausen verriet er, dass sie in der Schmiedegasse wohnen. „Au fein, das liegt für mich direkt am Weg, ich muss in das Mühlenviertel. Ansgar, ich möchte deine Mutter gern einmal besuchen, glaubst du, dass das geht?" Sie gab dem Jungen eine Karte und bat ihn: „Bitte ruf mich an, wenn es bei euch passt."

Ansgars Anruf ließ gar nicht lange auf sich warten. Elke willigte sofort ein, besorgte einen bunten Blumenstrauß und machte sich auf den Weg.

An diesem Tag begann eine innige Freundschaft, die noch viele Jahre überdauern sollte.

Waltraud Lahn

Die Schneeprinzessin

illustriert von Antje Püpke

„Kannst du jetzt mal aufhören, mit den Schneewolken zu spielen?! Es ist doch erst Oktober. Was willst du denn zu Weihnachten machen, wenn du jetzt schon den ganzen Pulverschnee verschießt? Dann haben wir im Dezember wieder nur noch Regen übrig!"

Die Schneekönigin zieht die Stirn in Falten, was Schäfchenwolken am Himmel gibt.

„Nur einmal noch!", lacht Isabella, die jüngste Schneeprinzessin. Sie ist mal wieder nicht zu halten und bläst mit vollen Backen in die nächste Schneewolke hinein. Das kitzelt die Wolke so sehr, dass sie sich nicht mehr beherrschen kann und den schönsten Pulverschnee auf die Erde wirbelt.

Die Schneekönigin schüttelt den Kopf. ‚Immer muss ich auf sie aufpassen, sie hat nur Unsinn im Kopf', denkt sie und muss ein wenig lächeln. Isabella pustet schon wieder in die Schneewolke und treibt die kristallenen Flöckchen durch die Luft. Sie reitet auf einer weißen Wolke, und die roten Haare fliegen nur so über den Himmel.

Wenn die Sonne sie anlacht, kann man das genau sehen, und heute lacht sie besonders hell. Sie lässt einen Sonnenstrahl durch das rote Haar auf die Erde gleiten, und die Schneeflocken rutschen darauf hinunter. Das glitzert und funkelt wie reines Silber.
Isabella jubelt vor Vergnügen und treibt die weiße Wolke weiter an. „Schneller, schneller", sagt sie, und die Wolke setzt sich vor den Wind und lässt sich über den Himmel treiben.

Eisliebchen, die große Schwester von Isabella, zieht die Stirn in Falten und murmelt: „Die Kleine darf wirklich alles. Wenn *ich* das gemacht hätte, hätte mich Mutter in die Arktis geschickt, wo es nur Eisbären und Pinguine und keine Kinder gibt."
„Jetzt bist du aber ungerecht, Eisliebchen!"
Die Schneekönigin hat das Murmeln gehört und wendet sich nun ihrer großen Tochter zu. „Hast du denn schon vergessen, dass du früher die selben Flausen im Kopf hattest? Und Kinder gibt es dort genauso viele wie hier!"
Sie muss Eisliebchen ab und zu daran erinnern, dass sie nicht weniger übermütig war.
„Ich habe immer Strafarbeiten gekriegt, wenn ich zu früh in die Schneewolken gepustet habe." Eisliebchen ist beleidigt.
„Einmal hast du mich dazu verdonnert ...!"

„Wer hat mich gerufen?" Ein leises Grummeln kommt unter einer dicken grauen Wolke hervor. „Ich bin doch schon im Winterschlaf. Ich habe jetzt Urlaub, du kannst mich im Sommer wieder ansprechen!" Unter der dicken Wolke kommt ein runder Kerl mit faltigem Gesicht und wirrem Haar hervor, sein Bart ist lange nicht rasiert worden. Er öffnet verschlafen die Augen und schaut sich fragend um. Eisliebchen hält sich erschrocken die Hand vor den Mund.
„Niemand hat dich gerufen, verzeih bitte, wir wollten dich nicht stören, schlaf ruhig weiter!"
„Schon gut", sagt der Donner, und die Augen fallen ihm gleich wieder zu. Er verschwindet unter der Wolke, so wie er gekommen war. Mit beiden Händen zieht er sie sich über das Gesicht und schnarcht ganz leise weiter.
„Wozu habe ich dich verd...?"
Die Schneekönigin will den Donner nicht wieder wecken und beendet die Frage nicht.

„Hagelkörner musste ich polieren, das war die schlimmste Strafarbeit, die es überhaupt gibt!"
Kleine eisige Tränen glitzern in Eisliebchens Augen.
„Verzeih mir, meine Große, du hast mich aber auch wirklich sehr geärgert. Ich erinnere mich genau: Du hast meine schönsten Schneewolken verpulvert, und das schon im Oktober!"
„Und was macht Isabella gerade?"
Eisliebchen funkelt in die Schneeflocken hinein. Das glitzert und strahlt vom Himmel herab wie tausend kleine Kristalle.
„Ach Liebes, sei nicht so streng mit ihr, sie ist doch unser Kleinstes!"

Isabella reitet gerade wieder vorbei und treibt die Schneewolken vor sich her. Sie pustet mit vollen Backen hinein und lacht ihr fröhlichstes Lachen. Eisliebchen und die Schneekönigin schauen ihr nach, und jetzt lachen beide mit, denn Isabellas Lachen ist ansteckend.

Hört ihr den silbernen Klang, wenn der Pulverschnee durch die Sonnenstrahlen tanzt? Das ist das fröhliche Lachen der kleinen Schneeprinzessin Isabella.
Sie pustet schon wieder in die Schneewolken und treibt die Flöckchen über den Himmel, und die Kinder, die gerade aus der Schule kommen, breiten ihre Arme weit aus und jubeln genauso wie Isabella, die kleine übermütige Schneeprinzessin.

Rentieralarm im Glauer Tal

illustriert von Antje Püpke

„Das gibt es doch nicht, was soll denn der riesige Hirsch im Wildgehege?“ Mandy macht große Augen, und der Mund steht ihr offen. Die können doch nicht einfach ein Rentier ins Wildgehege bringen, nur weil gerade Weihnachten ist. Das ist Tierquälerei – und da versteht sie keinen Spaß. Sie zieht das Handy aus der Tasche und wählt die Nummer der Zentrale.
„Was soll das?“, fragt sie. „Ihr könnt nicht einfach ein Rentier ins Wildgehege bringen, nur weil gerade Weihnachtszeit ist. Der arme Kerl fürchtet sich doch hier ohne Partner!“
Am anderen Ende erfolgt zunächst keine Reaktion. Mandy hakt nach: „Was ist jetzt, was soll das Rentier hier?“
„Was für ein Rentier, Mandy? Hast du Halluzinationen?“, kommt es von der anderen Seite.
„Hier steht ein Rentier im Gehege, direkt vor meiner Nase. Jetzt tu nicht so, als ob du das nicht wüsstest! Ich kenne euch – für ein bisschen Werbung macht ihr alles!“
„Also jetzt mal ruhig, Mandy. Bist du ganz sicher, dass es ein Rentier ist?“
„Hör auf jetzt, ich weiß, was ich sehe: großer Kopf, breite Klauen, riesiges Geweih auf dem Kopf. Jetzt kommt der auch noch auf mich zu! Ich glaube, ich verschwinde lieber. Ich habe keine Ahnung, wie der auf Menschen reagiert!“
„Lauf doch jetzt nicht weg, ich brauche deine Hilfe!“ Eine tiefe Stimme kommt aus dem Tier heraus.

Mandy ist verwirrt. „Ich glaube, der kann reden – oder ich spinne. Ich bin urlaubsreif!“, sagt sie noch ins Handy und „Ich lege jetzt auf!“
„Los, leg diese blöde Verkleidung ab! Wer bist du überhaupt, und was machst du hier?“
„Reg dich nicht so auf! Ich bin übrigens ein echtes Rentier. Wir sind abgestürzt. Du musst uns helfen. Die eine Schlittenkufe ist gebrochen, mein Weihnachtsmann liegt mit verstauchtem Bein da hinten in den Kiefern, und ich habe einen Klauenschoner verloren. Wenn du uns nicht hilfst, gibt es in der ganzen Umgebung keine Bescherung!“
Mandy kann vor Staunen gar nichts sagen. Sie hat den Mund weit offen, aber es kommt kein Ton heraus.
„Ich heiße übrigens Klaus. Bitte sag nicht Rudolf zu mir! Alle sagen immer Rudolf, aber der ist schon lange im Rentierseniorenheim. Nur weil mal einer ein Lied über ihn geschrieben hat, tyrannisiert er jetzt seine Mitbewohner. Er glaubt, er ist etwas Besseres, und malt sich heimlich seine Nase extra an. Dafür hat er einen Lippenstift aus dem Weihnachtspäckchen von Frau Bergemann geklaut. So etwas ist streng verboten! Wenn das heraus kommt, muss er für immer auf die Erde zurück, nach Schweden. Dann muss er sich vor den Jägern verstecken!“
Zwischendurch sagt Mandy einige Male: „Das glaub ich nicht, das glaub ich einfach nicht!“
Klaus wird jetzt energisch. „Du musst uns helfen, sonst kann mein Weihnachtsmann nicht bescheren, und er ist für diese ganze Region zuständig!“
Mandy begreift langsam, dass sie keine Halluzinationen hat. Das ist ein echtes Weihnachtsrentier – und es braucht Hilfe.
„Nun mal langsam“, sagt sie, „was sucht ihr überhaupt schon hier? Weihnachten ist doch erst in zwei Wochen, ihr seid doch viel zu früh!“
„Na, denkst du denn, dass wir uns nicht vorbereiten müssen? Wir fahren wenigstens einmal vorher die Strecke ab, damit wir wissen, wie die Bescherungen am besten eingeteilt werden. Es werden ja immer mehr, da muss man schon genaue Streckenpläne entwickeln, damit alles reibungslos über die Bühne geht! Stell dir nur vor, das wäre uns am Heiligen Abend passiert. Das wäre eine riesengroße Katastrophe geworden, die ganze Umgebung hätte vergebens auf den Weihnachtsmann gewartet!“

„Na ja, das leuchtet mir ja ein“, sagt Mandy, die langsam ihre Fassung wiederfindet.
„Und was soll ich jetzt machen? Ich kann euch doch auch nicht helfen.“
„Doch, du kannst. Wir müssen den Schlitten wieder fahrtüchtig machen, dann bringe ich meinen Weihnachtsmann zurück. Die bekommen ihn bis Weihnachten schon wieder arbeitsfähig. Kannst du bitte mitkommen? Wir sind da hinten in den kleinen Kiefern gelandet.
Er ist ein bisschen wehleidig. Mach dir nichts daraus, wenn er jammert, die Rot-Kreuz-Engel werden ihn schon wieder gesund pflegen, die sind auf so etwas spezialisiert!“
„Ich komme“, sagt Mandy, „da wird mir schon etwas einfallen!“
Klaus dreht sich behäbig um. „Ich gehe voran“, sagt er und macht sich auf in Richtung der kleinen Kiefernschonung.
Als sie näher kommen, hört Mandy ein leises Wimmern. Sie sieht einen Weihnachtsmann, der sich über sein geschundenes Bein beugt und immer wieder sagt: „Das wird nie wieder gut, ich kann nie wieder arbeiten!“
„Reiß dich zusammen, *du* hast schließlich die Landebahn verpasst! Was soll denn die junge Frau von dir denken?“
Mitten in der kleinen Kiefernschonung sitzt wahrhaftig ein gar nicht so alter Mann mit einem weißen Bart und weißen Locken unter einer roten Mütze.
„Wie soll ich denn arbeiten, wenn ich das Bein nicht bewegen kann? Und der Schlitten ist auch völlig kaputt!“
„Dass mir ein Klauenschoner fehlt, ist wohl nicht so schlimm, was?“ Klaus ist sauer.
Mandy überlegt angestrengt, wie sie helfen kann.
„Nun habt mal keine Angst, das kriegen wir schon hin. Warum seid ihr hier im Wildgehege gelandet?“
„Wir sind von der Landebahn abgekommen. Es ist heute so neblig, dass wir die Bahn nicht gefunden haben, und das Navi hat uns hier runter geschickt!“
„Ich verstehe gar nichts mehr. Ich denke, ihr kommt durch den Kamin?“ Mandy schüttelt den Kopf: „Das kommt mir alles sehr merkwürdig vor!“
Klaus erwidert: „Ich sagte doch vorhin, dass wir immer vorher einen Probelauf machen, damit es am Heiligen Abend keine unnötigen Verspätungen gibt. Die Kinder warten schließlich auf uns.“

„Das mit dem Kamin ist nur ein Märchen. Erstens hat nicht jeder einen Kamin, und zweitens passt der Weihnachtsmann mit seinem dicken Mantel gar nicht da durch!", ergänzt der Weihnachtsmann stöhnend.
„Ich denke, dass ist wohl eher der dicke Bauch!", sagt Klaus, der nun langsam ungeduldig wird.
„Kannst du uns nun helfen, oder muss ich erst nach oben telefonieren? Wenn die ganze Reparaturmannschaft anrückt, dann wird es hier richtig ungemütlich!"
„Nur das nicht, die Tiere brauchen ihre Winterruhe!"
„Wer von euch fragt eigentlich danach, ob wir Rentiere unsere Winterruhe brauchen? Wir müssen immer arbeiten!" Klaus scharrt ungeduldig mit den Klauen.
„Ich überlege ja schon angestrengt", sagt Mandy. „Ich gehe mal in unsere Hütte und hole den Erste-Hilfe-Kasten, damit wir das Bein vom Weihnachtsmann bandagieren können. Da habe ich bestimmt auch eine Stange, um die Schlittenkufe zu reparieren. Aber was machen wir mit deinem Bein?"
„Ich schaffe es notfalls ohne Klauenschutz zurück. Der Schmied in unserer Werkstatt ist zurzeit im Großeinsatz, oder denkst du, ich bin der Einzige, der seinen Klauenschutz verliert?"
„Bitte Mandy, mach schnell, beeil dich, ich halte diese Schmerzen nicht mehr aus. Hast du vielleicht auch eine Schmerztablette? Dann bring sie bitte mit!"
Der Weihnachtsmann jammert kläglich.
„Hab dich nicht so, du hast mich schließlich in die Kiefern gelenkt. Ich hab dir doch gesagt, das ist nicht die Landebahn von Schönhagen. Du wolltest aber unbedingt hier landen!"
„Ja, ja, ich habe mich auf das Navy verlassen, das ist offensichtlich nicht in Ordnung. Wir müssen noch die Geschenke überprüfen, wenn so eines dabei ist, dann müssen wir es auswechseln!"
„Du sagst es, aber jetzt müssen wir erst mal sehen, dass wir wieder rechtzeitig nach oben kommen; die werden sich da schon Sorgen machen!"
Mandy hat sich beeilt. Sie bringt den Verbandskasten und einen alten Spaten mit. Ein altes Hufeisen hat sie auch noch gefunden.
„Mit einer Tablette kann ich leider nicht dienen", sagt sie.
„Was willst du denn mit dem Spaten?" Klaus ist irritiert.
„Lass mich mal machen!" Mandy legt sich das verstauchte Bein des Weihnachtsmanns auf ihr Knie und beginnt, es fest zu verbinden.

„Oh, das tut gut, danke, Mandy, das vergesse ich dir nie!"
Der Weihnachtsmann zerdrückt eine kleine Träne.
„Ich werde dich daran erinnern – bei den Weihnachtsgeschenken!"
„Darauf habe ich leider keinen Einfluss, Mandy, das ist nicht mein Revier, aber ich werde es dem Kollegen sagen!"
„Na, da bin ich dann aber gespannt!"
Klaus unterbricht die beiden. „Könnt ihr euch mal auf das Wesentliche konzentrieren: Der Schlitten ist noch nicht repariert, und wir müssen weiter!"
„Ich habe diesen alten Spaten mitgenommen. Können wir den nicht als Stütze verwenden? Ich binde ihn fest an die gebrochene Kufe. Das müsste doch gehen, meint ihr nicht?" Mandy hat schwarzes Klebeband mitgebracht und macht sich sofort an dem Schlitten zu schaffen. „Das muss jetzt halten. Hoffentlich habt ihr noch einen Ersatzschlitten zur Verfügung!"
„Mach dir da mal keine Sorgen, unsere Reparaturwerkstatt ist gut bestückt. Die wichteln das ganz schnell wieder zurecht!"
„Erinnere mich nur nicht an unsere Reparaturwerkstatt! Der Knopf an meinem Mantel fehlt schon seit dem vorigen Jahr!"
„Hab dich nicht so mit deinem Knopf, den hättest du ja auch schon mal selber annähen können!"
„Ich denke gar nicht daran! Ich mach denen das ja doch nicht gut genug. Das habe ich einmal gemacht, und dann haben mich die Engel ausgelacht!"
„Na ja, ein bisschen komisch sah es ja auch aus, das musst du zugeben!"
„Ich gebe gar nichts zu! Das ist doch auch egal, ob der Knopf mit rotem oder gelbem Garn angenäht ist – Hauptsache er ist dran!"
„Das war aber kein Garn, das war Osterband!"
„Das sagst du jetzt nur, um mich zu ärgern. Das war Garn!"
„Wollt ihr euch noch eine Weile streiten, oder wollen wir jetzt überlegen, wie ihr am besten wieder auf eure Flugbahn kommt – oder wie heißt das bei euch?"
„Na ja, du kannst es ruhig Flugbahn nennen!"
„Ihr müsst euch jetzt beeilen! Die ersten Besucher kommen gleich, um die muss ich mich dann kümmern. Also überlegt euch, was ihr jetzt machen wollt."
Der Weihnachtsmann versucht aufzustehen. Er stellt seinen Fuß ganz vorsichtig auf. „Au, au", sagte er.

„Stell dich nicht so an! Mandy hat dir den Fuß doch bandagiert, und außerdem musst du gar nicht laufen, ich ziehe dich doch!"
„Was machen wir denn mit deinem Bein, Klaus? Soll ich dir das alte Pferdehufeisen unter die Klaue binden?" Mandy hat die schwarze Klebefolie schon in der Hand.
„Nur das nicht! Das passt doch gar nicht, da laufe ich mir ja Blasen. Ich werde es bis nach oben schon so schaffen. Vielleicht kann ich ja ein paar Tage Genesungsurlaub bekommen!"
„Das könnte dir so passen, dann muss ich mit einem Ersatzrentier arbeiten, und dazu habe ich nun wirklich keine Lust!"
„Aber du fällst doch auch für ein paar Tage aus!"
„Könnt ihr euch bitte auf der Heimfahrt weiter streiten! Die ersten Wanderer werden gleich kommen, und ich möchte ihnen nicht erklären, was hier los ist!"
„Mandy hat recht, ich möchte auch nicht gefragt werden, was ich hier mache. Rudolf, bist du soweit, können wir starten?"
„Ich habe dich gewarnt: Wenn du noch einmal Rudolf zu mir sagst, trete ich in einen unbefristeten Streik! Ich werde keinen Schritt machen, wenn du dich nicht bei mir entschuldigst!"
„Ach ja, du bist ja Klaus! Ich entschuldige mich, ich entschuldige mich, aber bitte lass uns jetzt starten. Ich möchte auch keine Erklärungen abgeben, und ich bin nun mal ein richtiger Weihnachtsmann und kein Kaufhausersatz!"

„Mandy, hallo, Mandy, wo bist du denn?"
Vom Eingang her ruft jemand laut nach Mandy.
„Das hat mir gerade noch gefehlt! Da kommt Maik – und ihr steht immer noch hier. Ich ziehe den Schlitten jetzt auf den kleinen Hügel, von da könnt ihr ein bisschen Schwung bekommen, und dann seht zu, dass ihr wegkommt. Ich weiß nicht, wie ich das sonst erklären soll!"
Die Mandy-Rufe kommen immer näher. Mandy zieht den Schlitten auf die Anhöhe. Der Weihnachtsmann ist ausgestiegen, damit es nicht so schwer ist, und Klaus schiebt mit seinem prächtigen Geweih. Oben angekommen, spannt Mandy ihn wieder in sein Geschirr, der Weihnachtsmann steigt ein, und Mandy schiebt kräftig an.
„Wunderbar, Mandy, wir kommen in Fahrt!" Klaus zieht mit aller Kraft, Mandy lässt los, und der Schlitten erhebt sich in die Luft.

Jetzt wird es aber auch höchste Zeit, denn der Nebel löst sich langsam auf, und Maik steht schon hinter ihr. Er sieht gerade noch, wie sich der Schlitten in die Luft erhebt.
Mandy strahlt über das ganze Gesicht. „Das glaubst du mir nicht, was ich gerade erlebt habe!"
„Wenn ich es nicht gesehen hätte, würde ich es auch nicht glauben, Mandy! Du klangst so merkwürdig am Telefon, dass ich mal nachsehen wollte, was da los ist. Damit habe ich aber nicht gerechnet! Hast du wenigstens ein Foto gemacht, damit wir die Presse informieren können?"
„Das glaubt uns ja doch niemand! Wir sollten besser nicht darüber reden, sonst halten die uns noch für völlig durchgeknallt. Und ein Foto habe ich auch nicht gemacht. Ich hatte andere Sorgen!"
„Schade, das wäre doch mal eine richtig gute Story gewesen. Du musst mir später noch genau erzählen, was eigentlich passiert ist. Aber jetzt muss ich zu einer wichtigen Unterredung." Maik verabschiedet sich, und die ersten Wanderer kommen. Mandy ist noch ein bisschen benommen, aber dann geht alles so wie immer weiter. Sie erzählt ein paar Leuten ihre Geschichte, aber keiner will sie ihr glauben. Nur Maik weiß jetzt Bescheid, und er denkt angestrengt darüber nach, wie er das vermarkten kann.

Am Heiligen Abend, Mandy will den Tieren im Wildgehege gerade ihre Weihnachtssonderration geben, da steht plötzlich ein nicht bestellter Weihnachtsmann vor ihr. Er trägt einen besonders großen Sack und schnauft mächtig. „Ich soll dich von meinem Kollegen und von seinem Schlittenpartner Klaus grüßen und dir diesen Sack voller Überraschungen da lassen!"
Mandy bleibt verwirrt stehen. „Ist das alles für mich?"
„Ein paar Möhrchen und Äpfel für deine Tiere sind auch dabei. Aber jetzt muss ich los, die Kinder warten schon auf mich!"
„Fröhliche Weihnachten!", sagt er noch, und dann schwingt er sich auf seinen Schlitten und braust davon. Und weil es ihr doch niemand glauben würde, hat Mandy es auch niemandem erzählt.

Olaf Lange

Mein größter Wunsch

Paki wachte auf und rieb sich verschlafen die Augen. Er warf die dicke Daunendecke beiseite und richtete sich auf. Es war kalt in Pakis Zimmer. Sein Atem kroch wie feiner Rauch aus seinem Mund, bei jedem Atemzug, und Paki spitzte seine Lippen, atmete einige Male kräftig aus und beobachtete dieses Phänomen. Paki kannte keinen Winter. Das war sein erster Winter in Deutschland, weit entfernt von seiner Heimat, seinen Freunden und dem ewigen Sommer. In sechs Monaten sollte er eingeschult werden. „Das ist hier so", sagte ihm seine Mutter. In seiner Heimat gab es keine Schule. Paki wird hier mit der zweiten Klasse beginnen, obwohl er mit seinen zehn Jahren bereits die vierte Klasse besuchen müßte. Doch Paki war davon überhaupt nicht begeistert. Er kam vor einem Jahr mit seiner Mutter in dieses fremde Land, versuchte zusammen mit ihr, die Sprache zu erlernen, was auch ganz gut funktionierte, aber Freunde fanden sie nicht.

Paki schaute zum Fenster hinüber. Eisblumen hatten sich auf der Scheibe gebildet und verwandelten das Fenster in ein Gebilde, das aus einer fernen, verzauberten Feenwelt stammen könnte. Paki krabbelte über sein Bett hinüber zum Fenster, das sich am Fußende seines Bettes befand, und schaute hinaus. Die Stadt war in ein grelles Weiß getaucht, als hätte jemand alles mit weißer Farbe übermalt: Die Häuser, die Straßen und Autos, ja sogar die Bäume waren in riesige weiße Gebilde verwandelt. „Es hat geschneit", rief Paki laut, „es hat geschneit, yippie." Mit einem Satz sprang er von seinem Bett und lief hinüber zu seinem Kleiderschrank. Paki öffnete den Schrank, viel Auswahl hatte er nicht, und so griff er nach seiner Lieblingsjeans, übrigens seine einzige Jeans, als Alternative blieb ihm nur eine dünne Stoffhose, für den Sommer. Ein Wollpulli, aus dem Secondhandshop und einige Nummern zu groß, aber warm, eine rote Regenjacke und ein Paar ausgelatschte Turnschuhe, und schon konnte es losgehen. Paki lief in die Küche.

Auf dem Küchentisch stand ein Teller, auf dem eine Brotscheibe lag, belegt mit Käse, daneben eine Banane und ein Glas Milch. Unter dem Teller ragte ein Blatt Papier heraus. Paki hob den Teller an, nahm das Blatt Papier und las den Text, den seine Mutter am Morgen in großen Druckbuchstaben darauf geschrieben hatte: „Guten Morgen, mein kleiner Engel. Bitte iß dein Frühstück. Ich muß heute noch einmal in den Laden zum Arbeiten. Wegen Weihnachten aber nur bis 12 Uhr. Bis heute Mittag. Ich hab dich lieb. Mama." ‚Weihnachten?', dachte Paki und lief hinüber zum Kühlschrank, neben dem ein Kalender hing, für jeden Tag eine Seite, bedruckt mit dem Datum, dem Wochentag, und wenn man das abgerissene Blatt wendete, befand sich auf der Rückseite ein Bibelspruch. Der Kalender zeigte mit großen Ziffern den 23. Dezember. Paki griff das Blatt und riss es ab. Der 24. Dezember kam zum Vorschein. Unter dem Datum stand noch ein Wort in roten Buchstaben. Paki las es langsam laut vor: H-e-i-l-i-g-a-b-e-n-d. „Ja, es ist Weihnachten", rief Paki laut. Er lief zurück zum Tisch und schnappte sich das Butterbrot. Er verzehrte es im Stehen, trank das Glas Milch in einem Zug leer und packte die Banane in seine Jackentasche. ‚Für später', dachte er im Stillen. Dann verließ er die Wohnung. Neben der Wohnungstür hing ein großer Schlüssel an einem breiten, roten Band geknotet, den er sich noch um den Hals hing, bevor er hinter sich die schwere Altbauwohnungstür zuschlug. Im Treppenhaus kam ihm die Nachbarin von nebenan entgegen; sie lebte allein und wohnte hier schon seit ihrer Kindheit, also seit über sechzig Jahren. Paki rannte die alten Treppenstufen hinunter, die unter seinen Füßen quietschende und knarrende Geräusche von sich gaben. „Guten Morgen, Frau Jahnke," rief Paki, während er ihr auswich und, ohne anzuhalten, an ihr vorbeirannte, „es hat geschneit. Alles ist weiß." „Ja, ich weiß," antwortete die Nachbarin, die sich langsam, mit ihren knochigen Fingern am Geländer krallend das alte Treppenhaus hinaufquälte. „Ja, ich weiß, mein Junge", sprach sie leise weiter, „ich weiß." Paki, im Erdgeschoß angekommen, öffnete die riesige, hölzerne Haustür und trat hinaus auf die Straße. Die kühle, klare Winterbrise traf sein Gesicht, und Paki kniff die Augen zusammen, einerseits, um sie vor dem kalten Wind zu schützen, und andererseits, weil ihn das grelle Weiß blendete.

Er schlenderte den Gehweg entlang und begutachtete die Fußabdrücke, die seine Schuhe in dem weichen Schnee hinterließen. An der nächsten Straßenecke blieb er stehen und beobachtete einige Kinder, die sich eine wilde Schneeballschlacht lieferten. Sie hatten sich in zwei Gruppen aufgeteilt, von denen sich eine auf der einen Straßenseite befand, während sich die andere auf der gegenüberliegenden Seite postiert hatte. Die Kinder formten faustgroße Bälle aus dem frischen Schnee und warfen diese quer über die Straße auf die gegnerische Kindergruppe zu. Sie schienen viel Spaß dabei zu haben, denn sie lachten und kreischten ausgelassen. Doch plötzlich verstummten sie, hielten ihre Schneebälle fest in den Händen und starrten Paki an. Paki versuchte zu lächeln, obwohl ihm diese Situation Angst einjagte. Und sein Instinkt sagte ihm: ‚Geh einfach weiter, bleib nicht stehen und geh weiter!' Und auf seinen Instinkt konnte sich Paki eigentlich immer verlassen. In diesem Augenblick traf der erste Schneeball Pakis Brust. Der nächste Schneeball traf ihn am Kopf, und plötzlich flogen dutzende Schneebälle auf ihn zu, begleitet von den Rufen: „Verschwinde. Verschwinde, du Teufel!" Paki lief los. Ohne zurückzuschauen, lief er immer weiter, einfach nur weg. Er wollte weinen, doch er unterdrückte die Tränen. Er hatte oft geweint, zu oft. Auch seine Mutter weinte oft. Paki konnte es hören, am Abend, wenn seine Mutter allein auf dem alten Sofa lag und schluchzte.

Paki ging weiter, die winterliche Landschaft, die ihm eben noch schön und zauberhaft erschien, verwandelte sich in eine schreckliche und abstoßende Welt. Er dachte an seine Heimat, an seine zurückgelassenen Freunde, an die öde, aber vertraute Landschaft, an die Tiere, mit denen er neun schöne Jahre verlebt hatte, und er wünschte sich, so schnell wie möglich dieses fremde Land wieder zu verlassen. In Gedanken vertieft schlenderte Paki weiter die Straße entlang und erreichte schließlich den Ententeich am Stadtrand. Dort herrschte reges Treiben. Der See war gefroren, und Kinder und Erwachsene bewegten sich über das Eis. Sie schlitterten umher, einige Erwachsenen zogen hölzerne Schlitten hinter sich her, auf denen bis zu drei Kinder saßen, die lachten und vor Freude kreischten. Doch Paki konnte sich nicht für den gefrorenen See begeistern, obwohl er so etwas zum ersten Mal sah.

Er ging weiter am Seeufer entlang. An einer leeren Parkbank blieb er stehen. Sie war vom Schnee geräumt und trocken; es hatte heute wohl schon jemand hier gesessen. Paki setzte sich und beobachtete das Treiben auf dem See. „Hallo, kleiner Mann, hast du noch einen Platz für einen alten Mann frei?", hörte Paki plötzlich hinter sich. Paki schnellte herum. Hinter ihm stand ein alter Mann, er hatte graues Haar, einen grauen Bart und trug eine dicke, rote Daunenjacke. „Natürlich", antwortete Paki, „hier ist doch Platz genug." „Ich danke dir, mein kleiner Freund", entgegnete der alte Mann, „meine Beine schmerzen, war den ganzen Tag unterwegs, muß mich erstmal etwas ausruhen." „Setzen Sie sich", sagte Paki und begutachtete den Mann. Und nach einiger Überlegung sagte Paki leise: „Wissen Sie, wie Sie aussehen?" „Nein, wie denn?" „Ich habe ein Bilderbuch zu Hause", antwortete Paki, „darin ist ein Bild vom Weihnachtsmann, und der sieht genauso aus wie Sie." „Ha, ha, ha", lachte der Mann, „das habe ich schon öfter gehört, das ist ja wirklich lustig." „Ja, das finde ich auch", sagte Paki und lachte ebenfalls. „Warum bist du denn nicht auf dem See?" fragte der Mann, „hast du etwa Angst?" „Nein, ich habe einfach keine Lust." „Heute ist Heiligabend, was hast du dir denn gewünscht?" fragte der alte Mann. „Nichts." „Warum?" „Meine Mutter hat gesagt, der Weihnachtsmann kann dieses Jahr nicht soviele Geschenke verteilen, er hat nicht soviel Geld. Ist das wahr?" fragte Paki und schaute den alten Mann erwartungsvoll an. „Das glaube ich nicht", antwortete der Mann, „seine Geschenke reichen für alle Menschen. Es müssen ja nicht Gold und Silber oder teures Spielzeug sein." „Nein?" „Nein. Durchaus nicht. Wie wäre es mit Frieden, Liebe, Barmherzigkeit?" „Das verstehe ich jetzt nicht." „Ja, das ist nicht so einfach zu erklären. Aber das wirst du noch verstehen, später einmal, wenn du älter bist. Möchtest du mir denn erzählen, wo du herkommst? Also, aus welchem Land? An deiner Hautfarbe erkenne ich, daß deine Wurzeln nicht in diesem Land liegen, und dein Akzent verrät mir, daß du nicht hier geboren bist." „Ja, das stimmt", flüsterte Paki verlegen, „ich komme aus Afrika, ebenso wie meine Mama. Mein Papa auch, der ist noch da, die Soldaten haben ihn mitgenommen. Und ich geh auch wieder zurück, irgendwann, wenn ich groß bin."

Paki erzählte dem Mann seine ganze Geschichte und wie unglücklich er hier war. Und daß er nur einen Wunsch hätte: Sein größter Wunsch wäre, daß er und seine Mutter nicht mehr so traurig wären in diesem fremden Land. Nach ihrer Unterhaltung verabschiedeten sie sich. Paki ging zurück nach Hause. Kurz vor seinem Haus erreichte er die Kreuzung, an der vor einigen Stunden die Kinder der Straße eine wilde Schneeballschlacht veranstaltet hatten. Und sie waren auch noch immer dort. Paki blieb stehen. Er hatte Angst. ‚Wegrennen', dachte er. Aber wohin? Wieder zurück zum See? Das hatte eigentlich keinen Zweck, irgendwann mußte er ohnehin nach Hause. Seine Mutter würde auf ihn warten, sich Sorgen machen. Die Kinder standen da und beobachteten Paki, sie schauten feindselig zu ihm hinüber. Doch plötzlich erblickte Paki den alten Mann, der auf der gegenüberliegenden Straßenseite an der Kindergruppe vorüberging und jedes einzelne Kind leicht mit der Hand an der Schulter berührte. Dabei veränderten sich die Gesichter der Kinder: Sie lächelten plötzlich, und der verhasste Gesichtsausdruck verschwand. Dann rief eines der Kinder: „Hey, Paki. Komm rüber. Willst du mitspielen?" Und die anderen Kinder riefen ebenfalls: „Ja, komm rüber." Paki konnte es nicht glauben, ihm fiel ein Stein vom Herzen. ‚Das glaubt Mama mir nie', dachte er, ‚und sie kennen meinen Namen.' Freudentränen kullerten über seine Wangen. Der alte Mann ging weiter, winkte kurz mit der Hand und sagte leise: „Ich wünsche dir ein frohes Weihnachtsfest."

Und obwohl Paki nur die Bewegung der Lippen erkennen konnte, ohne die Worte zu hören, hatte er den Mann verstanden und antwortete ebenfalls mit leiser Stimme: „Ja, das wünsche ich Ihnen auch – frohe Weihnachten."

Christine Langer

Jesus Ankunft

Sie lebten in der Dunkelheit,
kein Licht, das auf sie fällt.
Da kam genau zur Weihnachtszeit
das Jesuskind zur Welt.

Die Engel zeigten's Hirten an:
„Ihr müsst nach Bethl'em geh'n."
Sie sprachen: „Eilt, ihr könnt sodann
das Jesuskindlein seh'n."

Drei Weise aus dem Morgenland,
die liefen sehr geschwind
zum Stalle, wo die Krippe stand
und lag das Jesuskind.

Du Jesuskind, du Menschensohn,
du bist mir sehr viel wert.
Du wirst seit alten Zeiten schon
als Gottes Sohn verehrt.

Die Klage des Weihnachtsmannes

Zu Weihnacht' hab ich nichts zu lachen.
Am Weihnachtsfest hab ich zu tun.
Da soll das Fest noch Freude machen?
Am Weihnachtsfest darf ich nicht ruh'n.

Ich muss den großen Schlitten packen
und reisen durch die weite Welt.
Im Wald muss ich die Tanne hacken.
Fragt ihr mich, ob mir das gefällt?

Ich soll den Kindern etwas schenken.
Den Bösen bringe ich die Rut'.
Wann wird mal jemand an mich denken,
wo gibt's den, der mir Gutes tut?

Zum Weihnachtsfest muss ich mich plagen.
Der Weihnachtsmann, ja der bin ich.
„Wie geht's dir?", wird wohl keiner fragen.
Ihr wollt mich seh'n, so komme ich.

Ich werd' an eure Türe klopfen
und bring Geschenke, groß und klein.
Wo gibt's für Weihnachtsmänner Tropfen?
Die kauft' ich dutzendweise ein.

Die würd' ich für den Stress dann nehmen.
Dann hätt' ich diese Unlust nicht.
Ich müsst' mich für all dies nicht schämen,
das ihr hier lest in dem Gedicht.

Als Weihnachtsmann bin ich sehr offen.
Ich hoffe, dass ihr mich versteht.
Als Weihnachtsmann bleibt mir zu hoffen,
dass es euch manchmal ähnlich geht.

Das Tannenbäumchen

Es war einmal ein Bäumchen.
Das hatte einen Traum.
Es wäre, ach so gerne,
der schönste Weihnachtsbaum.

Sie würden es dann schmücken
zur schönen Weihnachtszeit.
Es trüge gold'ne Kugeln
an seinem grünen Kleid.

Die Lichter würden glänzen,
erleuchteten den Raum.
Sie würden ihn bewundern,
den schönsten Weihnachtsbaum.

So träumte unser Bäumchen.
Es war ja noch so klein.
Es spürte nicht die Sonne,
hört nicht die Vögelein.

Frühling, Sommer kamen.
Der Herbst zog durch den Wald,
entlaubte viele Bäume,
und langsam wurd' es kalt.

Da kam der König Winter
und brachte Eis und Schnee.
Er fragte rauh und brummig:
„Bäumchen, was tut dir weh?

Sieh doch die andern Bäume!
Sie alle sind ja nackt."
„Bin nicht die Weihnachtstanne,
ich wurd' nicht abgehackt."

„Nun, ich will dich beschenken
mit meinem hellen Weiß,
schmück deine grünen Zweige
mit viel Kristall aus Eis.“

Da kamen viele Tiere.
Sie haben es geseh’n,
das kleine Tannenbäumchen.
Es glitzerte so schön.

Sie haben es bewundert
mit seiner weißen Pracht.
Sie feierten die Weihnacht
in jener Winternacht.

Ursula Masbaum

Jasmin und das Christkind

Der Himmel ist hellgrau, und die Wolken sind voll beladen mit viel Schnee. In dicken großen Flocken fällt er herunter und bedeckt die Erde mit einem schönen, weißen Mantel. Die Autos auf der Straße fahren langsam. Ihre Scheibenwischer haben Mühe, die dicken Flocken beiseite zu schieben.

Jasmin betrachtet besorgt das Treiben auf der Straße und presst dabei ihre Nase an das Küchenfenster. „Mama, es schneit schon wieder! Heute Abend kommt doch das Christkind zu uns. Meinst du, es findet den Weg zu mir in dem vielen Schnee?"
„Natürlich, meine Kleine. Das Christkind hat viele Engel dabei, die alle Wege, zu allen Kindern auf der ganzen Welt, auswendig kennen. Sogar im dicksten Schnee, bei Dunkelheit und Sturm kommen sie überall hin", beruhigt die Mutter das Kind. Sie ist damit beschäftigt, einen Teller mit Weihnachtsgebäck zu belegen. Im Hintergrund summt leise der Wasserkessel für den Nachmittagstee.
„Magst du nicht Kekse essen? Es dauert noch ein paar Stunden, bis das Christkind hier angekommen ist. Dein Bruder und deine Schwester schauen im Fernsehen ‚Wir warten auf den Weihnachtsmann'. Setz dich doch dazu, dann wird die Zeit nicht so lang, ich mach dir auch eine heiße Schokolade." „Hier ist es viel schöner am Fenster, und vielleicht kann ich ja sehen, wenn es vorbei fliegt." Hoffnungsvoll betrachtet das Kind die tanzenden Flocken. – ‚Sicher weiß das Christkind, dass ich hier ganz sehnsüchtig warte, und kommt bestimmt zuerst zu mir', denkt die Kleine. ‚Auf dem Schlitten der Engel sind dann alle meine Geschenke, die Claudia, für mich auf den Wunschzettel geschrieben hat. Ein riesengroßer muss es sein. Nur für mich ganz allein', träumt das Mädchen, in Gedanken versunken, weiter.

Oh, warme, süße Schokolade. Damit konnte die Mutter Jasmin immer locken! Aber heute? „Ich habe gar keine Zeit. Wenn die Geschenke jetzt an meinem Fenster vorbei fliegen, muss ich doch unbedingt hier sitzen und aufpassen. Es ist so spannend."
Die Mutter streichelt dem Mädchen übers Haar und lächelt. Sie kann sich noch ganz genau an ihre eigene Kindheit erinnern. An die Weihnachtszeit und die Anspannung in den letzten Stunden vor der Bescherung. Das offene Feuer im Kamin und die dicken, roten Bratäpfel, die ihre eigene Mama in einem Topf auf der Glut backen ließ.
Es war eine schlechte Zeit damals, und es gab wenig zu essen für die Menschen. Süßigkeiten gab es kaum. Nur ein paar Nüsse, die die Eltern im eigenen Garten hatten, und eben diese wunderbaren Äpfel, gefüllt mit Marmelade und den gesammelten Walnüssen. Sie waren das Herrlichste, was sie jemals gegessen hatte. Geschenke gab es auch sehr wenig. Die Familie war froh, am Weihnachtsabend ein warmes Essen zu bekommen. Doch der Vater konnte immer etwas „organisieren", wie er es nannte. Sie erinnert sich an Eier und Speck mit gebratenen Kartoffeln.

‚Für und mit Kindern ist das Weihnachtsfest am allerschönsten', denkt sie noch. Dann dreht sie sich um und lässt Jasmin mit den Schneeflocken und ihren Träumen allein.
Lange Zeit sitzt die Kleine an der Fensterscheibe, aber es will kein Engel vorbei fliegen. Langsam zieht die Dunkelheit über die Wolken. Die Schneeflocken tanzen lustig weiter, als mache ihnen die herannahende Nacht nicht das Geringste aus.
Die wenigen Fahrzeuge auf der Straße werden noch weniger. Ab und zu erhellt der ein oder andere Lichtkegel eines vorbeifahrenden Wagens Jasmins Gesicht.
„Hallo Jasmin, hast du schon was gesehen vom Christkind und seinen Engeln?"
Claudia, die größere Schwester, reißt Jasmin aus ihren Träumen. „Wie, Jasmin, du glaubst doch nicht wirklich an den Weihnachtsmann?" Das war Ralf, der noch größere Bruder. „Den gibt es doch nur im Fernsehen. Das ist ein Mensch mit einem Kostüm. Jeder kann so eine Verkleidung anziehen und sieht dann so aus!"

„Ich glaube ja gar nicht an den Weihnachtsmann, sondern an das Christkind!“, verbessert Jasmin Ralf. „Ha, ha“, lacht der Junge, „das ist doch genau das Gleiche.“
„Nein, ist es nicht. Mein Christkind hat ein goldenes Kleid an und ganz viele Engel dabei, die die Geschenke tragen. Es sieht wunderschön aus und hat eine goldene Krone auf dem Kopf. Ganz lange goldene Locken hat es außerdem!“
Claudia stellt sich neben Jasmin an das Fenster und lacht: „Na klar, und der Osterhase malt die Eier auch selber an, nicht wahr, Ralf?“ „Sicher doch, das weiß doch jedes Kind!“ Die beiden älteren Geschwister krümmen sich vor Lachen, sodass sie ganz schwach auf den Beinen werden und sich jeder auf einem Küchenstuhl fallen lässt.
Aber Jasmin ist felsenfest überzeugt. Da können die Großen noch so viel reden. Mama hat es auch gesagt. Das mit den Geschenken und den Engeln. Sie weiß es auch!
Doch die Kleine sagt nichts mehr. Sollen die beiden Großen denken, was sie wollen. Sicher, die Geschwister sind schon älter, aber leider auch ein bisschen dumm.
Claudia und Ralf hocken immer noch auf ihren Stühlen und können sich kaum halten vor Lachen.
„Was ist hier denn los, freut ihr euch denn so auf die Geschenke?“, fragt die Mutter und steht mit einem kleinen Glöckchen in der Tür.
„Die Jassi glaubt noch an den Weihnachtsmann“, kichert Ralf wieder los. „Und an den Osterhasen“, stimmt Claudia mit ein.
„Ich glaube nicht an den Weihnachtsmann!“, ruft die kleine Tochter vom Fenster. „Das Christkind gibt es wirklich, du hast es auch gesagt, Mama!“
„Selbstverständlich, mein kleiner Spatz. Dazu gehören ja auch noch die Engel, die den Weg zu den Kindern kennen und die Geschenke der Kinder auf der ganzen Welt auf dem Schlitten transportieren!“
Kerzengerade sitzen Ralf und Claudia auf ihren Sitzplätzen und sind stumm wie zwei Fische. Ungläubig sehen sie sich an und verstehen die Welt nicht mehr. ‚Mutti glaubt das also auch?‘, fragen sie sich. Das macht die beiden etwas unsicher.

„Seht ihr, ich habe Recht!" Jetzt freut sich die kleine Jasmin und strahlt übers ganze Gesicht. Die beiden anderen Kinder können vorerst nichts mehr entgegnen.
Mutter hebt das Glöckchen, welches sie in der linken Hand hält, in die Höhe. Sie klingelt drei Mal. „Wenn ihr das hört, sind eure Geschenke angekommen und ihr dürft in die Stube gehen. Lange wird es nicht mehr dauern. Ihr müsst schön hier warten, bis ihr das Glöckchen hört." Dabei dreht sie sich um. Sorgfältig zieht sie die Tür hinter sich zu.
„Wie jedes Jahr", meckert die große Schwester. „Jetzt bauen die Eltern die Geschenke auf und wollen uns weismachen, dass das heilige Kind die Sache erledigt. Ich kann es kaum glauben!"

‚Lange wird es nicht mehr dauern?' Jasmin war völlig entsetzt. – War das Christkind etwa schon bei den Eltern im Wohnzimmer? Sie hatte doch gar nichts gesehen. Dabei hatte sie den ganzen Nachmittag aufgepasst am Fenster!
Das jüngste Mitglied der Familie wird völlig unruhig. Sie muss hier raus und das goldene Kind sehen. Ganz genau ist ihr ja bekannt, wie es aussieht. Nichts kann sie hier in der Küche halten. Sie rutscht von dem Hocker an der Fensterbank und geht zur Tür.
„Jasmin, es hat noch nicht geklingelt. Wir müssen noch warten!", ruft der große Bruder ihr zu. Doch Jasmin hört ihn gar nicht. Sie öffnet leise die Tür und schleicht sich nach draußen. Sie tastet sich an der Wand entlang, in dem wenig beleuchteten Flur, Richtung Wohnzimmer. Es ist leise Weihnachtsmusik zu hören. „Ihr Kinderlein kommet, oh kommet doch all!" ‚Ein schönes Lied', denkt Jasmin. Ich kann es auch schon auswendig singen. Dann steht sie vor der Tür zur Stube. Ihr kleines Herz klopft bis zum Hals vor lauter Aufregung. Sie weiß, dass sie etwas Verbotenes tut. Eigentlich soll sie bei den anderen sitzen und auf das Glöckchen warten. Nun ist es zu spät. Sie kann einfach nicht anders. Sie muss es tun. Ihre kleinen Füße stellen sich ganz weit vorn auf die Zehen. Ein wenig hält sie sich an der Türklinke fest. Jetzt sind ihre Augen in Höhe des Schlüssellochs. Sie hält sich mit der linken Hand das linke Auge zu und guckt mit dem rechten Auge hindurch. Sie kann den Tisch im Zimmer sehen. Darauf liegt eine ganze Menge Geschenkpapier und dazwischen? Jasmin traut ihrem Auge nicht.

Vorsichtshalber reibt sie es noch einmal mit der rechten Hand sauber. Mitten auf dem Tisch sitzt, mit dem Rücken zu ihr, das *Christkind*! Sie kann es ganz deutlich sehen, und es sieht genau so aus, wie sie es sich vorgestellt hat. Lange goldene Locken fallen über seine Schultern bis auf den Tisch. Die goldene Krone sitzt direkt auf seinem Kopf und hat einen goldenen Stern in der Mitte, der wunderschön leuchtet. Das kleine Mädchen kann den Blick nicht abwenden, geschweige denn sich bewegen. Es starrt wie angewurzelt durch das Schlüsselloch und kann nicht fassen, was es da sieht!

Plötzlich dreht das *Christkind* seinen Kopf um. Es zwinkert Jasmin mit einem Auge zu und lächelt sie ganz freundlich an.
‚Es hat mich gesehen, das heilige Kind hat mich angeschaut!' Mit einem Satz dreht sich die Kleine um und rennt zurück Richtung Küche. Ihr Herz klopft wie wild. Sie reißt die Tür auf, stürzt in den Raum. Schnell macht sie die Tür hinter sich zu und lehnt sich an sie. Ihre Geschwister blicken sie erstaunt an: „Jassi, was ist denn mit dir geschehen? Du siehst ja ganz erschrocken aus. Hat Papa dich erwischt, als du draußen warst?"
Das Mädchen kann nicht sprechen. Sie ist immer noch völlig überwältigt von dem, was sie gerade zu sehen bekommen hat. Ihr Atem geht schwer, und ihre kleinen Wangen leuchten hell rot. Claudia und Ralf gehen jetzt auf die Kleine zu. Langsam fangen sie doch an, sich etwas Sorgen zu machen. In diesem Moment hören die Kinder Mamas Glöckchen.
Drei Mal! Jasmin lehnt immer noch an der Tür, so können die anderen nicht hinausgehen. „Nun mach schon, Kleine. Geh zur Seite! Wir wollen zu unseren Geschenken." Jasmin tritt beiseite.
Ralf und Claudia stürzen ins Wohnzimmer. Kurz danach erscheint Mutter in der Tür. „Jasmin, meine Süße! Möchtest du gar nicht sehen, was das Christkind für dich mitgebracht hat?" Das kleine Mädchen schaut seine Mutter an und flüstert, schließlich hatte sie etwas Verbotenes getan: „Ich habe das heilige Kind gesehen, Mama!" Die Mutter beugt sich zu ihrer jüngsten Tochter hinunter und sieht ihr in die Augen.

„Das Christkind hat mir verraten, dass es sich schon sehr darauf freut, dir im nächsten Jahr wieder die Geschenke zu bringen, weil du so brav gewartet hast. Auch soll ich dir einen schönen Gruß von ihm bestellen!" „Ist es denn schon wieder weg?", fragt Jasmin. „Natürlich, die vielen anderen Kinder warten auch sehnsüchtig." Mutter nimmt das Kind an die Hand, und sie gehen beide Richtung Stube. Jasmin ist glücklich. ‚Das Christkind freut sich auf das nächste Jahr', überlegt das Mädchen. ‚Ich auch!', denkt sie noch und läuft neugierig ins Wohnzimmer.

Anna Josefa Mayrhofer

Die Zwerge und Elfen erzählen

Liebe Kinder, ich möchte euch etwas erzählen über die Bewohner in unserem Garten, sie möchten sich euch vorstellen. Die meisten Menschen sehen sie nicht, aber die feinen Wesen gibt es. Sie lieben die Kinder ganz besonders. Die Kinder sind ihnen näher, denn sie tragen in sich viel Liebe zur Natur und ihre Intuition ist noch stärker ausgeprägt als bei den Erwachsenen.

Liebe Kinder, ihr habt sicherlich schon Bilder gesehen und Geschichten gehört von den lieben Zwergen. Sie möchten euch selbst von sich erzählen:

Wie die Menschen über der Erde wohnen, so wohnen wir Zwerge in der Erde, besonders gerne unter Steinen, unter Steinhaufen, auch unter den Wurzeln von großen Bäumen. Wer uns sehen kann, weiß, dass wir bunte Kleider tragen und farbige Zipfelmützen auf unserem Kopf. Wenn eine Gruppe von Zwergen an einem schönen Ort wohnt, leitet ein alter und erfahrener Zwerg sie. Er leitet sie bei der Arbeit an, bringt ihnen die Lieder bei, die sie singen, und erzählt ihnen Reime und Geschichten. Er kümmert sich darum, dass sie sich nicht streiten, denn auch das kann vorkommen.
Die Arbeit von uns Zwergen ist sehr wichtig für die Pflanzen. Wir helfen ihnen, dass die weichen, feinen Pflanzentriebe die Erde durchstoßen können. Sicherlich habt ihr schon gesehen, dass die Pflanzen im Kies und bei Steinen wachsen, manche können sogar die Teerdecke durchbrechen.
Die Arbeit für die Pflanzen macht uns sehr viel Freude. Besonders nach dem langen Winter brauchen die Pflanzen viele bunte Sonnenstrahlen. Wir sammeln das Licht der Sonne in unseren Eimern ein und schenken sie den Pflanzen, die zu wenig Sonnenlicht haben. Die Pflanzen leiden manchmal sehr unter der langen Dunkelheit im Winter.

Ganz besonders viel Sonnenlicht brauchen die Schneeglöckchen, Tulpen und Narzissen. Sie erfreuen uns im Frühjahr mit ihren Blüten. Die Nächte sind im Frühling noch lang, auch wenn die Kraft der Sonne zunimmt. Da erwachen diese Frühlingsblüher aus ihrem Winterschlaf. Wir schenken ihnen dann viele Sonnenstrahlen, und bald schon treiben sie aus der Erde hervor und verkünden den Menschen, dass der Frühling da ist. Habt ihr schon einen Regenbogen gesehen? Wir Zwerge sehen das Sonnenlicht immer in den Farben des Regenbogens.

Nun wollen sich euch auch noch andere Bewohner des Gartens vorstellen:

Liebe Kinder, wir Elfen der Bäume und der Blumen möchten euch auch von uns erzählen:

Gerne esst ihr das süße Obst und auch die Nüsse, die im Herbst von den Bäumen geerntet werden. Wenn wir großen Baumelfen in den Bäumen wohnen dürfen, schmeckt das Obst süß und mild. Wenn jedoch die Bäume mit giftigen Mitteln gespritzt werden, können wir da nicht wohnen, wir vertragen das nicht. Wir Elfen wohnen in den Bäumen wie in einem Haus. Regen und Hitze stören uns kein bisschen. Im Herbst fallen die Blätter, und der Baum steht ganz kahl da. Da machen wir uns ganz klein und wohnen dann meist in der Nähe des Stammes. Manchmal, besonders wenn der Vollmond scheint, werden wir auch im Winter für eine kurze Zeit wieder ganz groß.

Wir haben viele Aufgaben zu erfüllen: Wir bitten Gott um viele Energien, die die Pflanzen brauchen. Diese guten Strahlen schenken wir ihnen. Die Bäume brauchen viel Kraft um zu wachsen, zu blühen und Früchte zu tragen. Der kalte Sturmwind macht sie traurig, manchmal leiden sie auch unter Trockenheit, manchmal unter zu viel Regen. Wir helfen ihnen dann, und die Bäume freuen sich darüber. Durch unsere Hilfe können die Bäume für euch mehr süße und nahrhafte Früchte tragen.

Ihr freut euch an den schönen Blüten, die jedes Jahr aufs Neue in den schönsten Farben blühen. Die Blüten brauchen die Hilfe der Blumenelfen. Sie sind kleiner als wir Baumelfen. Sie sehen aus wie winzige Mädchen in bunten Kleidchen. Manche von ihnen tragen Flügel ähnlich den Schmetterlingen. Habt ihr schon den Duft der Rosen gerochen, den Duft anderer Blumen? Wenn keine Blumenelfen da sind, haben sie wenig Duft. Vielleicht könnt ihr im Frühling an den Heckenrosen riechen, dort halten sich die Blumenelfen besonders gerne auf. Die Heckenrosen wachsen manchmal an den Waldrändern.
Diese kleinen Elfen schenken den Blütenpflanzen so viel Liebe, so viele Energien der Sonne. Nachts schlafen die kleinen Blumenelfen in Sträuchern, besonders gerne in den Buchsbäumen. Auch im Winter schlafen sie und erwachen, wenn die ersten Blumen ihre Knospen aufschlagen.
Selbstlos wachsen die Pflanzen Jahr für Jahr wieder. Sie schenken uns Nahrung und vielen Tieren auch. Die Insekten, die Bienen, die Schmetterlinge brauchen den Nektar der Blüten.

So erfüllen die Pflanzen ihren Auftrag, den Gott ihnen gegeben hat.

Ingrid Möck

Weihnachtsgedanken

Es ist meiner Enkel Blick
der meine Gedanken lenkt zurück,
als ich ein kleines Mädchen war
vor beinah' 60 Jahr.

Ich sah zu Großmutters Fenster hinaus.
Mein Blick ging über die Wiese zu meinem Elternhaus.
Das Christkind sollte über dem Dache schweben,
um zu sehen, ob Kinder dort leben.
Man sagt, es trägt ein weißes Gewand und hat lockiges Haar.
Für Kinder jedoch – es ist unsichtbar.

Angestrengt ging durch die Dämm'rung mein Blick,
und so schaute ich nicht zurück.
„Warst du auch lieb?"
Eine tiefe Stimme mir die Angst in die Knochen trieb.
Ich dachte: ‚Jetzt ist alles aus,
denn hinter mir stand der Nikolaus
mit seinem Mantel ganz rot.
Ob er mir mit der Rute droht?'
Ich stieß aus einen lauten Schrei.
Aus der Küche die Großmutter eilte herbei.
In der Hand einen Kochlöffel sie schwang.
Mir wurde noch mehr angst und bang.
Wollte sie den Nikolaus schlagen?
Sollte sie so etwas wagen?
„Ist ja schon gut, Großmütterlein.
Ich gehe und laß euch allein",
murmelte Nikolaus in seinen Bart
und stampfte die Treppe runter ganz hart.
Als ich mich umsah, bemerkte ich auf dem Tisch
drei Äpfel, ganz rot und frisch.

Am Abend mein Vater dann kam
und mich mit nach Hause nahm.
Jetzt war es schon dunkel
und am Himmel Sternengefunkel.
Kleine Schneeflocken tanzten hernieder.
Ja, sie kamen jedes Jahr wieder.
Ein Glöcklein bimmelte in der Ferne ganz hell,
doch es gehörte dem finst'ren Gesell.
Meine Angst ich kaum überwand,
und ich faßte fester des Vaters Hand.
Mit schnellem Schritt wir holten aus.
Gott sei Dank, bald waren wir zuhaus'.
Meine Mutter, sie stand vor der Tür.
„Schau nur, das Christkind war hier."
Langsam ging ich in die Stube hinein
und sah zuerst den Kerzenschein
in dem wunderschönen Weihnachtsbaum.
Es war wie im Traum.
Mein Blick wanderte weiter im Zimmer umher.
Dort unter dem Tisch, war da noch mehr?
„Geh nur hin und schaue darunter",
lachte mein Vater ganz munter.
Langsam zog ich das Tuch hinweg
und bekam einen freudigen Schreck.
Da stand es, ein kleines Puppenhaus.
Zwei Puppen, sie schauten heraus.
Daneben war noch etwas zugedeckt.
Was hatte das Christkind da nur versteckt?
Ganz vorsichtig hab' ich daruntergeschaut.
Was war denn da aufgebaut?
Ein Kaufladen war's – so schmuck und klein.
Sollte das jetzt meiner sein?
Vater sprach: „Es gehört alles dir.
Du kannst damit spielen, glaube es mir."
Mein Vater – heimlich hat er gebastelt mit liebender Hand
und dann alles ans Christkind versandt.
So hab' ich als Kind es geglaubt
und niemand hat mir diese Meinung geraubt.

Doch an Weihnachten auch ein anderes Bild mich hält gefangen:
Als ich in der Heiligen Nacht zur Großmutter bin gegangen.
Auf der Stubenbank stand ein Bäumlein in voller Zier.
Sie sagte: „Das Christkind – es war schon hier
und hat diesen Baum gebracht.
Hier steht er in all seiner Pracht."
Großmutter – vier Kinder sie hatte geboren,
zwei ihrer Söhne im Kriege verloren.
Zur Heiligen Nacht war ganz mächtig der Schmerz
in ihrem geplagten Mutterherz.
Großvater sprach: „Ach Mütterlein,
du sollst doch heut' nicht so traurig sein."
So haben Weihnachtslieder wir gesungen
und durch die Stube ist's geklungen:

Stille Nacht, heilige Nacht,
alles schläft, einsam wacht ...
Das war ihr das liebste der Weihnachtslieder,
und sie sang es immer wieder
in dieser Heiligen Nacht,
als die Englein hielten Wacht.
So lernte ich schon als Kind,
daß Freude und Schmerz Geschwister sind.

Eines Jahres der Platz auf der Bank war leer.
Darauf stand kein Bäumelein mehr.
Nun war es Großvater, der spürte den Schmerz.

Das eine Lied – es drang in sein Herz:
Stille Nacht, heilige Nacht,
alles schläft, einsam wacht ...
Diese Heilige Nacht
hat mich ein Stück erwachsen gemacht.

Nun hab ich selber Kinder und Enkel auch,
und es ist bei uns so der Brauch,
im Advent wir viele Lieder singen,
die uns in weihnachtliche Stimmung bringen.
Doch wenn „Stille Nacht“ erklingt,
mein Blick durch einen Tränenschleier dringt.
Dann muß ich denken an mein Großmütterlein,
wie wir gewartet aufs Christkind – ich war ja so klein.

Anna Ilona Mörl

Frieda liebt das Weihnachtsfest

Frieda liebt das Weihnachtsfest, in ihrem heimeligen Nest
feiert sie ab und zu grandiose Feste, da lachen alle Gäste.
Die Familie backt köstliche Schätzchen, es sind Energieplätzchen.
Nach dem Rezept der Hildegard von Bingen
werden sie viel Kraft bringen.
Dazu können sie gemeinsam singen: „Schneeflöckchen, weiß
Röckchen" oder „Kling Glöckchen, klinge".

Nun wird der Teig ausgerollt,
alle finden es toll und richtig gewollt.
Sie bringen den Teig in Form mit einer Stern- und Engelsform,
und der Geruch ist einfach enorm.
Der Engel bekommt noch Mandeln als Augen
für seinen unerschütterlichen Glauben.
Mit Engelszungen spricht Frieda: „Behalte ja deine Augen,
damit alle glauben an meine Engelsgeduld
für dein Engelsantlitz mit Witz."

An Weihnachten werden alle etwas abbekommen
von diesen geschmacklichen Wonnen.
Aus dem Ofen immer noch mit Hoffen
werden sie von der Mutter in eine Blechdose gesteckt,
und sie verrät niemandem das Versteck.
Doch Frieda leckt die Schüssel aus
und freut sich schon darauf.
Danach holen sie ihre Instrumente heraus und ohne Applaus
üben sie darauf, Weihnachtslieder, immer wieder.
Wen wird das wohl stören? Sie sind bis in den Garten zu hören.
So dass der Schnee schmilzt, nicht wild,
von diesem musikalischen Bild.
Ohne Stöhnen können sie die Adventszeit verschönern,
die Höhen betonen und genüsslich wohnen.

Diese Vorweihnachtszeit
macht sie bereit für das Fest der Glückseligkeit.

„Heute ist Heilig-Abend“, ruft Frieda verzückt,
denn ihr ist das Spielen auf der Melodika ohne Fehler geglückt.
Nun studiert sie mit ihren Geschwistern noch den Text
für das geplante Krippen-Spiel ein, und dann wird alles fein.

Aus der Küche duftet der Karpfen,
an dem kann sich die Familie laben.
Da der Fisch in der Biersoße schwimmt, weiß sie bestimmt,
dass das Fest beginnt.

Frieda hüpft geschwind wie der Wind in ihr Festagskleid,
das ist zu weit. Doch keine Zeit, die Mutter schreit,
es ist soweit.
Der Vater freut sich über das Ergebnis und ist gewiss,
das Festmahl ist bereit für eine kleine Ewigkeit.

Ganz schnell nimmt jeder seinen Platz ein
und benimmt sich ganz fein.
Heute wird beim gemeinsamen Tischgebet
das Jesus-Kind besonders gerne eingeladen,
es darf sich mit daran laben.
Jedes Kind hat einen Stuhl mit einer anderen Farbe.
Friedas Sitz ist himmelblau, das macht sie schlau,
da kann sie schauen und staunen,
das Festtagesmahl ist genial.
Ohne Mühe pickt sie aus dem zarten Fleisch die Gräten heraus,
denn dann schmeckt es grandios und zergeht auf der Zunge.
Sie formt ihren Mund zu einer Blume.
Der Bruder lacht wie ein Junge, er macht Witze auf dem Sitze.
Er mag am liebsten das Dessert, danach fühlt er sich schwer
und hat Flecken auf dem Hemd.
Die Schwestern lassen heute das Necken.
Doch er freut sich sehr über die Mohnklöße mit Vanillesoße.
Nach dem Essen gibt es einen Applaus für die Mutter,
und alles ist in Butter.

Die Tischrunde wird durch Handreichen im Kreis geschlossen,
und alle rufen aus einem Munde die frohe Kunde:
„Piep, piep, piep, wir haben uns alle lieb."
So sind sie danach erpicht auf das Weihnachtslicht.

Das Wohnzimmer ist verschlossen,
und die Kinder haben beschlossen,
den Eltern das Krippenspiel vorzuspielen.
Beim Durchwühlen der Kleidung finden sie die richtige
Verkleidung für Engel, Hirte, Josef und Maria, die spielt die Frieda.

Mit Umhang starten sie den Spielanfang.
Keiner schaut durch das Schlüsselloch, obwohl es plötzlich pocht.
Es klingelt aus dem dunklen, verschlossenen Wohnzimmer,
das Glöckchen ist ganz klar zu vernehmen im Eben des Lebens.
Aufgeregt und mit Benehmen
warten sie vor der Tür, bis der Vater sie herein lässt.
Ein großer bis zur Decke reichender Weihnachtsbaum ist hell
erleuchtet, und die Krippe mit dem Jesus-Kind
ist unter dem Baum zu sehen.
Es duftet nach Plätzchen, Äpfeln und Apfelsinen.
Die Mutter sagt: „Nun können wir beginnen."
Das ganze Zimmer glänzt im Kerzenlicht,
alle Kinder sind andächtig darauf erpicht, und keiner spricht.
Der Vater beginnt mit dem Vorlesen der biblischen Geschichte.
Alle hören aufmerksam zu und im Nu
spielen die Kinder das Krippenspiel den Eltern vor
und singen im Chor: „Christus ist geboren."
Die Mutter spielt auf dem Klavier Weihnachtslieder.
Zum Abschluss der Feier gibt es für jeden noch ein kleines
Geschenk. Friedas Patentante hat ihr ein wunderschönes Buch
geschenkt, sie liest darin und findet gleich den Sinn.
Da klopft es an die Tür und der Vater lässt den Knecht herein,
der ist beim Bauern immer so allein.
Er hat für alle Kinder einen Apfel mitgebracht,
und da haben sie mit ihm gelacht.
Dann ging er wieder heim, um die Kühe zu hüten,
denn seine Aufgabe ist es, sie zu beschützen.

Frieda schaut zum Dachfenster, draußen ist es kalt so ohne Wald.
Der Schnee ist weitgereist und das Fenster vereist.
Wie Zuckerguss zeichnen sich die Eisblumen ab.
Die Eiszapfen tropfen von den Dachgauben,
doch das erschüttert nicht ihren Glauben.

Das niedergeschlagene Eis bildet leis'
neue Spuren durch die Eisfiguren.
Wie von Engel Geheiß schallt es am nächtlichen Sternenhimmel,
das hört auch der nachbarliche Schimmel.

„Christus ist geboren!"
Er hat uns auserkoren,
ohne eilen will er bei uns verweilen.

Das war der schönste Tag,
denkt Frieda erfüllt mit Freude, und gescheit in Dankbarkeit
hat sich alles gefügt, wie es soll, ganz toll.
Sie sagt: „Danke, lieber Gott,
für das große Geschenk
der Freude im Heute."

Wolfgang Nelles

Weihnachten in Masuren

Der alte Grigoleit stopfte sich noch einmal seine Pfeife und biss auf dem Mundstück herum. Ja, da hatte er noch ein wenig Holz geschlagen, obwohl das nicht in seine Gerechtsame fiel.
Und das hatte er vom Spirdingsee über den Nikolaiensee bis hin zur Anlandestelle des Dorfes Nikolaien gefahren. Die Münzen, die ihm in die Hände fielen, hatten einen harten Klang, weil er sie so nötig hatte. Es war schon ganz später Abend geworden, und der Dorfkrug von Nikolaien hatte noch hell geleuchtet, da, wo die Buhnen in den großen See verliefen.
Als er mit dem großen Schlitten auf das Ufer zugesteuert war – Grigoleit kannte alle Tücken des Eises –, war der Abendhimmel ganz nach Osten wie von rotem Feuer. Ein fernes Poltern tönte herüber. Grigoleit wusste, dass er zu spät kam. Und das Donnern schreckte ihn nicht. Hindenburgs Geist würde wiederkommen und Ostpreußen vor den Russen schützen, wie er es in der Schlacht an den masurischen Seen getan hatte; aber das war schon lange her, 1914.
Das hatte ihn jedoch nicht abgehalten, im Dorfkrug noch schnell einige Gläser Branntwein hinunterzuschütten. Der Gutsbesitzer, der vor Stunden sein Gesinde in seinen Gutshof eingeladen hatte, würde es verstehen.
Grigoleit war noch etwas benommen von dem Branntwein, als er nach Hause ging. Der Schnee knirschte hart unter seinen Sohlen. Die Häuser an seinem Wege duckten sich tief unter der Schneelast auf ihren Reetdächern. Manchmal klirrte das Eis auf den Boden.
Das Grummeln und Getöse im Osten wurde einmal ganz laut, und die Röte nahm zu; dann wurde es leiser.
Grigoleit stopfte seine Pfeife mit seinem schmutzigen Daumen nach. „Da sind sie wohl wieder, die Russen wie weiland die Franzosen." Die Russen hatten es 1914 noch einmal versucht, ehe sie geschlagen wurden.

Grigoleit hatte den Kaiser erlebt, der nach den Schlachten an den masurischen Seen gekommen war. Er kannte auch die stille Stelle, an der sich der General Samsonov das Leben genommen hatte. Damals war er ein junger Mann gewesen.
Grigoleit sprach das Masurische; sein Vater und Großvater hatten es auch getan. Aber dann waren die in den braunen Hemden gekommen und hatten das Deutsche verlangt. Seine Annika und sein Klaus mussten es lernen. Aber im Hause sprachen sie Masurisch.
Sein Haus duckte sich ganz am Ende der Straße. Das Strohdach war ein wenig eingesunken. Aber aus dem Kamin kräuselte ein Rauch, der manchmal Funken in die eisige Nacht versprühte. Grigoreit stieß die Tür mit dem Fuß auf. Drinnen war es ganz warm. Annika kam ihm entgegen und zog ihm die Stiefel ab. Sie war blond und hatte kornblumenblaue Augen. Aber Grigoleit sah das alles nicht.
„Wo ist deine Mutter?"
„Mutter konnte sich heute nicht erheben. Sie liegt zu Bette."
Grigoleit knurrte und stapfte dann in die Kammer. Seine Frau lag in dem großen Bett und hatte die Augen fest geschlossen. Grigoleit musterte sie wie die Pferde, die ihm auf dem Gutshof anvertraut waren.
„Schön, das du da bist!" Ihre Stimme brach. Grigoleit wandte sich ab. Mit den Pferden hatte er das so gelernt. Und er sah auch nicht seinen kleinen Jungen, der sich trotzdem an ihn hing. Grigoleit stocherte im Feuer. Das sprühte lebhafte Funken.

Und dann erinnerte er sich, wie er als kleiner Junge mit dem Vater auf den Nikolaikensee hinaus gefahren war. Manchmal waren sie bis zum Spirdingsee hinaus gerudert, um die Maränen zu fangen. Im Frühjahr war der Spirdingsee ganz umgeben von weißen Blüten, aus denen sich der rote Mohn leuchtend erhob.
Da hatte er über die große Buhne geschaut und auf die alte Kirche, wo sie sonntags die Lieder Luthers sangen, und auf die Fischerhäuser, die sich an den See duckten. Oft hatte er als Knabe unter der uralten Königseiche gesessen und geschaut, wie die Sonne ihr letztes Gold in den Nikolaikensee tauchte.
Er wischte sich über die Augen.

Annika hatte schon die Putenbrust auf das Feuer gesetzt. Ein wenig Rauch war durch die Stube gezogen.
„Annika, hast du den Doktor gerufen?"
Der Doktor wohnte zehn Kilometer entfernt. Die Wege waren blankes Eis. Die Grigoleits hatten keinen Wagen, um hinzufahren.
„Vater, ich bin die zehn Kilometer gelaufen. Aber der Doktor war nicht da. Es gibt zu viele Verwundete. Alle an dem Wall, den sie gegen die Russen aufwerfen müssen."
Annika hatte trotz allem auch eine Suppe gemacht und die dampfende Suppe auf den schweren Holztisch gesetzt.
Grigoleit holte weitere Holzscheite herein. Ganz von ferne hörte er über das Grummeln der Front das Heulen von Wölfen. Das Holz war mit blankem Eis überzogen.
Sein kleiner Junge war ganz ängstlich und klammerte sich abermals an ihn.
Grigoleit ging wieder in sein Schlafzimmer. Seine Frau war bleich bis an die Lippen.
„Anke, was kann ich für dich tun?" Man hatte sie Anke getauft nach dem Liede von Anke von Tharau. Sie reichte ihm matt eine eiskalte Hand.
„Iss mit den Kindern; sie sollen es schön haben, wie es immer bei uns war."
Grigoleit strich ihr über die Stirn, die schweißnass war.
„Der Herrgott wird es wissen, was mit uns geschehen soll."
Sie war schön gewesen, seine Anke, aber die Not der Zeit hatte sie alt werden lassen. Grigoleit betrachtete sie nachdenklich. Das Leben in Masuren machte die Leute schnell hart.
„Bleib mir am Leben, Anke", sagte er, und das hatte er nie gesagt.
Sie schloss ermattet die Augen.

Sie setzten sich in der Küche zusammen, und er sprach das Abendgebet. Das Grummeln der Front war verstummt. Unter dem alten Sofa, auf dem schon sein Großvater gesessen hatte – es war mit Seegras gepolstert – zog er eine Kiste hervor. Darin lagen ein Bernsteinarmband für Annika und ein aus Holz geschnitztes Auto für seinen Sohn. Der betrachtete es mit leuchtenden Augen und strich bedächtig mit seinen Händen darüber.

Annika legte sinnend das Armband über ihr Handgelenk. Die Steine schienen golden in dem Kerzenlicht. Dann senkte sie den Kopf und ging wieder hinüber in das Zimmer, in dem ihre Mutter lag. Grigoleit nahm noch einen kleinen Schluck aus der Branntweinflasche und ging nach draußen.

Das war seine Heimat. Hier waren seine Hände rau geworden von der schweren Arbeit. Der Gutsherr war gestreng, und die Ernte war noch vor dem Winter eingebracht worden. Alle Arbeiter waren wie immer eingeladen worden zur Bescherung, und wie immer hatte ein großer Tannenbaum in der Eingangshalle gestanden. Annika war dort gewesen und hatte für die Mutter eine wärmende Decke und für den alten Grigoleit eine Stummelpfeife mitgebracht.

Morgen würde Grigoleit ihm einen Korb voller gefangener Maränen bringen, die draußen im Eis standen.

Er kannte die alten Geschichten, wie der König der Maränen die Fischer genarrt hatte. Es war der „Stinthengst", so hatten sie ihn getauft und in uralter Zeit gefangen und mit Reifen an der Brücke befestigt. Das war lange her. Ganz still und kalt standen die Sterne über dem Nikolaikensee. Ein voller Mond ließ das Eis glitzern.

Und Grigoleit ging in die warme Stube zurück. Mutter war krank. Aber es würde schon besser werden, und wenn erst das Frühjahr käme, würden sie die Fohlen wieder auf die Vorwerke führen. Und er setzte sich auf seinen groben Lehnstuhl und nahm die Bibel zur Hand. Viele Masuren waren katholisch. Und er las den Kindern vor, wie der Stern von Bethlehem über dem Lande aufgegangen und die Hirten dem Lichte gefolgt waren. Die Kinder hatten große Augen, in denen sich das Licht der Kerzen spiegelte. Leise tickte die alte Standuhr.

Dann klopfte es an der Türe, erst zaghaft, dann heftiger. Und da war ihr alter Doktor, Das Eis hatte sich in seinem Barte festgesetzt. „Ich höre, deine Frau ist krank, Grigoleit. Ich will sie sehen. Ich habe sie noch als junge Frau gekannt. Sie war die Schönste von ganz Nikolaiken."

Grigoleit machte das stolz. Anke schlug über ihrem weißen Linnen die Augen auf.
„Liebe Anke“, sagte der Doktor, nachdem er ihr den Puls gefühlt hatte, „du hast eine schwere Lungenentzündung. Aber ich habe dir aus Königsberg einige Medikamente mitgebracht. Die werden dich heilen.“
„Aber wie soll ich genesen?“, fragte Anke, „wenn uns bald die Russen alles verbrennen?“ Sie zog den bleichen Mund zusammen.
Die alte Standuhr schlug die elfte Stunde. Das Rot von Osten war ganz verglommen. Das Wummern hatte aufgehört.
„Königsberg ist zur Festung erklärt worden. Sie werden nicht weiter vorrücken können“, sagte der Doktor, und die Eiskristalle tropften leise von seinem Bart. Und schon nahm er seine Spritze und zog sie auf. Einige Tropfen flossen aus der spitzen Nadel.
„Wenn nur Annika heil aus allem herauskommt“, murmelte Anke, „ich bin ja schon alt. Ich habe noch den großen Kaiser gesehen, als er uns besucht hat. Aber das ist lange vorbei.“
Die Injektion beruhigte Anke. Sie schloß die Augen. Und sie wurde wieder schön. Der Doktor betrachtete sie eingehend.
„Sie wird leben“, sagte er und strich ihr über die geschlossenen Augen. Königsberg war weit und seine Pracht war zu Ruinen verfallen. Aber Königsberg hatte Ärzte und Schwestern. Dort hatte sich 1701 der erste König seine Krone selbst aufs Haupt gesetzt.
Er tastete den Puls, der ruhiger geworden war, und wischte sich über die Augen.
Vierzig Jahre lang hatte er die Fischer von Nikolaiken betreut. Sie waren immer arm. Aber in ihm war eine innere Stimme, die sie nicht loslassen konnte. Langsam strich er das Linnen glatt.
Er wusste, dass der Sturm kommen würde. Seine Medikamente waren die letzten aus Königsberg.
Grigoleit hatte sich wieder eine Pfeife angesteckt.
„Sagen Sie mir, Herr Doktor, kann sie leben?“
„Sie wird leben, Grigoleit. Aber ihr müsst die Heimat verlassen. Bald ist es zu spät.“
Der Doktor trank ruhig einen Schluck von dem Branntwein. Es waren ja nur zehn Kilometer bis zu seinem Hause. Er hatte die zerfetzten Soldaten gesehen. Es musste zu Ende gehen.
Grigoleit ging mit ihm bis auf die Terrasse.

„Schauen Sie, wie silbern das Eis glänzt."
„Es hilft alles nichts, ihr müsst gehen", sagte der Doktor, „das Unheil wird über euch wegrollen."
„Aber wohin sollen wir gehen?", fragte Grigoleit, „ich bin doch noch nie aus Masuren weggegangen?"
„Da frage Gott", sagte der Doktor, „denn ich weiß es nicht."
Und er schüttelte Grigoleits Schwielenhand.
„Danke für all die vielen Jahre", sagte Grigoleit und legte einen Arm um des Doktors Schulter.
Aber der schüttelte seinen Arm ab und wischte sich über die Augen. Dann stieg er in sein Automobil.
Als Grigoleit ein wenig zur Besinnung kam – es war schon früher Morgen –, sah er, dass Anke Rock und Pullover übergestreift hatte.
„Wo willst du hin?"
„Ich gehe zu unseren Kindern. Wir können hier nicht bleiben. Ich will bei meinen Kindern sein."
Er sagte nichts. Anke hatte immer das Entscheidende gewusst.
Sie tranken einen schwarzen Kaffee; den hatte Grigoleit aus dem Eis des Sees herübergebracht.
Schon türmten sich auf ihrem einzigen Fuhrwerke Decken und kleinere Kästen.
Es war noch immer Weihnachten. Aber das Grollen im Osten hatte wieder zugenommen. Grigoleit nahm die eiskalte Hand seiner Anke. Und er sah sie so schön wie damals am Spirdingsee.

Gerhard Opfer

Fest der Diebe

2008

Ulrich Demander hegte schon von frühester Jugend an eine ausgeprägte Vorliebe für Volksfeste, gleich welcher Art auch immer. Ob Sommerfeste, Jahrmärkte oder ähnliche, menschliche Massen anziehende Festlichkeiten, Demander war es egal. Hauptsache, es flossen wahre Menschenströme, die das unausweichliche körperliche Gedränge mit sich brachten.

Am liebsten von allen Volksvergnügen aber mochte Ulrich Demander die großstädtischen Weihnachtsmärkte, denn solcherlei Orte waren für seine Geschäfte überaus förderlich. In den Tagen des Advents überstiegen seine Einnahmen in der Regel alles, was er sonst im Jahr über an Erträgen zu verbuchen hatte, um ein Vielfaches. Dieser finanzielle Höhenflug war in erster Linie dem Umstand geschuldet, dass die Menschen sich in jener Zeit der „Erwartung" einer ganz besonderen Stimmung unterwarfen, die sie noch eine Spur unvorsichtiger und argloser durch die Welt spazieren ließ, als es sonst schon ihre Art war.

Ulrich Demander lebte von solchen Unvorsichtig- und Arglosigkeiten, denn sein einträgliches Geschäft war das des Taschendiebstahls.

Nun wäre es vermessen und respektlos, Demander einfach nur einen gewöhnlichen Taschendieb zu nennen. Nein, *er* gehörte zur Creme seiner Zunft. Den *Flinken Ulli* nannten ihn die Kollegen der Branche voller Ehrfurcht seiner begnadeten flinken Finger wegen.

Solange er dieses, absolute Präzision erfordernde Gewerbe betrieb – und er tat das bereits ein gutes Dutzend Jahre äußerst erfolgreich –, solange hatte es kein einziges Mal Ärger mit dem Auge des Gesetzes gegeben. Nirgends, in keiner Stadt, gab es eine Akte über ihn, was in erster Linie daran lag, dass der *Flinke Ulli* seinen Beruf über alle Maßen ernst zu nehmen pflegte.

Auch heute noch trainierte er wenigstens eine Stunde am Tag die Geschmeidigkeit seiner Finger und Hände und vermied bei seinen Zügen jedes ihm unnötig erscheinende Risiko. Die jungen Draufgänger, die nichts als die schnelle und vermeintlich leichte Beute vor Augen und die Gier nach Reichtum in denselben hatten, strafte Demander mit unverhohlener Verachtung. Sie hatten keine Zukunft. Und Gewalt lehnte er entschieden ab. Gewalt war tödlich fürs Geschäft.

Ulrich Demander stand im Schatten einer der zahlreichen Imbissbuden und ließ sich eine kross gebratene Wurst schmecken. Er hatte diesen Stand mit Bedacht ausgewählt, denn von hier aus konnte er das Treiben auf dem Weihnachtsmarkt, ohne aufzufallen, vorzüglich überblicken. Der heutige Tag hatte ihm schon reiche Beute beschert, da das makellose frostig klare Winterwetter die Menschen in Scharen in die engen Gassen des Marktes trieb, die sich nun, zur Feierabendzeit, mit jeder Minute mehr zu füllen begannen. ‚Es ist wie mit den Gezeiten, als käme die Flut', stellte Demander befriedigt fest. Noch zwei oder drei Züge, so beschloss er, dann ist Schluss für heute. Er trug bereits einen ansehnlichen Schatz mit sich herum, den er unbedingt noch in seinem Depot bunkern musste.
Demander verspeiste den letzten Zipfel seiner Wurst und ließ dabei den Blick unauffällig, aber konzentriert über die Menschenmenge schweifen.

Die alte Dame war nicht zu übersehen. Es war die Art, wie sie sich bewegte, diese unentschlossene Hilflosigkeit, gepaart mit einer nicht zu beschreibenden Prise Unsicherheit, die es Demander unmöglich machte, seine Augen von der Alten abzuwenden. Zu den Wohlhabendsten schien sie nicht gerade zu gehören, denn Mantel und Handtasche, die sie fest umklammert hielt, hatten zweifellos schon bessere Tage gesehen.
Die alte Dame war inzwischen auf Höhe der Imbissbude angekommen, als sie plötzlich mitten im Gedränge stehen blieb und dort unschlüssig verharrte. Unwillig murrende Menschen bahnten sich ihre Wege um sie herum. Für den Bruchteil von Sekunden trafen sich ihre und Demanders Blicke.

Dann setzte sich die Frau wieder unbeholfen in Bewegung und versuchte nun, warum auch immer, gegen den Menschenstrom ankämpfend, die gegenüberliegende Seite der Marktgasse zu erreichen.
Ulrich Demander war gerade im Begriff, seinen Posten zu verlassen, als das Unvermeidliche geschah. Nur wenige Meter von seinem Standplatz entfernt kollidierte die Alte mit einer jungen Frau und stürzte zu Boden. Bevor Demander überhaupt sah, was geschehen war, hörte er ihren entsetzten Schrei.
Verzweifelt jammernd lag die alte Dame auf dem Rücken, während sich das Mädchen vergeblich bemühte, sie wieder auf die Beine zu bekommen. Nicht einer der vorbeihastenden Passanten machte auch nur die geringsten Anstalten, ihr dabei behilflich zu sein.
„Weihnachten, das Fest der Liebe“, knurrte Demander ungehalten und trabte los.
„Kann ich Ihnen helfen?“, fragte er und beugte sich zu der jungen Frau hinunter.
„Gott sei Dank! Sie schickt der Himmel!“, lächelte sie Demander mit einem Anflug von Hilflosigkeit an. „Ich hab’ die alte Dame wahrhaftig erst gesehen, als es bereits zu spät war. Sie kreuzte so unvermittelt meinen Weg ... und jetzt ... krieg ich sie alleine nicht wieder hoch.“
„Das haben wir gleich.“ Demander griff beherzt zu und stellte die jammernde Alte behutsam wieder auf die Beine. „Haben Sie sich verletzt?“
„Wie? ... Ja ... äh, nein ... ich glaube nicht“, stotterte die alte Dame sichtlich verwirrt. „Oh, ich hab’ mich ja so erschreckt.“
Wie eine Klette klammerte sie sich an Demander fest und begann, leise zu schluchzen. „Dass ausgerechnet mir so etwas peinliches passieren muss! Haben Sie vielen herzlichen Dank, junger Mann.“

Musik erscholl aus luftigen Höhen, denn just in diesem Moment begannen die Bläser auf dem nahe gelegenen Kirchturm mit ihrem allabendlichen Weihnachtskonzert.
„Ach du liebe Güte, schon so spät“, stieß die junge Frau atemlos hervor. „Ich muss schleunigst auf den Kirchturm hinauf. Meine Kollegen werden mich schon vermissen. Schönen Dank noch mal für Ihre Hilfe.“

Schon hatte sie die hastende Menge aufgesogen, und Demander war mit der alten Dame allein. „Und Sie haben sich wirklich nichts getan?“, fragte er sie, die gerade damit beschäftigt war, ihren Mantel nach eventuell vorhandenen Beschädigungen zu untersuchen.
„Nein, nein. Alles in Ordnung“, murmelte sie, hielt aber plötzlich in ihren Bewegungen inne. Mit einem überraschten Aufschrei presste sie beide Handflächen vor den Mund. „Oh Gott, meine Handtasche! Meine Handtasche ist verschwunden!“
Ulrich Demander blickte sich suchend um, aber er konnte weit und breit nichts erblicken, was einer Handtasche auch nur im Entferntesten ähnelte.
„Dieses gemeine kleine Biest“, jammerte die Alte los. „Sie hat mich absichtlich umgestoßen, um ... um meine Tasche zu stehlen!“
Das Schluchzten der alte Dame nahm an Heftigkeit zu. Dabei klammerte sie sich wie eine Ertrinkende an den nun hilflos wirkenden Demander.
„Polizei“, wimmerte sie. „Wir ... wir müssen zur Polizei ... auf der Stelle.“
Das, so fand Demander, war nun keine so wirklich tolle Idee. „Was war denn Wertvolles in Ihrer Handtasche?“ Allmählich begann die Alte, ihm auf die Nerven zu gehen. Schließlich hatte er noch zu arbeiten.
„Meine Papiere trage ich ja immer bei mir ... aber fünfzig Euro ...“, schluchzte die Frau zum Steinerweichen. „Meine letzten fünfzig Euro befanden sich in der Tasche.“ Ihr Klammergriff nahm an Intensität zu. „Mein letztes Geld bis zum Monatsende. Lieber Himmel ... was soll ich denn jetzt machen?“
Nun brachen alle Dämme, und die alte Dame begann hemmungslos zu weinen.
Ulrich Demander befreite sich sanft, aber bestimmt aus der Umklammerung. Seine Finger tasteten sich zu der Geheimtasche im inneren Bund seiner Hose vor, in der er immer ein paar Geldscheine für unvorhersehbare Notfälle aufzubewahren pflegte.
„Hier, für Sie“, sagte er und reichte der vor Verzweiflung Zitternden eine Fünfzig-Euro-Note.
„Aber ... das kann ich unmöglich annehmen“, stammelte sie mit ungläubigem Staunen. „Sie haben doch auch so schon genug für mich getan.“

„Nehmen Sie“, entgegnete Demander. „Mich macht es nicht ärmer. – Also nehmen Sie das Geld schon. Ich habe noch andere Dinge zu erledigen.“ Die letzten Worte kamen ihm schroffer über die Lippen, als er es eigentlich beabsichtigt hatte.
Zögernd nahm die alte Dame den Geldschein aus Demanders Hand entgegen. „Sie sind wahrhaftig ein guter Mensch, junger Mann. Herzlichen Dank und ein gesegnetes Weihnachtsfest.“
Ulrich Demander hob zum Abschied die Hand und tauchte in der Menge unter.

Eine elegant gekleidete Dame mittleren Alters ließ sich behaglich in die Polster des Erste-Klasse-Abteils des ICE-Zuges sinken und schenkte der jungen Frau an ihrer Seite ein warmherziges Lächeln. „Das war gestern Abend bereits unsere vorgezogene Weihnachtsbescherung.“ Ihr Lächeln verwandelte sich in ein breites Grinsen
„War aber auch ein irre Vorstellung, die du abgeliefert hast, Tantchen. Dafür hättest du glatt einen Oscar verdient.“
„Ach, weißt du, mein Kind“, die Dame lehnte sich mit einer außerordentlich zufriedenen Miene zurück, „ich hätte nie im Leben gedacht, dass es einmal jemandem gelingen würde, den *Flinken Ulli* aufs Kreuz zu legen. ... Und dann kommen wir beide dahergespaziert ...“
„Den ...! Der junge Mann von gestern Abend war der ...“
„Kein Geringerer. Du hast richtig gehört, Kindchen. Ich habe ihn erst wenige Sekunden vor unserer Kollision an diesem Imbissstand wahrgenommen und ihn sofort wiedererkannt. Alles andere war purer Zufall.“ Die elegante Dame kicherte belustigt. „Er hat mir vor ein paar Jahren mal gesagt, dass ich für dieses Geschäft nichts tauge. Tja, auch die größten Asse der Branche können sich einmal irren. Schade, dass ich meine Visitenkarte nicht zurücklassen konnte.“
„Wie dem auch sei“, das Mädchen zuckte vergnügt mit den Schultern, „der Junge wird nie wieder im Leben einer alten Dame über die Straße helfen.“
Die beiden Frauen brachen in ausgelassenes Gelächter aus.
„Du sagst es, mein Kind. – Und nun lass uns in den Speisewagen gehen und eine Flasche Schampus auf des armen Ullis Wohl trinken.“

Uwe Ottensmann

Eine Weihnachtsgeschichte

Ich kann mich zwar an den genauen Zeitpunkt nicht mehr erinnern, aber die Ereignisse damals an diesem denkwürdigen Heiligabend irgendwann zwischen 1971 und 1973 sind mir heute, da wieder kurz vor Weihnachten so viel Schnee gefallen ist, so gegenwärtig, als wäre es gestern gewesen.

Mitten in der Nacht auf den Heiligen Abend erwachte ich. Ich war damals erst ungefähr zwölf Jahre alt, und man könnte meinen, dass ein Junge in dem Alter vor Aufregung ob der bevorstehenden Feiertage nicht schlafen konnte. Aber dem war nicht so. Irgendetwas anderes hatte mich geweckt. Ich stand leise auf und ging ans Fenster. Da sah ich es. Es schneite wie schon lange nicht mehr. Dicke Flocken, so dicht, dass man das Nachbarhaus, welches nur ungefähr zehn Meter entfernt stand, fast nicht mehr sehen konnte. Ich wohnte damals mit meinen Eltern und meiner Schwester in einem alten Sechsfamilienhaus mitten in der Stadt. Meine Eltern waren, so dachte ich jedenfalls, weder arm noch reich. Mein Vater arbeitete in einer Fabrik, die Schiffsteile herstellte, riesige Metallplatten und Gehäuse, die später auf der Werft in die großen Ozeanriesen eingepasst wurden. Er war oft nicht zu Hause, wenn wieder ein neues Schiff entstand. Er und seine Kollegen schliefen und arbeiteten dann in der Fabrik, damit das Schiff möglichst schnell fertig wurde.
Meine Mutter besorgte den Haushalt allein. Dann war da noch meine ältere Schwester. Für einen Jungen in meinem Alter gab es nichts Schlimmeres als eine ältere Schwester, die einen den ganzen lieben langen Tag herumkommandieren wollte. „Mach dies, mach das, hilf Mama, hol mir jenes.“ Stets gab es irgendetwas, das ich für sie erledigen konnte. Allerdings machte ich es ihr immer schwerer und begann, mich mit meinen zwölf Jahren gegen ihre Tyranneien zu wehren. Langsam wurde ich stärker und ließ mir längst nicht mehr alles gefallen, wie früher, als ich quasi ihr Leibsklave war.

Das hatten auch unsere Eltern bemerkt und unser Zimmer, in dem wir bisher zusammen gewohnt hatten, durch eine Gipswand abgetrennt. Nun war unsere Wohnung nicht sehr groß, und meine Schwester hatte den hinteren, größeren Teil erhalten und musste immer durch meinen Teil des Zimmers, wenn sie in den ihren wollte. Das störte mich allerdings weniger – Hauptsache, wir waren getrennt. Das sah Regina, so hieß meine Schwester, übrigens genauso. Eines der wenigen Dinge, bei denen wir uns einig waren. Das Fenster, an das ich in jener Nacht wollte, um herauszusehen, war genau in dem kleinen Durchgang zwischen unseren Zimmerhälften, damit jeder etwas Licht bekam. Um Regina nicht zu wecken, musste ich also sehr vorsichtig und leise sein. Das gelang mir auch, denn darin hatte ich schon einige Übung. Es war eine eigentümliche Atmosphäre: Obwohl wir mitten in der Stadt wohnten, deren teilweise recht laute Geräusche zum Alltag gehörten, war es ungewöhnlich still. Der viele Schnee sog alle Töne der Großstadt auf. Als ich im offenen Fenster lag und nach dem Schnee griff, überkam mich ein merkwürdiges Gefühl der Ruhe. Es war nach Mitternacht. Weihnachten war da, und ich war einer der ersten, der es berührte, der den Weihnachtsschnee berührte. Ich formte Schneebälle aus dem Schnee, der auf der Fensterbank lag, und warf sie gegen das Nachbarhaus – einfach so. Nicht alle Bälle erreichten ihr Ziel und fielen in den schon recht tiefen Schnee. Kleine trichterförmige Löcher bildeten sich, in denen die Schneebälle versanken. Wie von Ferne hörte ich ab und zu Motorengeräusche von den Autos, die vorne auf der Straße an unserem Haus vorbeifuhren. Eine ungewöhnliche Stille lag über der Stadt.
Nach wenigen Minuten schloss ich das Fenster wieder, um meine Schwester oder gar die Eltern nicht zu wecken. Es waren sehr altmodische Fenster, bestehend aus zwei Flügelpaaren hintereinander. Der Zwischenraum zwischen den Flügeln diente im Sommer als Käfig für allerlei Getier, welches ich im großen Garten hinter dem Haus fand: Mäuse und Frösche aus dem verwahrlosten Teich oder eine Regenwurmkolonie, die ich gegen Süßigkeiten tauschte. Angler waren ganz wild auf meine fetten Würmer. All das konnte man gut zwischen den Fensterflügeln lagern. Das brachte mir jedoch regelmäßig Ärger mit meiner Schwester und meiner Mutter ein.

Ich kroch nach dem Schließen der Fenster wieder in mein Bett und spürte sogleich die wohlige Wärme, welche mich bald darauf in einen unruhigen Schlaf gleiten ließ. Immer wieder wachte ich auf und schaute zum Fenster, um zu sehen, ob es noch schneite – und es schneite weiter, die ganze Nacht. Am Morgen erwachte ich durch das Rumoren meiner Mutter, die das Frühstück zubereitete. Schnell stand ich auf und wusch mich nachlässig, wie es bei uns Jungen üblich war. Das Frühstück hatte ich noch nicht ganz verdrückt, als es schon an der Haustür klingelte. Das waren meine Freunde Erich und Dirk, die mich zum Schlittenfahren abholen wollten. Ich raffte mein Geld zusammen, denn ich musste noch ein Weihnachtsgeschenk für meinen Vater auf dem Rückweg vom Rodeln kaufen, holte meinen Schlitten und war dann mit meinen Freunden auf dem Weg in den Park.
Im Park war ein toller Hügel, den alle Kinder der Gegend zum Rodeln benutzten. Es war mit einem regen Ansturm zu rechnen. Aber wir waren früh genug dran. Wir stapften durch den hohen Schnee in Richtung Park. Es war noch längst nicht überall auf den Gehsteigen der Schnee geräumt, was uns sehr gut in den Kram passte. Vor einigen Häusern waren wir sogar die Ersten, die an diesem Morgen vorbeikamen, denn außer den unseren waren keine weiteren Spuren zu sehen. Am Tag des Heiligabends hatten die Leute offensichtlich andere Dinge zu tun, als Schnee zu räumen. Tief verschneit war die ganze Stadt, die Weihnachtsbeleuchtung in den Straßen zauberte eine besondere Atmosphäre – man spürte: Weihnachten war da.
Auf dem Weg durch den Park beobachteten wir einen Obdachlosen … Penner, wie wir sagten. Er suchte in den Abfalleimern herum, welche neben den Bänken aufgestellt waren, auf denen im Sommer Mütter mit ihren Kindern oder alte Omas saßen. Damals war uns nicht klar, wie arm dieser Mann, der etwa 55 Jahre alt sein mochte, war. Wir machten uns lustig und begannen, ihn mit Schneebällen zu bewerfen. Zunächst schien er sich nicht darum zu kümmern, aber als wir näher kamen und unsere Treffer immer häufiger wurden, sah er mit traurigen Augen zu uns herüber. Erich und Dirk lachten ihn aus, aber der Blick des Mannes ließ mir einen Schauer über den Rücken laufen, einen warmen, wohligen Schauer, und ich hörte sofort mit dem Werfen auf.

Ein eigentümliches Licht lag in den Augen dieses Obdachlosen, welches mein Innerstes tief traf. Ich forderte meine Freunde auf, mit dem Werfen aufzuhören, aber sie lachten mich aus und begannen, statt des Penners mich mit Schnee zu bewerfen.
Nach einer kurzen Schneeballschlacht, die ich für mich entscheiden konnte, wollten sich Dirk und Erich wieder dem Penner zuwenden, aber er war verschwunden.
Ich hatte ein etwas schlechtes Gewissen, schließlich waren die Mülleimer des Parks die einzige Einnahmequelle des Mannes, und wir hatten ihn vertrieben. Etwas bedrückt lief ich hinter den beiden Freunden her, die sich schon auf dem Weg zur Rodelbahn befanden. Aber schon bald hatte ich den Penner vergessen, und wir erlebten den schönsten Heiligabendvormittag seit langem. Die Zeit bis kurz vor Mittag verging wie im Fluge, und wir machten uns auf den Heimweg.
Nach der Hälfte des Weges trennte ich mich von meinen Freunden, weil ich ja noch das Geschenk für meinen Vater kaufen wollte. Mein Vater rauchte damals Zigaretten, die er in einem Tabakgeschäft unweit des Parks, in dem wir Schlitten fuhren, kaufte. Manchmal nahm er mich mit, denn ich begleitete meinen Vater gern bei all seinen Wegen – wenn er denn mal zu Hause war.
In dem Tabakgeschäft roch es so herrlich. Ich liebte den Duft von Zigarren und Pfeifentabak, der schwer in dem Laden lastete.
Leider rauchte mein Vater aber Zigaretten, so dass ich diesen Duft nur in dem Laden genießen konnte (Buchläden riechen übrigens auch sehr gut).
Bei einem Besuch in dem Geschäft fiel mir auf, dass mein Vater sich ein Zigarettenetui ansah, das aus feinem braunen Leder mit einem Wappen darauf war. Dieses Wappen hatte es ihm offensichtlich angetan, denn ich beobachtete, wie seine Finger es liebevoll berührten, und in seinen Augen stand ein Glanz, der sonst nicht zu sehen war. Für den alten Mann, der hinter dem Tresen stand, war es nicht zu sehen, wie sehr beeindruckt mein Vater davon war, aber ich war schließlich sein Sohn und bemerkte seine Wesensänderung beim Anblick dieses Etuis ganz genau. Vater legte es wieder zurück, und die Sache war für ihn erst einmal erledigt. Nie habe ich erfahren, was an dem Wappen so Besonderes sein könnte. Vielleicht fand Vater es einfach nur schön.

Nun stand ich vor dem Tresen in dem Geschäft, hinter dem der alte Mann seine Zigarren verkaufte, und forderte das Zigarettenetui von ihm. Der alte, übrigens sehr freundliche Mann holte es aus dem Schaufenster und wickelte es liebevoll in schönes Geschenkpapier.
Immer wenn ich mit meinem Vater in den Laden kam, bekam ich von ihm einen Himbeerlutscher. Zwar fand ich, dass ich allmählich wohl zu alt für einen Lutscher sei, aber an diesem Tage bekam ich sogar zwei, weil Weihnachten war und ich so ein guter Kunde sei, sagte er.
Da mich niemand von meinen Freunden sah, welche mich natürlich ausgelacht hätten, wenn ich mit einem Lutscher dahergekommen wäre, steckte ich sie in meine Tasche und bedankte mich artig. Für das Etui war mein ganzes Taschengeld draufgegangen, aber ich wollte unbedingt ein schöneres Geschenk für meinen Vater haben als meine Schwester.
Natürlich bekam auch Mutter ein sorgfältig ausgesuchtes Geschenk, aber ich war damals der Meinung, wir Männer müssen zusammenhalten, und deshalb musste das teure Etui sein. (Meine Mutter hatte sicher ein Einsehen.)
Vorsichtig steckte ich meine Errungenschaft in die Tasche, wünschte dem alten Mann hinter seinem Tresen höflich eine frohe Weihnacht und machte mich auf den Weg nach Hause. Inzwischen war es schon Mittag geworden, und auf den Straßen wurde es immer ruhiger. Die Geschäfte schlossen, und alles bereitete sich auf das Weihnachtsfest vor.
Es wurde Zeit, nach Hause zu kommen. Mit meinem Schlitten im Schlepp stapfte ich durch die Straßen und genoss währenddessen meine Lutscher. Ich bog gerade in die Brunnenstraße ein, die auf unsere Straße mündete, als ... Mist ... drei Jungen aus den Oberklassen mir entgegen kamen. Denen wollte ich gerade nicht begegnen, denn die hatten noch eine Rechnung mit uns offen von neulich. Da hatten wir nämlich während ihrer Sportstunde mit dem Schlüssel, den wir vorher beim Hausmeister geklaut hatten, die Umkleideräume verschlossen. Die ganze Oberklasse musste dann fast den ganzen Vormittag mit ihrem Sportzeug in der Schule herumlaufen, bis der Hausmeister den Umkleideraum wieder geöffnet hatte. Es war ziemlich kalt, die haben vielleicht gefroren.

Das sollte jetzt aber nicht zu meinem Vorteil sein. Ich wollte mich umdrehen und einen anderen Weg nehmen, aber von hinten kamen drei weitere Jungen angelaufen. Es gab keine Möglichkeit mehr zur Flucht. Die hatten mir unter Garantie aufgelauert … Eine Abreibung war gewiss. Aber ich war entschlossen, meine Haut so teuer wie möglich zu verkaufen. Nur ließen mir die sechs größeren und stärkeren Jungen gar keine Gelegenheit zur Verteidigung. Mit den Worten: „Du weißt, was dir jetzt blüht …" hatten sie mich umringt und im Nu auf den Boden gelegt. Keine Chance! Einer saß auf mir drauf, andere hielten Arme und Beine fest, wieder andere stopften in sämtliche Öffnungen wie Ärmel, Hosenbeine und Kragen Unmengen von Schnee. Der Junge, der auf meiner Brust kniete und mir fast den Atem nahm, seifte mir gehörig das Gesicht ein und stopfte Schnee in meinen Mund. Derweil plünderten die anderen meine Taschen. Sie nahmen mir alle wertvollen Gegenstände, die ein Zwölfjähriger so mit sich herumtrug: zwei Knäule Bindfaden, aus denen sich eine prima Drachenschnur hätte machen lassen, ein altes Taschenmesser mit abgebrochener Klinge (die Schere, der Korkenzieher und die Feile waren noch einwandfrei), drei bunte Glaskugeln und zwei Kerzenstümpfe, die noch locker für eine Stunde leuchten konnten, meine Mütze, meinen Schal – und das teure Zigarettenetui. Obendrein bekam ich so viele Ohrfeigen, wie ich in meinem ganzen kurzen Leben zusammen nicht bekommen hatte. Dann steckten sie meinen Kopf noch in einen Schneehaufen und ließen endlich von mir ab. Ich brauchte einige Zeit, bis ich mich wieder gesammelt hatte und meinen kurzen Weg nach Hause fortsetzte.
Mein Vater öffnete mir die Tür, sah mein Elend sofort, sagte aber zunächst nichts. Ein Glück. Jetzt musste ich mich nur noch an meiner Mutter vorbeischmuggeln, aber ich bemerkte, dass irgendetwas nicht stimmte. Es roch nicht im Entferntesten so nach Weihnachten wie alle Jahre zuvor. Kein intensiver Duft nach Sauerbraten, die Küche war kalt. Die Mutter war nicht da. Ich hatte Grund, zu fragen, was denn los sei, hätte dann aber auch über meinen desolaten Zustand Auskunft geben müssen …
Ich beschloss, mich vorerst in mein Zimmer zurückzuziehen und abzuwarten, was passieren würde.

Als ich mich etwas gesammelt hatte, wurde mir bewusst, dass ich in diesem Jahr kein Geschenk für meinen Vater haben würde. Ich hatte mir solche Mühe gegeben, so lange gespart, und diese Banditen hatten mir alles kaputt gemacht. Als ich dann noch meinen jammervollen Zustand bemerkte, mit zerrissenen Kleidern und blutiger Nase, konnte ich meine Tränen nicht zurückhalten. So hatte ich mir den Heiligen Abend nicht vorgestellt. Mein Vater kam herein, nahm mich in den Arm und drückte mich ganz fest. Es war ein herrliches Gefühl, ganz warm und weich. Er sollte nie mehr aufhören. Dann, als ich mich etwas beruhigt hatte, erzählte er.

Meine Mutter und meine Schwester würden heute, am Heiligen Abend nicht bei uns sein können. Sie waren zu unserer Großmutter gerufen worden, die plötzlich sehr krank geworden war. Wir Männer würden den Heiligen Abend allein verbringen müssen, weil die beiden erst morgen oder übermorgen zurückkommen würden. Aber zu essen und zu trinken wäre trotzdem da, und wenn ich mochte, würden wir beide auch abends die Kirche besuchen – ich mochte.

Nach diesen ausführlichen Erklärungen erwartete mein Vater natürlich eine ebensolche von mir, meinen Zustand betreffend. Bereitwillig erzählte ich alles, bis auf die Sache mit den Umkleideräumen. Und dass man mir das Etui gestohlen hatte, verschwieg ich ebenfalls. Ich konnte ja für diese Halbwahrheit abends in der Kirche den lieben Gott um Verzeihung bitten.

Der Vater versprach eine Lösung für meine Probleme, die mir eigentlich ungelegen kam, weil ich die Sache doch erst noch mit Erich und Dirk besprechen musste. Aber jetzt waren erst einmal Feiertage, und vielleicht verlief sich die Sache ja im Sande.

Dass ich kein Geschenk für meinen Vater haben würde, bereitete mir allerdings Kummer. Auch die Sorge um Großmutter trug nicht gerade dazu bei, die Stimmung zu heben. Vater war bemüht, uns einen schönen Tag zu bereiten. Das tat er immer an Heiligabend. Sonst natürlich auch, aber an diesem Tag im Besonderen.

Der Höhepunkt war immer, wenn wir beide abends im geöffneten Schlafzimmerfenster meiner Eltern lagen und auf das Christkind warteten.

Natürlich war ich inzwischen für diese Tradition etwas zu alt, weil ich schon lange gar nicht mehr an das Christkind glaubte, aber wir lagen jedes Jahr aufs Neue im Fenster – mein Vater hatte mich immer in den Arm genommen – und warteten. Das war auch das Wichtige für mich an der Sache: Meinen Vater einmal ganz für mich zu haben.
Eigentlich warteten wir, bis die Mutter das Wohnzimmer zur Bescherung hergerichtet hatte, aber keiner von uns beiden sprach das je aus. Wir warteten aufs Christkind – und fertig. Einmal fragte ich ihn, woran ich denn das Christkind erkennen könne, und er sagte, es wäre ein Licht zu sehen, welches immer schneller näher komme und immer größer würde. Leider waren meine Christkinder immer nur Autos, die mit ihren eingeschalteten Scheinwerfern die Straße herunterfuhren. Aber auch dieser Umstand konnte die Spannung auf den Abend nicht schmälern.
So lagen wir auch an diesem Abend wieder im Fenster und sahen hinaus. Es hatte fast den ganzen Tag geschneit, alles war mit einer dicken Schneedecke bedeckt. Eine feierliche Stimmung lag über der Stadt. Die Weihnachtsdekorationen in den Fenstern der Häuser und in den Vorgärten kamen bei dem dicken Schnee besonders zur Geltung und verzauberten unsere Straße in ein kleines Weihnachtswunderland.
Trotzdem konnte ich mich heute nicht so freuen wie sonst. Sogar meine Schwester fehlte mir. Ich wollte es zurückhalten, aber schon wieder rannen mir Tränen übers Gesicht. Es war mir peinlich, dass mein Vater das mitbekam, aber er sagte nichts, er wusste wohl, wie ich mich fühlte, am Heiligen Abend keine Familie, eine kranke Großmutter und kein Geschenk für meinen Vater.
Er drückte mich schweigend noch fester an sich.
Ich sah eine Gestalt die verschneite Straße herunterkommen. Unschlüssig blieb sie immer wieder stehen und beobachtete. Die Gestalt schien etwas zu suchen und kam uns immer näher.
Unter unserem Fenster blieb sie stehen und sah hinauf. Wir wohnten im Hochparterre, da hatte man einen tollen Überblick und konnte sich mit allen, die auf der Straße umhergingen, prima unterhalten. Darauf hätte ich aber in diesem Moment gut verzichten können! Hatte dieser Tag noch nicht genug Pech für mich im Gepäck gehabt?

Unten stand ... der Obdachlose, den wir am Morgen mit Schneebällen beworfen hatten. Er hatte mich erkannt und rief freundlich herauf: „Hallo Junge, hätte nicht gedacht, dass wir uns so schnell wiedersehen. Hier in eurem Haus wohnt ein ...", er stockte und zog ausgerechnet meine Mütze aus der Manteltasche, „Stefan Gen ... derka, kennst du den?"
Meinen Namen konnte er auf einem Schild im Inneren der Mütze lesen, welches meine Mutter mit kompletter Adresse eingenäht hatte, als wir letztes Jahr mit der Klasse im Rodelurlaub waren.
Mein Herz wollte stillstehen. Würde mein Vater auch noch die Schandtat erfahren, die wir am Morgen dem freundlichen Obdachlosen angetan hatten, war es um ein harmonisches Weihnachtsfest vollends geschehen. Ich wollte am liebsten im Erdboden versinken, aber es gab keine Möglichkeit zu entwischen, da musste ich durch.
Auch den Schal, den er zusammen mit der Mütze gefunden hatte, hielt er in der Hand. Und das Etui, noch im Papier verpackt.
„Ich glaube, du bist es selbst", lächelte er herauf. „Ich habe gesehen, was die Jungen mit dir gemacht haben, aber als ich ankam, waren sie schon mit dir fertig. Ich wollte dich nicht erschrecken und bin lieber hinter der Bande hergelaufen. Diese Sachen haben sie auf der Flucht weggeworfen."
Er hielt mir die Sachen entgegen. Mein Vater hatte dem Penner zugehört und schaltete sich jetzt ein. Ich war viel zu verlegen, um etwas zu sagen, darum bat Vater den Mann an die Haustür, um die Sachen in Empfang zu nehmen.
Aber damit war die Sache nicht erledigt, im Gegenteil! Vater bat den fremden Mann in die Wohnung, bedankte sich in meinem Namen – ich konnte immer noch nichts sagen – und bot ihm ein Essen zur Belohnung an. Da der Rest der Familie nicht anwesend war, hatten wir Essen und Trinken im Überfluss. Der Mann nahm dankbar an. Schließlich war Weihnachten, und der Obdachlose freute sich über diese Geste meines Vaters sehr, der natürlich erkannt hatte, dass der Obdachlose eine Mahlzeit gut gebrauchen konnte.
Über den Vorfall mit den Schneebällen sprachen der Mann und ich erst, als mein Vater sich um das Essen kümmerte, welches allmählich die ganze Wohnung mit einem herrlichen Duft erfüllte.

„Ich wollte dir noch danken, dass du heute Morgen die Schneeballschlacht auf dich gezogen hast. Mit nassen Kleidern den ganzen Tag draußen bei der Kälte herumzulaufen, wäre mir bestimmt nicht gut bekommen.“ Also war alles klar, er nahm mir unseren Angriff nicht übel, im Gegenteil.

Wir drei hatten dann doch noch einen schönen Abend. Nach einem köstlichen Essen gingen wir in die Kirche, und ich musste zum Glück den lieben Gott nicht für meine kleinen Verfehlungen um Verzeihung bitten, denn schon vorher war alles rausgekommen, und ich hatte auch die Sache mit dem verschlossenen Umkleideraum gebeichtet. Irgendwie vermittelte der Obdachlose mit seiner ruhigen, unbekümmerten Art, seinen ehrlichen Augen und seinem warmherzigen Blick eine so vertrauliche Atmosphäre, dass ich ihm alles erzählte, wie es zu der Prügelei am Mittag gekommen war. Vater schüttelte ärgerlich mit dem Kopf, und ich entging wahrscheinlich nur einer Strafe, weil auch er in den Augen des Penners lesen konnte, dass es weit wichtigere Dinge gab, als dumme Jungenstreiche ernst zu nehmen.

Nach der Kirche war endlich Bescherung, an der auch der Penner teilnahm. Vater hatte für ihn einen gebrauchten Taschenofen mit Heizstäben für mindestens zehn Jahre hervorgezaubert. Der stammte wohl noch aus seiner aktiven Camperzeit …

Die feuchten Augen des Obdachlosen, die vor Rührung und Dankbarkeit leuchteten, werde ich nie mehr vergessen.

Auch ich konnte endlich, nachdem ich meine Geschenke ausgepackt und bewundert hatte, mein Geschenk für Vater überreichen. Es verfehlte seine Wirkung nicht. Er knuddelte mich mindestens fünf Minuten dafür, nahm es immer wieder in die Hand, hielt es gegen das Licht und füllte sofort seine Zigaretten hinein.

Erst spät am Abend verabschiedeten wir den Penner, der sichtlich beglückt mit seinem Taschenofen in der Hand durch den Schnee davon stapfte.

Schneefall hatte wieder eingesetzt, aber dem Mann machte es nichts aus, durch die Nacht zu gehen. Er war es gewohnt, und an diesem Heiligen Abend hatten wir ihn – und auch er uns – ein Stückchen glücklicher gemacht.

Stephan Querfurth

beginn

die gnade
des stalles
vergeht
nach tagen

die flucht
in das leben
beginnt

über den hirten auf dem felde

wolke
jagende berstende
suchende
an dem himmel
der nacht
sage der
dämmerung
sie solle ihr
schreien schweigen

dämmerung
schleichende hüllende
greifende
vor den sphären
des dunkel
sage der
stille
sie solle ihr
schweigen lauten

stille
ruhige bewegende
erträgliche
vor der mondin
der grellen
sage ihrem
schein
es solle seinen
glanz strahlen

so viel

hat geschrien
dieser mensch
nach seiner
geburt
später dann
da am kreuz
verlassen
von gott
und auch
dem menschen
hat gestöhnt
dieser mensch
der sein
lachen gab
den hirten
bei seiner
geburt
und auch
so viel
hoffnung für
ihr leben

begleitet

das krippenkind
herodes leitet seinen
weg

das krippenkind
judas begleitet seinen
weg

das krippenkind
pilatus lenkt seinen
weg

das krippenkind
maria
die mutter
küsst sein leben

das krippenkind
magdalena
die schöne
küsst sein leben

das krippenkind
mensch
unter
menschen

Hans-Georg Rudzinski

Alle Jahre wieder oder Der Glaube an Weihnachten

Sind wir doch mal ehrlich und machen uns wirklich nichts vor. Betrachten wir die Sache, um die es hier geht, endlich einmal frei von jedweden sentimentalen und winterlich-romantisch verklärten Anwandlungen und Gefühlsduseleien.
Weihnachten! Was hat das eigentlich noch für einen Sinn in unserer durch Globalisierung, absoluter Vernetzung und zunehmenden Kultur- und Werteverfall geprägten Hightechwelt? Gibt es denn für das Weihnachtsfest überhaupt noch eine Daseinsberechtigung?
Weihnachten! Das Fest der Liebe, des Friedens auf Erden, der Familie und der Freude über die Geburt des Erlösers: *Alle Jahre wieder!*

Doch wie viele Menschen werden wohl dieses Jahr an den Weihnachtstagen durch Terror, religiösen Wahn, Bombenanschläge und Krieg ums Leben kommen? Wie viele unschuldige Kinder werden an Hunger und Durst sterben? Wie viele alte Menschen werden einsam und verzweifelt sein, während die Weihnachtsglocken läuten? *Alle Jahre wieder!*

Und außerdem!
Weihnachten macht doch sowieso keinen Spaß mehr. Das Weihnachtsgeld hat man uns gestrichen, wir befinden uns in Kurz- und Leiharbeit, Arbeitslosigkeit droht und Hartz IV.
Wer kann sich denn da überhaupt noch freuen und es sich leisten, über Weihnachtsgeschenke für die Lieben nachzudenken? Da hat man doch zur Winterszeit ganz andere Sorgen. Weil man mittlerweile nicht mehr weiß, wie und wovon man die demnächst fällige Heizölrechnung bezahlen soll.

Aber halt! Es ist doch so: Wir brauchen Weihnachten – unbedingt!
Weihnachten! Unser alljährliches, geheiligtes Konjunkturförderungsprogramm. Und im Gegensatz zur Abwrackprämie: Jeder macht mit, so gut er eben kann.
Endlich heraus aus der Wirtschaftskrise; genug mit Insolvenzen, Bankenpleiten und Konkursverfahren. Kaufen, kaufen, konsumieren; nur so kommt die Konjunktur wieder in Schwung: *Alle Jahre wieder!*

Und die vielen bunten Lichter und Leuchtreklamen; glitzernde und blinkende Tannenbäume so hoch wie Wolkenkratzer – wo man auch hinschaut, jeder Hans und Franz macht mit. Weiße, sinnliche Weihnacht ist schon längst passé; ätzendes und grelles Kunterbunt, made in U.S.A., ist heute angesagt. Und wer denkt bei den vielen schönen Lichtern gar noch an CO_2 und Klimakatastrophe?
Wir haben es geschafft; Weihnachten selbst ist ja wohl zu einer kulturellen Katastrophe verkommen.

Wenn wir uns nun aber doch besinnen, uns ernsthaft und nachhaltig bemühen und uns in unserem Glauben an den Sinn des Weihnachtsfestes nicht beirren lassen wollen, dann sollte Weihnachten für alle Menschen wieder friedlicher werden.

Mit mehr Liebe als Hass.
Mit mehr Frieden als Krieg.
Mit mehr Wärme als Kälte.
Mit mehr Hinschauen als Wegschauen.
Mit mehr Reden als Schweigen.
Mit mehr Geben als Nehmen.
Mit noch mehr Toleranz, Achtsamkeit und Mitgefühl, um das Leid und die Not unseres Nächsten wahrzunehmen. Damit wir wieder das leben, was unser Menschsein ausmacht.

Ihnen allen ein gesegnetes und frohes Weihnachtsfest.

Roter Schnee

Weihnachtszeit!
Ein verträumter Wintermorgen,
glitzernder Schnee,
weiß wie die Unschuld.
Durch blutbefleckte Taten
habe ich Erleichterung erfahren.
Ihr werdet mich nicht verstehen!
Werdet mich bestrafen,
mit euren Worten,
die den Schmerz doch nur ins Unermessliche treiben.
Und rot wird der Schnee am nächsten Morgen sein.

***

Einsamkeit zur Weihnachtszeit

Dezembermorgen im Klinikpark,
Spaziergang in der Einsamkeit.
Die Ohrläppchen beginnen zu frieren,
und ich frage mich:
Was mache ich hier
allein in diesem Park?
Heute ist doch Weihnachten –
wo sind Frau und Kind?
Ich fühle mich,
als sei ich bereits gestorben.
Der Tag, an dem ihr fortgegangen seid,
war mein Todestag.
Meine Identität ging verloren;
ich weiß nicht mehr, wer ich bin,
noch wer ich war.
Ohne euch war mein Leben umsonst,
ohne jeglichen Sinn,
als hätte es nie einen Morgen gegeben.

Das blaue Haus

Sitze am Fenster und starre hinaus,
dort unten auf das kleine blaue Haus.
Viele Menschen – groß und klein,
gehen einfach hinein;
kommen froh und erleichtert wieder heraus,
was hat es wohl auf sich,
mit dem kleinen blauen Haus?
Dort wohnt bestimmt der Weihnachtsmann,
der all' unsere Wünsche erfüllen kann.
Doch ich sitze hier und bin gefangen,
kann niemals zu dem Haus gelangen.
Aber nun sagt man mir,
dieses Haus gibt es auch anderswo;
denn es ist ja nur ein blaues DIXI-Klo.

Kunigunde Schlereth

Himmelsbetrachtung und Weihnacht

Wenn der Himmel strahlend blau sich in seiner Schönheit zeigt
und die gold'ne Sonnenstrahlung sich zur Erde nieder neigt;
wenn der Mond in zartem Scheine sich aufs Neue sichtbar macht,
fühlt das Herz des müden Wand'rers: Bald beginnt die kühle Nacht.

Ja, die Schatten werden länger, und man sieht im Wolkenmeere,
wie das Violett und Golden noch verdeckt die Sternenheere.
Dies ist stimmungsvoll zu sehen, mit dem Blick zum Firmamente,
wo der Himmel zeigt die Wandlung orange-roter Elemente.

Dass die Dämm'rung lässt erkennen, wie der Himmel Farbe zeigt.
Aber letztlich sie dann schwindet und sich bald der Nacht hinneigt.
Letzte Schlieren oder Schleifen, die die Flugzeug' hinterlassen,
lassen uns Unendlichkeiten hinter diesem Spiel erfassen.

Ja, was mag denn wohl dort oben hinter diesem Farbenspiele
sich verstecken unverhohlen? Bis die Sternenpracht uns viele
dieser himmlischen Geheimniss' offenbaren möcht' im Blinken
ihrer unermesslich fernen Sterne, die herunterwinken.

Gibt es wohl auf uns'rer Erde nur alleine Menschen-Wesen?
Oder kann man auch von and'ren Orten über solche lesen?
Ist des Universums Weite unbegrenzt, doch Gott erfüllt?
Hat *Er* sie mit *Seinem* Willen mit viel Leben angefüllt?

Alle diese Fragen stellen wir an Gott in uns'rem Herzen.
Er jedoch scheint dann zu lachen, glaubt wohl, dass wir mit ihm scherzen.
Denn der Mensch in seinem Dünkel kennt die eigne Nasenspitze.
Er macht über Gottes Größe manchmal seine Welten-Witze.

Doch der liebe Gott persönlich zwinkert mit den Augen fein.
Lässt die Kinder dieser Erde einfach wie sie sind, auch sein.
Er allein kennt ihre Treue, ihre unschuldigen Herzen.
Ihre kleinen Blödelei'n bereiten ihm doch keine Schmerzen.

Denn *Er* kennt die Potentiale, die durch Illusion verdunkelt.
Sie war'n scheinbar nicht zu retten, wie im Kosmos man gemunkelt.
Doch Erlösung ist geschehen, Gottes Sohn vermählte sich
mit der reinen Menschenseele, die auch *Seine* Sprache spricht.

Sie versteht, Kontakt zu nehmen, über alle Dimensionen.
Selbst in englisch hohe Welten, wo auch uns're Eltern wohnen.
Und erkennt in wahrer Freude seine Herkunft und sein Land,
die man nicht auf dieser Erde, sondern in den Himmeln fand.

Ja, nun wird es leicht erkennbar, dass der Mensch sich fremd gefühlt.
Und sein heimlich stilles Sehnen sich erst in den Himmeln stillt.
Dann blickt er voll Sehnsuchtsbangen zu des Firmamentes Leuchten.
Wünscht sich, dass die fernen Ziele ihn von innen her erleuchten.

So erblickt im Strahlenlaufe unsrer Sonne er Vermächtnis,
dass ihm deutlicher noch werde und zurückkehrt sein Gedächtnis,
über seine Herkunftseb'ne und sein kosmisch' Elternpaar.
Die bewirken die Erinn'rung und die Heimkehr jetzt fürwahr.

Ja, dann röten sich die Wolken, weil die Engel Plätzchen backen.
Woll'n damit nicht nur die Kinder, sondern auch die Ält'ren packen.
Dass sie jederzeit erkennen – nicht nur zu den Weihnachtszeiten,
wie die Himmel mit uns hoffen und die Heimkehr vorbereiten.

Dann erwarten uns Familien, die wir längst verloren glaubten.
Sie erfreuen sich schon lange – ohne dass sie uns was raubten –
ihrer Gottes nahen Freude, die sie gerne mit uns teilen,
laden uns mit ihrem Tanze ein, bei ihnen zu verweilen.

Wenn wir uns dann laden lassen, mit ihnen das Fest bereiten,
seh'n wir an des Himmels Farben, dass die Engel uns begleiten.
So erkennen wir ganz plötzlich, wie der Weihnachtsengel lacht,
weil das Christkind uns den Himmel auf die Erde hat gebracht.

Diesem Kind wir danken herzlich für das Licht und auch die Farben.
Gott lässt durchs Erlösungswerke keine Kreatur mehr darben.
Schenkt zu den dualen Welten auch den Frieden in der Nacht,
die mit ihrer Dunkelheit der Sterne Funkeln sichtbar macht.

Traudl Schmitt

Bethlehem im Schwabenland
oder
Vom Glück eines Waisenkindes

Es war zu Beginn des Zweiten Weltkrieges Ende der dreißiger Jahre im letzten Jahrhundert. Auf der kargen, rauen Alb musste ein hübsches, blondes Mädchen in einem Kinderheim seine ersten Lebensjahre verbringen. Ihre grünen Katzenaugen blickten an vielen Tagen in der Woche sehr traurig, es fühlte sich einsam und verlassen, niemand schenkte ihm seine Zuneigung, obwohl es stets lieb und folgsam war.

Nicht weit entfernt von dem Waisenhaus hatte sich ein Mann aus dem Rheinland, er hieß Matthias und war ein vorzeitig pensionierter „Reichsbahnoberschaffner“, mit seiner schwäbischen Frau Pia in einem alten Häuschen niedergelassen; sie führten dort ein bescheidenes, aber zufriedenes Leben. Viele Bauern und Bauernsöhne wurden zum Kriegsdienst eingezogen, und so verbrachten Pia und Matthias ihre Zeit hauptsächlich damit, den Bäuerinnen auf dem Feld zur Hand zu gehen und daneben ihren eigenen Garten anzupflanzen und zu pflegen. Im Gegensatz zu den Menschen in den Städten gab es immer genug zu essen, Pia konnte zusätzlich die Verwandtschaft mit dem Nötigsten versorgen, und der kleine Ort blieb von Bombenangriffen verschont.

Eines Tages sagte die Frau zu ihrem Mann: „Es ist so schlimm für mich, keine eigenen Kinder zu bekommen. Bitte, lieber Mann, lass' uns eines suchen, das wir zu uns nehmen, um mit ihm zu leben, als ob es unser eigenes wäre.“ Der Mann war einverstanden, und so suchten und fanden sie über eine Zeitungsanzeige das kleine Mädchen im Waisenhaus. Nach anfänglichen behördlichen Schwierigkeiten durften sie es adoptieren und waren von da an eine glückliche, kleine Familie.

Im Dorf waren sie wohlgelitten und angesehen. Die Bäuerinnen fanden in Pia eine tatkräftige Hilfe, sei es beim Kuchen backen, sei es bei Geburt oder Sterbehilfe. Matthias – er war im Ersten Weltkrieg Sanitäter – kurierte den Bauern ihre größeren und kleineren Verletzungen, lötete die undichten Bettflaschen, reparierte ihre Schuhe, lackierte die Zimmertüren in den Bauernhäusern und so weiter und so fort.

Ihr größtes Bestreben war es jedoch, „ihr" Mädelchen zu einem guten und tüchtigen Menschen zu erziehen. Die Frau nannte es liebevoll „mein Goldengele" oder „mein Herzkäferle" und erzählte ihm wundersame, selbst erfundene Geschichten. Beide schenkten sie ihm all' ihre Liebe und Fürsorge. Während der Kriegsjahre besuchte „Goldengele" die zweiklassige, winzige Dorfschule; es waren in ihrer Gruppe fünf Mädchen und vier Buben.

Wie alle Bauernkinder – alle waren es Bauernkinder – arbeitete „Goldengele" mit auf dem Feld; es lernte später sogar, die Kühe zu melken, was es mit großem Stolz erfüllte. Die Arbeit auf dem Bauernhof machte ihm große Freude, und es hätte sich damals auch vorstellen können, einmal selbst Bäuerin zu werden.

Glücklicherweise ging der Krieg zu Ende, als es Zeit wurde, auf eine höhere Schule zu wechseln, was den Eltern sehr wichtig war. Täglich radelte „Goldengele" die zwölf Kilometer in die Stadt – es ging meistens bergab – und zwölf Kilometer – nun ging es bergauf – zurück, um das Gymnasium zu besuchen. Das Schulgeld dafür brachten die Eltern, trotz sparsamster Lebensweise, gerne auf. Nach Blockflötenspiel und Handharmonika bekam es nun zusätzlich Geigenunterricht, allerdings hielt sich der Erfolg in Grenzen. All' zu gerne hätte die Frau eine Balletteuse aus ihm gemacht – wohl ein Traum vieler Mütter von damals!

Um ihrem Mädelchen bessere Berufschancen zu geben, musste eine schwere Entscheidung getroffen werden. Und so verkauften sie ihr geliebtes Häuschen, verließen die traute, friedvolle Umgebung und zogen in eine größere Stadt.

Hier sei noch erwähnt, dass, obwohl Groß und Klein wusste, dass Matthias und Pia nicht die wirklichen Eltern von „Goldengele“ waren, nie jemand etwas darüber verraten hat.

Aus dem Mädelchen wurde eine hübsche junge Dame, das nach Abschluss der Schule in einem Büro arbeitete. Es kam, wie es kommen musste: „Goldengele“ lernte einen jungen Mann kennen, und das schien dann wohl für Pia die richtige Zeit zu sein, ihm seine wahre Herkunft zu offenbaren. Ihr gutes, liebevolles Zusammenleben wurde dadurch in keiner Weise beeinträchtigt.

Bald folgte eine prächtige Hochzeit, zwei Buben wurden geboren, und wie es sich für echte Schwaben gehört, war dann auch ein Häusle in der Planung, in dem sie viele Jahre zufrieden und fleißig lebten.

Nachdem die Kinder in die Schule bzw. in den Kindergarten gegangen waren, nahm „Goldengele“ ihre Berufstätigkeit wieder auf und durfte viele Jahre lang ihrer Leidenschaft nachgehen: Sie war (Chef)Sekretärin mit Leib und Seele. Zuhause war alles gut organisiert in Bezug auf Familie, Beruf und Garten. Die Kochleidenschaft ihres Mannes brachte es mit sich, dass die Freunde gerne zu Gast waren und Geselligkeit nie zu kurz kam.

Wie fast in jedem Leben gab es auch für die kleine Familie schwere Stunden, viele schwere Stunden, aber sie fanden immer wieder Hoffnung und Zuversicht für die Zukunft. Bis dann der Tod Einzug hielt. Einige Jahre nach dem Tod des Vaters verstarb ihr Ehemann, unerwartet und viel zu früh, die Mutter überlebte ihn und wurde 100 Jahre alt. Oft hatte ihr Mann, wohl eher im Spaß, gesagt: „Du wirst sehen, die Oma überlebt mich!“ Ihre beiden Söhne lebten weit weg von ihm. „Goldengele“ musste fortan mit ihrem Leben ganz alleine zurechtkommen.

Oft schienen die Probleme unüberwindlich, die Einsamkeit unerträglich. Sie ließ sich jedoch nicht entmutigen, sie kämpfte für ein eigenes, wenn auch kleines Glück.

Obwohl nun im Ruhestand, übernahm sie stundenweise kleine Büroarbeiten, die ihr neben etwas „Kleingeld" Anerkennung und Befriedigung brachten und die leeren Stunden ausfüllten. Daneben gab es noch ehrenamtliche Engagements, die sie aus ihren vier Wänden herausholten.

Dann kam unerwartet eine große Wende. Die Zufallsbekanntschaft mit einem Schwarzafrikaner, einem Literaten (afrikanische Literatur in französischer Sprache), lockte sie für kurze Zeit nochmals hinaus in die weite Welt. Neben einigen schönen Reisen durfte sie ihn begleiten, während er seine Doktorarbeit schrieb. Das gab ihr Einblick in die Tätigkeit an der Universität und auch darin, wie man an so eine große Arbeit herangeht. Aber ganz besonders ermutigte sie dieser „Geistesarbeiter", sich einen Computer anzuschaffen, um sich ihrem Schreibtalent besser widmen zu können und letztendlich auch mit ihren Texten an die Öffentlichkeit zu gehen.

Neben ihrem Englischkurs an der Volkshochschule besuchte sie nun auch eine Schreibwerkstatt, die ihr etwas Handwerkszeug für die Schreiberei vermittelte. Nach und nach entstanden Kurzgeschichten, Kindergeschichten und Gedichte, die in verschiedenen Anthologien veröffentlicht wurden.

Mit Hilfe der modernen Drucktechnik konnte sie Kleinstauflagen herstellen lassen, um diese an Verwandte und Freunde zu verschenken. Von Zeit zu Zeit machte sie Lesungen in Schulen und bei Vereinsveranstaltungen; ihre Kindergeschichte von „Maggie Maulwurf" wurde inzwischen veröffentlicht und auf der Frankfurter Buchmesse vorgestellt.

Zu all' diesen schönen Erlebnissen gab es noch einen weiteren, unfassbaren Höhepunkt. Was sich eher wie eine kitschige Filmgeschichte anhört, ist für unser Waisenkind Wirklichkeit geworden: Durch einen glücklichen Zufall durfte es im Alter von 65 Jahren ihre acht Halbgeschwister kennenlernen, die die leibliche Mutter nach ihrer Heirat geboren hatte.

65 Jahre lang lebte „Goldengele“ als Einzelkind. Nun, da es alt und sehr einsam geworden war, wurde es eingebunden in eine Großfamilie mit vier Brüdern und vier Schwestern und allen Anverwandten, die man nun eben mal hat. Alle sind sie sympathische und fröhliche Menschen, die es liebevoll in ihren Clan aufgenommen haben. So pflegen sie zusammen einen verwandtschaftlich-freundschaftlichen Umgang. „Goldengeles“ Glück in späten Jahren!

Und so schließt sich der Lebenskreis für ein Waisenkind, das nun glücklich und dankbar seinen Lebensabend genießen darf. An sein fürsorgliches Elternhaus und seine wunderbare Kindheit denkt es noch heute immer wieder und gerne zurück. Es sind Gedanken an die Geborgenheit eines Kindes in der Krippe, an der Vater und Mutter zu beiden Seiten Wache halten und Schutz bieten.

Hildegard Schormann

Was für ein Tag!

Es war der sechste Dezember. Elisabeth hatte den Frühstückstisch mit etwas Tannengrün, einem Schokoladennikolaus und einer Kerze geschmückt und stellte noch eine Schale mit rotbackigen Äpfeln und ein paar Nüssen daneben, so wie es ihre verstorbene Mutter früher immer getan hatte.

Elisabeth zählte zwanzig Lenze, hatte das gleiche lockige braune Haar wie ihr Vater und die gleichen braunen Augen. Sie frühstückte mit ihrem Vater und gratulierte ihm zu seinem Geburtstag. Niko Diehsel überflog in aller Eile die Zeitung und las die dickgedruckten Überschriften.

Draußen fiel ein mit Schnee vermischter Regen, und der Tag schien ungemütlich zu werden. Niko Diehsel, fünfundvierzig Jahre alt, lebte mit seiner Tochter in dem kleinen Ort Gladdenhausen. In diesem Ort und auch in den kleinen Nachbarorten gab es keine Schule. So fuhr Niko Diehsel die Kinder des Ortes und der Umgebung nach Peppenbrüse zur Schule.

Heute aber war ein besonderer Tag, und Niko Diehsel ahnte noch nicht, was auf ihn zukommen sollte.

„Möchtest du noch Kaffee?“, fragte seine Tochter Elisabeth, während sie Brote für ein zweites Frühstück für sich und ihren Vater einpackte.

„Nein danke, ich muss jetzt los, damit die Kinder pünktlich zur Schule kommen.“ Er zog seine Lederjacke über und verabschiedete sich von seiner Tochter. „Also mach's gut und gib auf dich acht.“ Elisabeth hatte es nicht so eilig, denn sie arbeitete in einer kleinen Poststelle im Nachbarort.

Inzwischen war es sechs Uhr dreißig geworden. Hinter dem Haus, auf dem großen Hof, wo sich früher Enten, Hühner und andere Kleintiere tummelten, stand jetzt der blauweiße Schulbus. Niko prüfte seinen Wagen und stieg dann ein. Er hupte zweimal kurz, als er vom Hof fuhr – das hieß für Elisabeth: Alles in Ordnung, ich fahre jetzt los.

Niko ließ nach und nach die Kinder einsteigen und hielt ab und an noch ein Schwätzchen mit den Müttern. Meistens redeten sie nur über das Wetter, und manchmal wurde er auch gebeten, aus der nächsten Kleinstadt etwas mitzubringen, zum Beispiel aus der Apotheke oder ähnliches, was Niko dann gerne besorgte.

Niko fuhr die Straßen wie jeden Morgen ab, dann über die Landstraße, vorbei an den jetzt kahlen Bäumen und öden Feldern. Es war noch gar nicht richtig Winter, aber er sehnte schon den Frühling herbei, weil es dann wieder früher hell war und Bäume, Sträucher und Wiesen wieder grün wurden.

Von weitem schon sah er ein Auto an der noch geschlossenen Tankstelle stehen. Er beobachtete eine Person, die gestikulierend mit den Armen winkte. Niko fuhr langsam an den Wagen heran, was er eigentlich gar nicht hätte tun dürfen. Im Scheinwerferlicht sah er eine brünette Frau, sie war etwa siebenundzwanzig Jahre alt, die mehr auf den Knien lag, als dass sie stand. Niko hielt seinen kleinen Bus an und steckte seinen Wuschelkopf aus dem Seitenfenster.

„Was ist passiert, kann ich Ihnen helfen?" Die junge Frau erzählte, sie sei mit ihrem Mann auf dem Weg ins Krankenhaus gewesen, als plötzlich der Wagen streikte. Ihr Mann sei auf dem Weg zurück nach Puddelsbach, um Hilfe zu holen.
„Warum hat er denn nicht den Notarzt gerufen?", wollte Niko wissen.
„Er hat sein Handy zu Hause vergessen." Die junge Frau hielt sich mit beiden Händen den Bauch, und Niko erkannte sofort die Situation.

„Haben Sie schon starke Wehen?“, wollte er noch wissen.
„Ja, ja, ich befürchte, dass es bald losgeht. Eigentlich sollte das Baby erst in vierzehn Tagen kommen. Es ist mein erstes Kind“, rief sie voller Sorge. Niko stieg kurz entschlossen aus, wies die Kinder an, es waren erst vier Schulkinder im Bus, sich ganz nach vorne zu setzen. Dann trug er die junge Frau, sie hieß Olga, in seinen Bus und legte sie auf die hintere große Bank. Er sollte noch die Tasche aus ihrem Wagen holen, was er auch schnell tat. Er schrieb eine kurze Nachricht auf einen Zettel und klemmte ihn hinter den Scheibenwischer des Personenwagens.

Niko fuhr so schnell er konnte, damit Olga noch früh genug in die Klinik käme. Die Kinder in Popenhagen und Kudelsbach und den anderen kleinen Orten mussten eben warten. Die Schule lief ja auch nicht davon, schon gar nicht am Montag.

„Wir sind in fünfzehn Minuten da. Werden Sie es so lange noch aushalten?“, rief Niko fragend nach hinten, und die Kinder waren mucksmäuschenstill. Immer wenn Niko Olga hinter sich stöhnen und wehklagen hörte, gab er ein wenig mehr Gas. Gerade als er von der Hauptstraße herunter fahren wollte, hörte er das Schreien eines ganz neuen Erdenbürgers. Seine Tochter Elisabeth hatte bei ihrer Geburt auch so geschrien, oder war es doch ein bisschen anders gewesen? Niko hielt vorsichtig den Schulbus an und ging zu Olga. Olga erklärte ihm, was er jetzt tun musste. Danach holte er ein kleines Handtuch aus Olgas Tasche, wickelte das Baby, es war ein prächtiger Junge, in das Handtuch ein. Er zog kurzerhand seine warme Lederjacke aus und wickelte das Kind darin ein. Dann legte er es neben Olga.

„Wir sind in drei Minuten da!“, rief er Olga zu, wählte auf seinem Handy die Nummer des Krankenhauses und fuhr los. Sie wurden schon am Eingang erwartet.

„Ach Jottchen. nee, du hast es aber eilig gehabt“, sagte die Hebamme des Krankenhauses und versorgte die junge Mutter und das Baby noch in dem Schulbus. Dann brachten Pfleger und die Hebamme beide zur Station.

„Wie heißen Sie eigentlich“, fragte Olga den Fahrer.
„Niko, aber eigentlich heiße ich Nikolaus, ich habe nämlich auch heute Geburtstag. Ich bin auch am sechsten Dezember geboren.“

„Dann soll mein Sohn auch Nikolaus heißen. Vielen Dank und herzlichen Glückwunsch. Ich weiß nicht, was geworden wäre, wenn Sie nicht gekommen wären. Nochmals vielen Dank, Nikolaus!“

Niko fuhr zurück, holte die Kinder der Umgebung ab und erzählte den Müttern in kurzen Sätzen, was geschehen war. Die Kinder waren vollauf begeistert: ein richtiges Baby, im Schulbus geboren, und sie erzählten noch lange davon.

Olgas Mann, der junge Papa aber kam zu spät. Er wäre so gerne bei der Geburt seines ersten Kindes dabei gewesen.

Gerhard Schunck

Das Licht

Ist die Sonne untergegangen,
der Himmel grau verhangen,
musst du um deine Lieben bangen,
haben dich Sorgen eingefangen?

Ein Licht ist auch für dich aufgegangen,
hast du danach denn kein Verlangen?
Hast du es noch nicht gefunden,
dich schon damit abgefunden?

Doch wer sucht, wird es auch finden,
Kummer und Sorgen werden schwinden.
Du fühlst dich dann in seinem Schein
wohl behütet, nicht einsam und allein.

Das Licht, das Kraft und Hoffnung gibt,
der Quell' des Lebens, der nie versiegt;
du spürst in ihm das wahre Leben,
lohnt es denn nicht, danach zu streben?

Wirst du dich dem Licht hingeben,
dann verändert es dein Leben,
lass' dich von diesem Lichte leiten
und von Tag zu Tag begleiten!

Hast du das Licht in dir entdeckt,
hat es dich nun aufgeweckt?
Dieses Licht ist Jesus Christ,
der Herr auch über dein Leben ist!

Das Päckchen

Ein Päckchen auf dem Klavier,
eingepackt in rotem Papier,
eine rote Schleife als Zierde,
erweckt meine Neugierde!

Eine Karte ist nicht beigelegt,
dies hat zum Nachdenken angeregt:
Für wen ist das Päckchen nur gedacht,
wofür ist es so schön zurechtgemacht?

Seinen Inhalt gibt es nicht preis,
das Gewicht ergibt keinen Hinweis;
ein Geburtstag ist nicht in Sicht,
auch keine Einladung von Gewicht.

Es liegt nun hier schon seit Tagen,
sollte ich Mutter einmal fragen?
Nein, dann gelte ich als Naseweis;
sie zu fragen, das ist mir zu heiß!

Heute Morgen, welch ein Schrecken,
wollte Mutter es vor uns verstecken?
Es war verschwunden über Nacht,
doch plötzlich kam mir ein Verdacht!

Hat Nikolaus es an sich genommen?
Er wird bald wieder zu uns kommen.
Dann findet sich das rote Päckchen
sicher in Nikolaus' großem Säckchen!

Nikolausabend zu einer frühen Stunde
gibt es für uns Kinder eine frohe Kunde.
Der Nikolaus ist schon auf dem Wege,
wurde gesichtet nahe dem Gehege!

Hatte ich nicht doch das rechte Gespür?
Kurz darauf klopfte es an unsere Tür.
Der Nikolaus trat ein in voller Pracht,
hatte auch sein Säckchen mitgebracht.

Meine Schwester spielte auf ihrer Flöte,
ich hatte mit einem Gedicht meine Nöte!
Doch meinte Nikolaus danach begeistert,
wir hätten unsere Aufgabe gut gemeistert!

Dann öffnete er behutsam sein Säckchen
und holte heraus ein rotes Päckchen.
Ich strahlte, war jedoch gleich verstimmt,
es war für meine Schwester bestimmt!

Dann griff er wieder in sein Säckchen,
förderte hervor ein weiteres Päckchen.
Ganz überrascht sah ich in seiner Hand
das rote Päckchen mit dem roten Band!

Ich nahm es etwas zögernd entgegen,
fühlte mich unsicher und etwas verlegen.
Als wir den Nikolaus verabschiedet hatten,
fiel es mir schwer, noch länger zu warten.

Die Bänder wurden durchgeschnitten,
vor Eifer war mir die Schere entglitten,
Das rote Papier fiel auf den Boden,
der Deckel wurde schnell abgehoben.

Ich brauchte jetzt nicht lange zu suchen,
zum Vorschein kamen leckere Lebkuchen!
Zwar hat Nikolaus mir Angst eingeflößt,
doch das Geheimnis ist nun endlich gelöst!

Bescherung

Die Kinder sind ganz aufgeregt,
sie warten auf das Christkind,
warten darauf, dass die Zeit vergeht,
das Weihnachtsglöckchen erklingt.

Endlich bricht an die Dunkelheit,
jetzt wird das Christkind bald kommen.
Mutter meint, es sei noch nicht soweit,
sie habe noch kein Geräusch vernommen.

Simon steht an der Tür und lauscht,
Eric will durch das Schlüsselloch spähen,
kurz darauf werden die Rollen getauscht,
doch das Christkind lässt sich nicht sehen.

Julia und Leoni sind eifrig dabei,
ihre Geschenkwünsche aufzumalen.
Plötzlich hört man einen Freudenschrei,
die Gesichter beginnen zu strahlen.

Das Glöckchen war noch kaum verklungen,
da kommen die Mädchen angesprungen,
dicht gefolgt von den beiden Jungen,
deren Stimmen beim Eintreten verstummen.

Sie stehen nun vor dem Weihnachtsbaum
mit glänzenden Augen im Kerzenschein.
Ganz zart erklingt „Oh Tannenbaum“,
auch die Eltern stimmen fröhlich mit ein.

Der Weihnachtsbaum ist prächtig geschmückt,
mit goldenen Kugeln und Englein bestückt.
Ein wunderschöner Baum, der alle entzückt,
er ist somit in den Mittelpunkt gerückt.

Nun beginnen alle „Stille Nacht“ zu singen,
Gitarrensaiten schwingen und erklingen,
die Kinder singen wie mit Engels Stimmen,
als sollten sie zum Christkind dringen.

Verstohlen schielen sie auf die Päckchen,
eingepackt in buntem Weihnachtspapier,
sowie auf die vier kleinen Säckchen
aus grobem Stoff, rot-schwarz kariert.

Der musikalische Teil ist nun zu Ende,
jetzt sind die Geschenke an der Reih’,
Eric, der Jüngste, zieht behände,
ein großes Paket mit Legos herbei.

Simons Autos sind der große Hit,
die ferngesteuert Wände hoch fahren.
Die Mädchen kamen noch nicht in Tritt,
obwohl sie mit den Einrädern mutig waren.

Das Christkind hat alle reichlich bedacht,
die Kinder sind glücklich und zufrieden;
sie haben an diesem Abend viel gelacht,
sogar einen Dankesbrief geschrieben.

Besonders schön ist die Weihnachtszeit,
wenn Kinder noch an das Christkind glauben.
Erkennen können wir ihre Glückseligkeit
im Kerzenschein an ihren leuchtenden Augen.

Schnee

Das Himmelstor ist aufgemacht,
es schneit bereits die ganze Nacht.
Flocken bedecken ganz leise und sacht
die Erde mit ihrer weißen Pracht.

Die friedliche Stille währt nicht lang',
Schaufeln und Schaben schon früh erklang.
Berge von Schnee türmen sich überall auf,
schwer zu erkennen des Weges Verlauf.

Kaum ist der Gehweg vom Schnee befreit,
ist er schon wieder zugeschneit.
Große Flocken fallen auf mich nieder,
ich wische sie weg, doch sie kommen wieder.

Ich betrachte die Flocken auf meiner Hand
und denke, ich bin im Märchenland:
Kristalle von einer wunderbaren Gestalt,
Unikate von einer unglaublichen Vielfalt.

Kaum habe ich genau hingeschaut,
sind die Flöckchen schon wieder aufgetaut.
Als winzige Tröpfchen suchen sie ihren Weg
und tropfen nach unten mitten auf den Steg.

Vor mir sehe ich Mädchen mit roten Wangen,
sie versuchen, tanzende Flöckchen einzufangen.
Erste Schneebälle fliegen, noch wird gelacht,
doch gleich beginnt eine Schneeballschlacht.

Am Teich warten Kinder, die vor Kälte bibbern,
um hintereinander über das Eis zu schlittern;
andere stapfen bergauf in kleinen Schritten
und sausen wieder hinunter mit ihren Schlitten.

Einige Kinder ziehen mich in ihren Bann,
sie rollen riesige Bälle für einen Schneemann;
Hut und Mohrrübe liegen schon bereit,
wann er fertig wird, ist nur eine Frage der Zeit.

Schnee lieben vor allem die Kinder,
sie freuen sich schon früh auf den Winter.
Mit Jubel begrüßen sie den ersten Schnee,
auch das feste Eis auf dem nahen See.

Sie haben mit dem Schnee ihren großen Spaß,
doch ist immer weniger darauf Verlass.
Schon morgen kann es deutlich wärmer sein,
und das eintönige Grau holt uns wieder ein.

Fällt aber Schnee überraschend über Nacht
und breitet sich aus mit all' seiner Macht,
ist Chaos angesagt für den ganzen Verkehr,
die Berufstätigen leiden darunter oft schwer.

Thea Sedlick

Weihnachtserinnerungen

Der Weihnachtsmann

Meine früheste Weihnachtserinnerung ist folgende: Kurz vor Weihnachten erschien der Weihnachtsmann bei uns in der Wohnung. Ob er mich etwas fragte, und ob ich etwas sagte, weiß ich nicht. Ich war jedenfalls ein schüchternes Kind. Als der Weihnachtsmann aber dann unsere Wohnung in der zweiten Etage verließ, ohne mir etwas gegeben zu haben, war das wohl auch für die schüchterne Thea zu viel. Ich versuchte, den Weihnachtsmann im Treppenhaus einzuholen, was ich nicht schaffte. Aber erfolgreich war ich trotzdem – hatte der Weihnachtsmann doch auf der untersten Treppe etwas verloren. Das Bild sehe ich noch heute vor mir: Auf der mittleren Stufe lag auf dem roten, polierten Linoleum (etwa 1927 gelegt) ein Kinderbuch aus Hartpappe, das nur für mich bestimmt gewesen sein kann! Sofort nahm ich es in Besitz und arbeitete mich glücklich wieder die Treppenstufen empor! Auf der Außenseite war ein Mädchen mit einer Gießkanne abgebildet. Das Buch hatte nur Bilder und noch keine Schrift. Ich hatte es lange als mein erstes Bilderbuch in Besitz. Schätzungsweise war ich damals vielleicht drei Jahre alt – dann müßte es 1951 gewesen sein.

Übrigens war mein Weihnachtsmann eine alte Dame aus dem Kellergeschoß, die dort als Hausmeisterin mit ihrem kriegsverletzten Sohn lebte. Sie hatte auch keine angsteinflößende Maske auf, so daß ich mir das Gesicht des Weihnachtsmannes richtig ansehen konnte. Deshalb muß ich dann wohl auch zu meiner Mutter gesagt haben, daß der Weihnachtsmann genau solche Augen hat wie Frau Haubold.

(Bei ihr bin ich als Kleinkind auch einmal eingestiegen! Die Kellerwohnung hatte nur zur Hofseite Fenster, da das Haus am Hang gebaut war. Durch das offene Küchenfenster sah ich Tassen stehen – und hatte Durst. Vor dem Fenster waren Holzscheite zum

Anfeuern des Küchenofens gestapelt, was mich zu meinem ersten und einzigen Einbruch einlud. Jedenfalls gelangte ich ganz einfach in die Küche und konnte meinen Durst stillen mit den Resten in der oder den Tassen. Dann hat mich wohl meine Mutter von draußen entdeckt.)

Meine Freundin Jutta

Als ich etwa drei Jahre alt war, zog in die große Wohnung unter uns ein Arzteheppaar mit drei Kindern ein. Das jüngste war zwei Jahre älter als ich und wurde meine Kindheitsfreundin. Wir spielten zusammen, stritten und vertrugen uns wieder, und ich steckte mich bei ihr an den Kinderkrankheiten an, die dann bei mir stets schlimmer waren und längere Zeit dauerten. So habe ich Keuchhusten noch immer in schrecklicher Erinnerung, der mich gerade Weihnachten erwischte.
Zu Weihnachten wurde bei uns am 24. Dezember das Wohnzimmer geschlossen, damit der Weihnachtsmann freie Bahn hatte bis zur Bescherung am Nachmittag, die mit einer Glocke eingeläutet wurde. Mich beeindruckte noch mehr, daß bei Jutta bestimmt drei Tage lang das „Herrenzimmer" – ein weitläufiger Raum mit Erker, dunklen Möbeln, großen Bücherschränken, auf denen Zinn stand, großer Tafel, Sitzecke und Schreibtisch – abgeschlossen war, da das Christkind darin zu tun hatte. Manchmal hatte das Christkind eine Kleinigkeit für uns, die Juttas Mutter uns dann durch die großen beidseitigen Schiebetüren ins Wohnzimmer reichte. Welche Freude! Manchmal bewegte sich auch der Vorhang hinter den Glasscheiben der Schiebetür etwas, oder wir hörten ein Rascheln. Schön waren in der Vorweihnachtszeit auch die Nachmittage, an denen uns bei Kerzenschein und Duft von Räucherkerzen etwas vorgelesen wurde. Als wir etwas größer waren, machten wir dazu Handarbeiten. Und es gab ein paar selbstgebackene Plätzchen. Bei meiner Freundin standen die Räuchermänner im Eßzimmer auf dem Sims des Ofens aus herrlichen Meißner Kacheln.
Am Weihnachtsabend mußten wir uns nach der Bescherung natürlich auch wechselseitig besuchen, um die Weihnachtsbäume und Geschenke zu bewundern und unsere gegenseitigen Geschen-

ke, die die Mütter besorgt hatten, zu übergeben. Da die Wohnung in der ersten Etage sehr hoch war, konnte dort im Erker auch ein sehr hoher Weihnachtsbaum stehen, eine große Fichte, von deren Spitze ein goldener Engel herabsah. Fichtenzweige lagen auch unter dem Baum, der mit Weihnachtskugeln, Kerzen und ein paar Süßigkeiten sowie Äpfeln behangen war.
Richtigen Spaß machte dann das Spielen mit den neuen Sachen in den nächsten Tagen. Gut erinnern kann ich mich noch an Juttas Puppenküche, die hauptsächlich aus einem kleinen Elektroherd bestand, auf dem wir in Minitöpfen Kartoffelsuppe kochten, die Juttas Vater kosten mußte.
Zu zwei weiteren Ehepaaren im Haus gingen wir am Heiligabend mit unseren Puppen oder anderem Spielzeug, wünschten ein frohes Fest und verschenkten ein Spielzeug. Der Witz war – und das ist mir peinlich genug –, daß wir dafür natürlich auch eine Kleinigkeit geschenkt bekamen und stolz und freudig wieder abzogen – und am nächsten Tag unser Spielzeug wieder einsammeln gingen.

Der Weihnachtsbaum

Es gab Kiefern oder Fichten als Weihnachtsbaum zu kaufen. Viele nahmen Kiefern, da sie länger hielten und nicht so schnell nadelten. Doch obwohl mir Kiefern bei anderen gefielen, wollte ich selbst immer nur eine Fichte haben, die es leider seltener gab. Das habe ich bestimmt von meinen Eltern übernommen. Da mein Vater immer auf Montage arbeitete, war er erst ab dem 23. Dezember abends zu Hause. Sein Beitrag am Weihnachtsbaum war, ihn im Ständer zu befestigen und dann, wenn ich im Bett war, vom Sofa aus meiner Mutter beim Baumschmücken zuzusehen und ihr von da aus Ratschläge zu erteilen.
In der untersten Baumetage wurden immer rote, glänzend mit einem Staubtuch polierte Weihnachtsäpfel aufgehängt. Ansonsten waren es zum größten Teil verschiedene silberne Kugeln, Nüsse und Zapfen, mit denen der Baum geschmückt wurde. Ganz oben wurde eine Silberspitze angebracht. Dazu kamen die Kerzen, Schoko- und Fondantkringel sowie schweres, silbernes Lametta, das immer wieder vorsichtig abgenommen und aufbewahrt wurde, da es

solches nicht zu kaufen gab. Das Lametta, das es zu kaufen gab, wollten wir dem Baum und uns nicht antun. Die Süßigkeiten sollten eigentlich erst beim Abputzen verzehrt werden, aber manchmal konnte man nicht widerstehen. Sogar mein Vater hatte da einen Dreh raus: Er brach die Schokoladenplätzchen einfach auseinander, so daß nur noch das grüne Fädchen im Grün des Baumes hing. Und beim Abputzen schmeckten die Süßigkeiten auch nicht mehr so gut, da sie den Kerzengeruch angenommen hatten. Der wunderbare Duft des Weihnachtsbaumes ist mir unvergessen. Jetzt riechen die Bäume nicht mehr so gut nach Wald. Natürlich habe ich auch keine Fichte mehr.
Meine Mutter und ich schleppten die Weihnachtsbäume oft von sehr weit her nach Hause. Meistens schafften wir es nur zu zweit und mit häufigem Absetzen. Es dauerte auch lange, bis wir ein Exemplar fanden, das unseren Ansprüchen genügte. Ich war immer mit einem langen, festen Strick unterwegs, um sofort zuschlagen zu können, wenn ich einen großen, schönen und gleichmäßig gewachsenen Baum entdeckte, bei dem ich annahm, daß es keinen schöneren mehr gab. Nach der Größenmessung und Bezahlung suchte ich ein Plätzchen, wo ich den Baum hinlegen und verschnüren konnte; meistens geschah das auf dem Fußweg. Manchmal mußte dann mit der Straßenbahn noch halb Dresden durchquert werden. Schon das Ein- und Aussteigen und das schräge Halten des Baumes während der Fahrt waren ein Problem für sich, da die Bäume oft sehr groß waren. Im Nachbarhaus gab und gibt es noch immer einen Reisig- und Baumverkauf, doch Fichten waren etwas rares, vor allem solche, die einem gefielen! Es war also ein seltener Glückstreffer, wenn der Baum nur von dort in das Waschhaus zu holen war, wo er bis zum 23. Dezember im Wassereimer stand und öfters mit Wasser besprüht wurde.

Bescherung

Heiligabend war das Wohnzimmer für mich geschlossen; nur meine Mutter und mein Vater hatten darin ab und zu zu tun. Ich erinnere mich an ein Jahr Mitte der 50er Jahre, als meine Mutter in der Küche den Gänsebraten im Herd hatte, Rotkraut schnitt und kochte sowie für Heiligabend den Kartoffelsalat zubereitete. Ich war in der Schlafstube mit Basteln oder Spielen beschäftigt, hörte aber aus der nebenan liegenden Stube Geräusche. Neugierig und leise ging ich in den Korridor, um dort durch das Schlüsselloch der Wohnzimmertür zu schauen. Und ich sah etwas! Mein Vater – und nicht der Weihnachtsmann! – arbeitete mit weißen Holzteilen auf dem in der Mitte stehenden Eßtisch. Und im nächsten Moment knallte es: Ein Holzteil schlug an die über dem Tisch hängende Lampe, von der eine der vier Glocken herunterkam und in hundert Stücke zerschlug. Blitzartig war ich wieder im Schlafzimmer verschwunden und mucksmäuschenstill. Genauso still blieb es in der Küche! Die Bescherung fand trotzdem statt. Und der Weihnachtsmann hatte mir das von mir so sehr gewünschte Puppenbett aus weißem Holz gebracht, das meine Mutter noch mit schönen, selbstgenähten Kissen und einem Himmel ausgestattet hatte, damit sich „Bärbel“ oder „Hänschen“ darin recht wohlfühlen konnten. Die Lampe brannte auch. Mein Vater hatte alle Teile mühevoll und unter Zeitdruck wieder so zusammengeklebt, daß zumindest für die Weihnachtstage eine Lösung gefunden war. Nach Weihnachten wurden alle vier Glocken durch andere ersetzt. In den nächsten Jahren war durch das Schlüsselloch nichts mehr zu sehen!

Nicht nur Gutes kommt von oben

Zwei Jahre hintereinander hatten wir Heiligabend abends eine besondere Bescherung. Es fing mit undefinierbaren Geräuschen an, dann hörte man ein angstmachendes Brodeln, wonach im Korridor heißes Wasser von oben durch die Decke tropfte und beide Male große Wasserflecken hinterließ. Damit war dann der Weihnachtsabend eigentlich gelaufen. Ursache für diese Bescherung war eine vom Baumeister des in den zwanziger Jahren errichteten Hauses eingebaute Heizung für die Etagenwohnung im 1. Stock. In diese Wohnung war er selbst mit seiner Familie gezogen; zudem hatte er dort sein Büro. Er hatte allerhand Aufträge, so auch die Errichtung der Heilandskirche in der gleichen Straße. Im Krieg lebte dort noch seine kranke Frau (Schlaganfall) bis zu ihrem Tode. Dann war die Wohnung bis Anfang der 50er Jahre von Ausgebombten bewohnt. (Ich kann mich noch erinnern, daß eine nette Frau, die mit ihrer Familie in den späteren Praxisräumen wohnte, und die ich als Kleinkind manchmal besuchte, für mich an einem Schuhkarton einen Faden befestigte, damit ich einen Puppenwagen hatte, mit dem ich meine erste Puppe Gretel – eine von meiner Mutter selbstgemachte Puppe – hinter mir herziehen konnte.) Anfang der 50er Jahre zog dann die Arztfamilie mit den drei Kindern in diese Wohnung. Da in fast jedem Raum Öfen standen und Heizmaterial, wie vieles andere, knapp war, wurden nur die benötigten Räume mit Kohlenbriketts beheizt. Das „Herrenzimmer" hatte keinen Ofen, sondern nur die Heizkörper von der Etagenheizung. Die mußte von einem Heizkeller aus – meines Erachtens mit Koks – beheizt werden und hatte auf dem Oberboden einen Wasserbehälter (genau über unserem Korridor) in einem Holzverschlag. Diese Heizung war mangels Heizguts in der Kriegs- und Nachkriegszeit nicht benutzt worden. Aber nun sollte es wenigstens Weihnachten gemütlich warm sein, und der große Sohn der Familie feuerte gleich heftig, aber nicht richtig an. Das Resultat kennen wir schon! Nachdem das im folgenden Jahr wieder passierte, durfte die Heizung nicht mehr benutzt werden.

Elektrische Baumbeleuchtung

Es mußte eine (möglichst große) Fichte sein, und es mußten richtige Kerzen brennen! Das galt viele Jahre. Mitte/Ende der 80er Jahre war etwas kaputtgegangen, und ich mußte unmittelbar vor Weihnachten in den Lampenladen auf der Schweriner Straße, um das Benötigte zu besorgen. Und da gab es auch gerade elektrische Baumbeleuchtungen zu kaufen, Zehnerketten mit noch etwas größerem Abstand der Kerzen von einander als heute. Und diese Kerzen sahen auch damals noch den richtigen Kerzen ähnlich. Da ich manchmal doch Bedenken hatte, ob die alten Kerzenhalter wirklich hielten, entschloß ich mich kurzfristig, zwei Zehnerketten zu kaufen. Ich habe sie heute noch. Wir hatten uns auch schnell an sie gewöhnt, waren sie doch ungefährlicher, und man konnte sie auch mal unbeobachtet brennen lassen und ließ sie vor allem

öfters brennen. Das größte Problem der Umstellung hatte der älteste Sohn meiner Freundin; er liebte meine Bäume mit richtigen Kerzen!
Da auch elektrische Kerzen ab und zu defekt werden, besorgte mir ein netter Kollege aus Berlin entsprechende Ersatzkerzen, da ich in Dresden keine bekam. Und wieder ist der 23. Dezember da, der Baum wird aus dem Waschhaus hochgeholt und auf dem Boden – neben unserer Wohnung – im Ständer fixiert. Nach dem Transport in das Wohnzimmer werden die Stricke beseitigt und die schönste Seite nach vorn gedreht. Manchmal war es schon schwierig, den dicken Baumstamm in den Ständer hineinzubekommen, und dazu noch so, daß der Baum von allen Seiten gerade stand. Dann konnte ich mit dem Schmücken beginnen, immer in der Reihenfolge: Lichterketten, Kugeln, ggf. noch kleines Holzspielzeug, manchmal Lametta, manchmal nicht. Als die erste und die zweite Lichterkette befestigt waren – Probe –, leuchtete es nicht. Alle Kerzen festgeschraubt und optisch kontrolliert, Kerzen getauscht – es klappte nicht. Ich war am Verzweifeln. Deshalb wandte ich mich mit der Bitte um Hilfe an einen Mitbewohner im Haus. Nun probierten wir es zu zweit. Erst als wir alle Berliner Kerzen rausgedreht hatten (es waren eben doch nicht die passenden), leuchteten die Kerzen an den beiden Ketten endlich! Das hatte lange Zeit gedauert. Jörg war inzwischen von seiner Familie schon vermißt worden, und zu unserer Stärkung hatten wir in der Zeit gemeinsam fast eine Flasche Kümmel niedergemacht. Als Jörg gegangen war, war es schon spät und ich hatte einen Schwips, aber nie hatte sich der Baum dann so schnell und beschwingt putzen lassen wie in diesem Jahr! Es ging auch nichts kaputt! Und alle Jahre wieder erzählen wir uns diese Geschichte!

Weihnachtsgebäck

Mit der Vorweihnachtszeit verbinde ich auch das Backen von Stollen der verschiedensten Variationen und Gebäck. Es gehört mein ganzes Leben lang dazu. Jetzt backe ich meistens einen Gewürzkuchen, Mohn- oder Quarkstollen sowie verschiedene Weihnachtsplätzchen auf Oblaten oder ohne. Die Rezepte suche ich mir

meistens im November heraus und mache mir eine Liste mit den benötigten Backzutaten, die dann bei Gelegenheit eingekauft werden. Ich bin selbst immer wieder erstaunt, was für eine lange Liste da zusammenkommt. Mandel- und Rosinenstollen backe ich jetzt nicht mehr. Je einen halben bringt mir meine Freundin von ihrem Bäcker in Pesterwitz mit; und der schmeckt so wie selbstgebacken, also gut. Ich freue mich immer, wenn ich von jungen Frauen höre, daß sie selbst backen, diese schöne Tradition also als Vorbild an ihre Kinder weitergeben. Solch ein Beispiel ist meine Physiotherapeutin Sylke, die jedes Jahr außer Plätzchen auch Mandel- und Rosinenstollen bäckt.
In meiner Kindheit ging meine Mutter rechtzeitig zum Bäcker und ließ sich einen Termin zum Stollenbacken geben. Es wurde immer die Anzahl der Mehlpfunde angegeben. Ich erinnere mich, daß wir für zwölf Pfund Mehl (also sechs Kilo) bestellten. Das hieß, daß wir sechs Vierpfünder erhielten, von denen drei Rosinen- und drei Mandelstollen waren. Meine Eltern aßen lieber die Mandelstollen, die manchmal fast wie Marzipan schmeckten. Zwei der Stollen wurden verschenkt, die vier anderen kamen, nachdem sie zu Hause gebuttert und gezuckert und in eine Stollentüte aus Pergamentpapier gesteckt worden waren, in einen großen Koffer, der mit einem blütenweißen Bettuch ausgeschlagen war. Dort konnten die Stollen in einem kalten Raum ruhen, bis der erste am 1. Advent angeschnitten wurde. Bis dahin war es aber ein weiter Weg. Zunächst mußten alle Zutaten bis auf das Mehl, das der Bäcker bereitstellte, besorgt und vorbereitet werden. Und das war schwierig genug bis 1962. – Da 1963 mein Vater starb, wurde dann entweder ein Stollen zu Hause gebacken (der aber im Gasherd trockener ausfiel) oder beim Bäcker gekauft (zum Beispiel in der Konditorei Müller in Löbtau, die einen guten Ruf hatte – wo man aber lange anstehen mußte!). – Da mein Vater kein Zitronat mochte, kam das nicht in unsere Stollen. Aber Butter, Butterschmalz, Rosinen, süße und bittere Mandeln und alle anderen Zutaten mußten recht mühsam zusammengetragen werden. Die Rosinen mußten verlesen werden, ehe sie am Abend vorm Backtag in Rum getränkt wurden. Die Mandeln wurden gekocht, so daß man sie dann aus ihrer Schale lösen konnte; es schnippten dabei einige durch die Küche, und manchmal verbrannte man sich auch die Finger. Es passierte

mitunter, daß man beim Kosten eine bittere erwischte, die dann schnell ausgespuckt wurde. Dann mußten die Mandeln gemahlen werden. Ich kann mich noch erinnern, daß ersatzweise auch Pflaumenkerne geknackt wurden. Am Abend vor dem Stollenbakken wurde im Wohnzimmer vor dem Ofen ein weißes Laken gelegt, auf dem sämtliche Zutaten ihren Platz fanden, um Zimmerwärme zu erreichen, ehe sie am nächsten Tag einschließlich der Stollenzeichen mit Namen zum Bäcker getragen wurden. Die Frauen saßen dort so lange gemeinsam und unterhielten sich, bis sie an der Reihe waren, ihre Zutaten unter ihrer Kontrolle vom Bäcker verarbeitet wurden und ihre Stollen in den Backofen kamen. Anschließend gingen sie nach Hause. Nachmittags/abends konnten dann die fertigen Stollen abgeholt werden. War das ein Duft, auch auf der Straße, wenn die frischen Stollen auf den Brettern vorbeigetragen wurden!
Es gab auch Stollentragen, auf die zwei Stollenbretter übereinander gelegt werden konnten, und bei denen hinten und vorn jeweils eine Person die Tragestangen anfaßte. So konnten viele Wege eingespart werden. Einmal waren die Stollen bei einem anderen Bäcker, der etwas weiter entfernt war, zu holen. Zu der Zeit hatten wir für ein halbes Jahr meine kleine Cousine Sigrid, die damals etwa drei Jahre alt war, zu Besuch, da ihre Mutter an Krebs gestorben war und mein Onkel sich noch um die größere Tochter kümmern mußte. Wir holten also die Stollen auf so einer Trage ab. Lustig war dann das Zurückbringen der Stollentrage, da Sigrid sich darauf setzen konnte und wir sie schaukelnd trugen.

Etwas Lustiges fällt mir gerade wieder ein: Die Großmutter meiner Schulfreundin Gabriele, mit der ich zwölf Jahre die Schulbank drückte, ließ beim Bäcker immer Mohnstollen backen. Wir waren vielleicht im elften Schuljahr, also 1965, als wir diese Stollen vom Bäcker abholen sollten. Wir taten das natürlich auch. Es hatte geschneit, und am Turmhaus waren glatte Pflastersteine. Ich sehe es noch genau vor mir, wie meine Freundin ausrutscht, sich auf den Po setzt, und vom Brett, das sie festhält, die Mohnstollen in hohem Bogen herunterhüpfen. Uns blieb nichts anderes übrig, als die großen Stollenstücke wieder aufs Brett zu setzen und sie bei ihrer Oma abzuliefern. Jeden Tag zur und von der Schule kamen wir an dieser Stelle vorbei, und noch lange war immer eine Schar Spatzen dort und pickte, was die Leute sehr verwunderte. Doch wir wußten Bescheid!

Weihnachtsduft

Seit meiner Kindheit verbinde ich den Duft von Apfelsinen mit Weihnachten. Vielleicht geht es mir – zumindest im Osten Deutschlands – nicht alleine so. Die Erklärung ist relativ einfach: Apfelsinen, Orangen, Mandarinen usw. gab es, wenn es sie denn schon mal gab, dann in der Weihnachtszeit.

Als kleineres Kind kann ich mich noch gut an den Nikolaustag erinnern. Wenn ich früh in meinem Gitterbett aufwachte, stand ein kleiner roter Pappstiefel, gefüllt mit ein paar Süßigkeiten und Nüssen, vorm Bett (und das alle Jahre wieder), und am Bett hing ein Strumpf von mir mit Äpfeln und Apfelsinen.

Bis zu meinem einundvierzigsten Lebensjahr machte ich dann die Rennerei und das Angestehe nach Obst mit. Meistens bekam man Anfang Dezember, also kurz vor Nikolaus, von jemandem die Information, daß es Apfelsinen gibt. Dann ging es möglichst sofort los. Die Menschenschlange sah man schon von weitem. Es wurde zwar nur eine bestimmte Menge Obst pro Person verkauft, doch wenn man sich hinten anstellte, wußte man natürlich nicht, wie lange es reichen würde, oder ob man eventuell umsonst anstand. Manchmal sagten die Verkäuferinnen auch, daß es nur noch für eine bestimmte Anzahl Kunden genügen würde, doch die wenigsten gingen, da sie hofften, doch etwas kaufen zu können. War ich dann im Apfelsinenbesitz, wurden diese zu Hause kühl gelagert, damit sie bis Weihnachten hielten, falls man nicht noch einmal das Glück hatte, welche zu ergattern. Andererseits sollten sie auch nicht vergammeln, deshalb wurden sie täglich kontrolliert. Dann sollten sie lieber verzehrt werden. Also zogen die Apfelsinendüfte nur in der Weihnachtszeit durch die Wohnung oder Arbeitsstelle.

Striezelmarkt

Erinnerungen an meine ersten Striezelmarktbesuche an der Hand meiner Mutter brachte ein „Kalenderblatt" der Sächsischen Zeitung vom 01.12.2008 hervor. Unter dem Titel „Vor 60 Jahren lud der Striezelmarkt am Nordplatz ein" stand folgendes:
„Am 1. Dezember 1948 wurden in der Stadthalle am Nordplatz (heute Olbrichtplatz) der Striezelmarkt und die 4. Dresdner Weihnachtsmesse durch Oberbürgermeister Walter Weidauer eröffnet. In den „freien Läden" der HO (Handelsorganisation) konnten Waren auch ohne Marken erworben werden. Im ersten Stock präsentieren Schnitzer, Drechsler und Klöpplerinnen ihre Volkskunsterzeugnisse. Bis zum 23. Dezember werden rund 250.000 Besucher gezählt. Das Gebäude der Arsenalsammlung diente ab 1946 als Veranstaltungs- und Ausstellungsstätte und war den Dresdnern als Stadt- oder Nordhalle bekannt. Bis 1953 findet hier der Striezelmarkt statt, bevor er wieder in die Innenstadt zurückkehrt. Die Weihnachtsschauen verbleiben noch bis 1967 in der Nordhalle. Heute beherbergt sie das Militärhistorische Museum der Bundeswehr."

Die Straßenbahnen zum Nordplatz und zurück waren gerappelt voll. Hatte meine Mutter mal einen Sitzplatz erwischt, konnte ich auf ihrem Schoß sitzen. Vom Nordplatz zur Stadthalle war es nicht weit zu laufen, der große Weihnachtsbaum vorm Eingang zeigte einem den Weg. Die Straße führte gerade darauf zu, eine Treppe hinauf ging es zu den großen Eingangstüren. Davor waren auch einige Marktbuden aufgebaut, wo es etwas zu trinken und zu essen gab. Ich erinnere mich (ohne Garantie) an Bockwurst, Glühwein oder Tee, Zuckerwatte und vielleicht Pfefferkuchenherzen. Und ein Kinderkarussell muß auch da gestanden haben. Innen war ein Menschengeschiebe (was ja heutzutage oft auf dem Altmarkt nicht anders ist) von einem Stand zum anderen, aber es war zumindest nicht kalt. Wenn man Glück hatte und das Geld dazu, erwischte man doch das eine oder andere Weihnachtsgeschenk und etwas für das Weihnachtsessen. Und eine große Eisenbahnanlage konnte man bestaunen. Das war natürlich besonders für die Kinder und die Väter ein Anziehungspunkt. Außer zum Striezelmarkt waren wir auch zu wunderbaren Blumenschauen in der Nordhalle. Als sie dann geschlossen werden mußte (ich weiß nicht, wann das war), zumindest für solch große Schauen, da die Sicherheit/Statik nicht mehr mitmachte, hieß es in der Bevölkerung, daß angeblich die Blumenschauen mit den benötigten Bewässerungen der Blumen daran schuld seien. Ob es den Tatsachen entsprach, weiß ich nicht. Später war ich nie mehr dort, denn das Armeemuseum der DDR besuchte ich ebenso wenig wie das Museum der Bundeswehr.

Mein erster Striezelmarktbesuch auf dem Altmarkt muß laut dem obigen Artikel also 1954 im Alter von sechs Jahren stattgefunden haben. Dort trafen wir auch den Weihnachtsmann in einem hellbraunen, plüschigen Mantel (ein roter war vielleicht nicht zu haben). Und ich wollte so gerne in die Nähe des Weihnachtsmannes kommen und einmal den Mantel anfassen. So schüchtern ich war, dauerte das meiner Erinnerung nach eine lange Zeit. Und dann tat ich es doch! Der Mantel faßte sich ganz weich an – und der Weihnachtsmann drehte sich nach mir um, obwohl viele Kinder vor ihm standen! Und heute bin ich nun schon vierundfünfzig Jahre stolz darauf, damals nach langem Anlauf den Mantel vom Weihnachtsmann angefaßt zu haben!

Ansonsten waren die Striezelmarktbesuche immer sehr schön und machten auch dann später in einer Gruppe stets viel Spaß. Besonders schön waren vor allem die wunderbar geschmückten Buden und der große Weihnachtsbaum, die große Pyramide und die verschiedenen großen Figuren an den einzelnen Ein- und Ausgängen wie Schneemann, Nußknacker, Pflaumentoffel, Räuchermann, Bergmann und Engel.

Ein/zwei Jahre war der Striezelmarkt in den Straßen zwischen Altmarkt und dem Pirnaischen Platz aufgebaut. Eigentlich war es dann kein Markt, der ja mit einem Platz verbunden ist, sondern es waren eher Striezelketten oder Striezelstraßen. Warum es diese kurzzeitige Änderung gab, weiß ich nicht. Ich schätze, daß das so in den Jahren 1965 bis 1970 gewesen sein müßte. Meine Mutter arbeitete damals in dem Hutgeschäft auf der Ernst-Thälmann-Straße (heute Wilsdruffer Straße), und in der Vorweihnachtszeit konnte ich dort stundenweise Sonnabend/Sonntag als Verkäuferin aushelfen für fünf Mark pro Stunde auf die Hand, was man als Oberschülerin/Studentin sehr gut gebrauchen konnte. Es machte auch viel Spaß, obwohl es mit den Menschenmassen so toll war, daß eine Verkäuferin an der geschlossenen Geschäftstüre stand und immer nur so viele Leute hineinließ, wie gerade den Laden verließen. Ich hatte Schirme, Knirpse, Schals, Stolen, Mützen und Handschuhe zu verkaufen, kam aber mit Fragen nach dem Gewünschten, Holen, Zeigen, wieder Wegräumen und Kassenzettelausfüllen gar nicht dazu, mir die Kundschaft anzusehen, die ich bediente. Eine Verkäuferin hatte zu tun, sich durch die Menschenmassen zu schieben, um die verkaufte Ware mit dem zweiten Kassenzettel an die zentrale Kasse und Warenausgabe zu bringen. Für den Hüteverkauf in der ersten Etage gab es zum Glück einen kleinen Warenlift zur Kasse hinunter.

Später kamen in Dresden dann noch andere Weihnachtsmärkte hinzu. Mir gefielen auch der kleine im WTC und der auf der Hauptstraße zwischen „Goldenem Reiter" und Albertplatz, der nie so überlaufen war. Mittelalterlich, schön, dunkel und glitschig bei Regenwetter ist der bekannte Weihnachtsmarkt im Stallhof, der ja als Deutschlands schönster gekürt sein soll. Er hat schon ein ganz anderes Fluidum. Mein Lieblingsweihnachtsmarkt, den ich aber nun aus Gesundheitsgründen auch schon einige Jahre nicht mehr besuchen konnte, ist der kleine, feine Weihnachtsmarkt am Körnerplatz. Die kleinen mittelalterlichen Buden passen genau in die Umgebung mit den hübschen, kleinen Häusern, in denen viele Künstler ihre Geschäfte haben, die auch auf dem Markt vertreten sind. Bilder, Bücher, Wollsachen, Keramik, Basteleien, Schmuck, Puppen und vieles Hübsches mehr sind neben Glühwein, Essereien, Wurst und Käse vertreten. Er ist ganz individuell von denselben Leuten, die das Elbhangfest gestalten, angelegt.
Sehr gut vorstellen kann ich mir auch den Radebeuler Weihnachtsmarkt in Altkötzschenbroda. Der ist bestimmt auch sehr romantisch durch die Lage inmitten der alten kleinen Häuschen. Ich stelle ihn mir vor wie einen lebendig gewordenen Adventskalender. Den kleinsten Dresdner Weihnachtsmarkt hat es dieses Jahr am Sonnabend und 3. Adventsonntag nachmittags in Laubegast

am Elbufer mit einer Marktbude und zehn Weihnachtsbäumen gegeben.
Märkte mit lauter Musik und großen Karussells, wie in einigen Großstädten üblich, sind für mich keine Weihnachtsmärkte!

Museumsbesuche

Besuche von Museen gehörten für mich immer mit in die Weihnachtszeit, weil es sehr besinnlich ist und man sich die Zeit für etwas Schönes und Erbauliches nimmt. Vor Jahren hatte ich noch meine Jahreskarte zumindest für die Staatlichen Kunstsammlungen, und nutzte sie auch für Besuche in der Gemäldegalerie, dem Albertinum und meinem Lieblingsmuseum, dem von Oskar Seyffert gegründeten Volkskunstmuseum im Jägerhof in der Nähe des „Goldenen Reiters" in der Neustadt.
Mit der wunderbaren Ausstellung von alten erzgebirgischen Schnitzereien, Bergwerken, Krippen, Pyramiden und Spielzeug und vielem mehr wurden die Besucher besonders in der Weihnachtszeit gelockt. Dazu kam noch, daß dort immer viele, und nur echte Weihnachtsbäume im unterschiedlichsten Schmuck dekoriert standen. Mir ging schon am Eingang zur Ausstellung im Erdgeschoß immer das Herz auf – besser als jede Medizin, wenn mein Blick die Reihe der Weihnachtsbäume vor den alten Bauernmöbeln und unter den wunderschönen alten bunten Hängeleuchtern streifte. Die Bäume waren sowohl mit künstlerischem Schmuck behangen als auch mit von Kindergärten oder Privatpersonen gebasteltem. Das reichte von kleinem Holzspielzeug, Stroh- und Papiersternen, Keramiken, Holzherzen, bemalten Papierkugeln über Klöppelspitze bis zu gebackenem Baumschmuck. An den Adventswochenenden gab es außerdem Märchenstunden für die Kinder im Erdgeschoß oder Adventssingen von Chören oder für alle. In der ersten Etage waren Bergwerk und Weihnachtsberg, die man anschalten konnte, immer von besonderem Interesse für die Kinder. Speziell für sie war dann auch in der zweiten Etage ein Bastelraum eingerichtet, in dem sie unter Anleitung noch kleine Weihnachtsgeschenke anfertigen konnten (falten, kleben, bemalen). Daneben befand sich der Raum, in dem die aktuellen Son-

derschauen zu besichtigen waren, mal Krippen, mal Pyramiden, Weihnachtsberge oder Adventskalender. Und dazwischen natürlich Weihnachtsbäume. An den Dezemberwochenenden waren im Museum auch Drechsler, Klöpplerinnen, Spinnerinnen und andere Kunsthandwerker vertreten, manche fertigten kunstvolle Karten an oder stellten wunderbare Stickereien mit der Nähmaschine und vieles andere her, das man auch käuflich erwerben konnte.
(Übrigens waren und sind hoffentlich auch noch die Ausstellungen um die Osterzeit genau so empfehlenswert mit den herrlichen Forsythienzweigen und den vielen auf die unterschiedlichsten Weisen verzierten, bemalten, geätzten, beklebten oder durchlöcherten Ostereiern. Auch da führten in der zweiten Etage Vertreter aus verschiedenen Ländern ihre Kunst vor, die man kaufen konnte.)
Mit dem Museum war ich durch die Besuche zu Weihnachten von Kindheit an verbunden. Später gehörte ich dann auch der Interessengemeinschaft Volkskunst des Kulturbundes an, durch die ich viel Interessantes, unter anderem von Korbmachern und Keramikern, erfuhr und sah. (Im Kulturbund war ich auch Mitglied der Interessengemeinschaft Historische Grabstätten, die mich sehr interessierte, weil wir viele Arbeitseinsätze an historischen Grabstätten auf verschiedenen Friedhöfen hatten wie zum Beispiel auf dem Trinitatisfriedhof, auf dem sehr viele prominente Persönlichkeiten bestattet sind, oder auf dem jüdischen Friedhof. Sehr interessant ist ebenfalls der alte katholische Friedhof.)
Auch im Landhaus gab es – und gibt es jetzt wieder – Weihnachtsausstellungen, die immer sehr sehenswert waren. Im Foyer standen stets zwei riesige echte Fichten, alle anderen Bäume waren künstliche. Imposant war die große Eisenbahnanlage, die Dresden etwa von Hauptbahnhof bis Neustädter Bahnhof zeigte. Manchmal war vom Bäcker Röder von der Grillparzerstraße ein wunderschönes großes Pfefferkuchenhaus mit Hänsel und Gretel plus Hexe ausgestellt. Man konnte auch mal Striezelmarktbuden um 1900 oder ein weihnachtliches Wohnzimmer aus dieser Zeit bewundern. Dazu dann noch das passende Spielzeug, Weihnachtskarten, Adventskalender und erzgebirgische Figuren, ob Spielzeug oder Dekoration.

Sieglinde Seiler

Das Hutzelbrot

Eine weihnachtliche Geschichte

Es war einmal ein kleines Mädchen. Mit seinen Eltern lebte es ganz am Ortsrand eines kleinen Städtchens in Mittelfranken. Hinter dem Wohnhaus fing gleich der Wald an. So war es sehr naturverbunden und auch sensibel für die schönen, aber kleinen Dinge des Lebens.

Wenn es Abend wurde, hatte das Mädchen immer eine bestimmte Aufgabe zu erfüllen. So mußte es mit den Nachbarskindern in einer nahegelegenen Mühle, zu der auch ein Bauernhof gehörte, Milch holen. Es bekam dazu eine Milchkanne aus Aluminium in die Hand. Die Kinder hatten immer ihren Spaß, denn Milchholen war nicht langweilig. Meistens mußten die Kinder etwas warten, bis die Bäuerin die Milch brachte. Es war genug Zeit, noch einen Blick in den Stall zu werfen. Davon machten die Kinder auch eifrig Gebrauch, denn in einem Stall gibt es immer irgend etwas zu sehen, was interessant ist. Ab und zu wurde ein kleines Kälbchen geboren – davon war das kleine Mädchen immer besonders angetan.

In der Weihnachtszeit buk die Mutter der Bäuerin in ihrem Brotbackofen Hutzelbrot. Daß es wieder soweit war, rochen die Kinder schon, wenn sie in das Bauernhaus eintraten. Für sie bedeutete es, daß sie beim Milchholen dann immer einen Keil vom Hutzelbrot als „Versucherle" abbekamen.

Das kleine Mädchen empfand das Hutzelbrot als etwas besonders Leckeres, da es dieses Brot bei ihm zuhause nicht gab, und auch sonst waren die Süßigkeiten in dieser Zeit noch rar.

Es wurde zwar zu Weihnachten ein Hutzelbrot beim Bäcker gekauft, das aber ganz anders schmeckte und lange nicht so gut war, wie das von der Bäuerin. Dieses enthielt viele Dörrzwetschgen, Birnenhutzeln, Haselnüsse und hatte einen herrlichen Geschmack nach weihnachtlichen Gewürzen. Obendrauf war ein weißer Zukkerguß, der bei feuchtem Wetter manchmal schmolz.

Viele Jahre sind seitdem ins Land gegangen. In dieser Zeit war aus dem kleinen Mädchen eine junge Frau geworden, die geheiratet hatte. Da ihr Mann anderswo Arbeit fand, mußte sie ihre Heimat verlassen und in eine größere Stadt umziehen. Sie hatte selbst nun ein Kind, das ungefähr so alt war, wie sie damals, als sie immer zum Bauernhof Milch holen ging.

Immer, wenn die Weihnachtszeit nahte, holte sie ihr Kindertraum ein. Sie schaute in die Auslagen der Bäckereien, ob schon ein Hutzelbrot zum Kauf angeboten wurde. Wenn eines dann so aussah, wie das Hutzelbrot, das die alte Bäuerin gebacken hatte, wurde sie wie ein Magnet angezogen und kaufte ein solches.
Aber meistens war sie beim Essen etwas enttäuscht, da es immer anders schmeckte als das Hutzelbrot, das sie aus ihrer Kindheit in Erinnerung hatte. So sammelte sie Rezepte über Hutzelbrote und probierte immer wieder ein anderes aus. Aber so sehr sie sich auch bemühte – den Geschmack von damals brachte sie nicht hin.

Eines Tages erzählte die Frau ihrem Mann von ihrer kindlichen Sehnsucht und davon, daß sich diese wohl nicht erfüllen ließ. Da kam dem Mann eine gute Idee: Er lud seine Familie ins Auto und fuhr in die Heimat der Frau.

Die alte Bäuerin war inzwischen gestorben, und die junge Bäuerin hatte das Brotbacken wegen der vielen Arbeit, die es gab, gänzlich aufgegeben, wie sie sagte. So wußte sie auf Anhieb nicht, ob denn ein Rezept für das Hutzelbrot ihrer Schwiegermutter überhaupt existierte, als die Frau bei ihr deswegen nachfragte.

Aber die Bäuerin konnte den Wunsch der Frau verstehen, hatte sie doch selbst das Hutzelbrot ihrer Schwiegermutter immer sehr geschätzt. So wurde gesucht und jedes greifbare Kochbuch durchgeblättert. Nach einigem Suchen fand dann die Bäuerin in einem alten Kochbuch einen handgeschriebenen Zettel, auf dem genau die Zutaten für ein Hutzelbrot angegeben waren. Zwar waren das Mengen für etwa acht Brote auf einen Schlag – aber das war das kleinste Problem! Alle freuten sich, daß sie das Rezept gefunden hatten, und auch die Bäuerin nahm sich vor, das Hutzelbrotbakken doch einmal selbst auszuprobieren.

Am dritten Adventssonntag saß nun die junge Familie beim Schein der brennenden drei Kerzen des Adventskranzes zusammen. Da brachte die Frau ganz stolz ihr, nach dem alten Rezept, selbstgebackenes Hutzelbrot herein. Es wurde feierlich angeschnitten. Dann kam der große Augenblick, in dem sich herausstellen würde, ob das Hutzelbrot auch so schmeckte, wie es die Frau in ihrer Erinnerung hatte. Und siehe da, es schmeckte genauso wie in ihrer Kinderzeit, und die Augen der Frau glänzten. Auch den anderen Familienmitgliedern mundete das Hutzelbrot heuer ganz besonders. – Es war auch mit viel Sehnsucht und Liebe gebacken worden.

Es weihnachtet sehr

Die Christbäume werden in den Wäldern geschlagen,
die Zutaten für das Weihnachtsgebäck heimgetragen,
denn das Weihnachtsfest naht, steht bald vor der Tür!
Macht Euere Herzen weit! Öffnet Euch wirklich dafür!

In der üblichen Hektik unserer vorweihnachtlichen Zeit
ist oft gerade der Weg zum eigenen Herzen recht weit.
Durch all' die Arbeit kommt man kaum zum Nachdenken,
geschweige denn dazu, den Blick nach innen zu lenken.

Es bedarf dann ein Abgrenzen durch ein klares „Nein“,
um inmitten der Hektik tatsächlich zu finden das „Sein“.
Gerade das ist aber Bedingung für Weihnachten in uns,
nicht das geschmückte Haus, Lebkuchen und Punsch.

Leider ist es uns nicht möglich, die Krippe zu finden,
wenn wir unser Denken nur an Äußerlichkeiten binden.
Weihnachten findet nur ganz tief in uns Menschen statt,
wenn es im Herzen einen Platz für Christi Geburt hat.

Elisabeth Susanne Stahl

Der Weihnachtsbaum

Als wir, wie jedes Jahr, den Weihnachtsbaum aufstellen wollten, kam es in üblicher Weise zum Eklat. Es hatte den Anschein, als wäre, wie alle die Jahre vorher, eigentlich nichts passiert, nur daß es wieder, wie immer, zu unseren endlosen Streitereien um den Weihnachtsbaum kam, ob und wo und wie und wer den Weihnachtsbaum aufzustellen hat. Wie jedes Jahr wurde sich darüber gestritten – es gehörten diese Streitereien ganz einfach bereits zum weihnachtlichen Tun. Die Angelegenheit Weihnachtsbaum allein war bereits ein Thema für sich. Es war nämlich, wie jedes Jahr, die Frage, welcher Weihnachtsbaum es denn sein sollte, eine Blautanne, eine Fichte oder eine Kiefer. Die nächste Frage betraf die Höhe des Baumes. Mein Vater entschied sich grundsätzlich für einen größeren Baum, um dann, wie immer und ebenso grundsätzlich, die Spitzen herauszuschneiden. Meine Mutter hatte die Ansicht vertreten, daß ein kleinerer Baum doch ausreichen könnte, und meinte eine Kiefer oder eine kleine Edeltanne. Es war nicht herauszufinden, warum sich beide diese Zwistigkeiten nicht ersparten, um endlich einzusehen, daß ganz einfach ein Weihnachtsbaum zu kaufen war, welcher auch immer. Der nächste Streitpunkt war der Weihnachtsschmuck. Es war die Frage, ob es ein roter, goldener, silberner, grüner, weißer oder einfach ein bunter Weihnachtsbaum werden sollte. Aber auch diese Frage entschied sich wie von selbst, nämlich mit dem Hervorholen des Weihnachtsschmuckes und dem Schmücken des Baumes. So würde es, wenn wir uns nicht immer anders entscheiden würden, ein bunter Weihnachtsbaum. Jedes Jahr kam etwas zu dem Weihnachtsschmuck dazu. Es entstand jedes Jahr ein neuer Baum, und jedes Jahr sah unser Weihnachtsbaum immer wieder anders aus. Dieses Jahr entschieden wir uns für einen roten Weihnachtsbaum.

Endlich auch hatte meine Mutter aufgehört, gegen Schleifen und Bänder im Baum zu protestieren, sodaß dieses Jahr auch rote Schleifen hinzukamen und sogar auch eine rote Samtschleife, die wir in den Baum banden. Wir holten rote Weihnachtskugeln vom Dachboden, um unseren Weihnachtsbaum damit zu schmücken. Und kleine rote Weihnachtsengel wurden angebracht. Wir entschieden uns, daß bei einem roten Weihnachtsbaum das Lametta nicht fehlen dürfe. Und eine rote Baumspitze fanden wir auch noch und brachten sie an dem Weihnachtsbaum an. Der Streitpunkt „Weihnachtsbaum und Christkindfrage" war allerdings damit noch nicht beendet. Es war auch noch zu entscheiden, was gegessen und welcher Wein getrunken werden sollte. Wir freuten uns immer sehr auf Weihnachten und ließen uns durch die Streitereien unserer Eltern nicht stören. Ich überlegte mir, wieviele Weihnachtsbäume man in seinem Leben schmückt. Ja, nun also vierzig Stück ja mindestens, wenn nicht sechzig oder siebzig. Vierzig bis siebzig Weihnachtsbäume, das ist allerdings soviel auch wieder nicht. Man könnte ja Weihnachtsbaumverkäufer werden. Unser Weihnachtsbaum nickte mir immer zu, unterhielt sich ein bißchen mit mir und winkte mir mit seinen geschmückten Zweigen nach. Der nächste Streitpunkt war, wann die Bescherung stattfinden sollte – ob noch am Nachmittag oder eher gegen Abend oder gar morgens in der Früh. Wir entschieden uns zumeist für den frühen Abend. Vielleicht waren uns der Nachmittag und der Morgen einfach zu kalt. Entscheidend war allerdings auch, wann der Weihnachtsbaum geschmückt werden sollte und wie lange das Schmücken des Weihnachtsbaumes dauern würde. Wir fingen am Vormittag bereits an, nach dem vorweihnachtlichen Frühstück, das immer länger dauerte. Der Weihnachtsbaum wurde anschließend aus der Garage geholt und im Wohnzimmer aufgestellt. Ich freute mich bereits auf das Schmücken des Baumes, wofür wir die Weihnachtskugeln vom Dachboden holten. Den Streitpunkt über die Höhe des Baumes und darüber, was herausgeschnitten werden sollte, überließ ich großzügig meinem Vater und meinem Bruder. Bis der Weihnachtsbaum also aufgestellt war, dauerte es etwas länger. Meine Mutter hängte am Vormittag noch kleine Engelsfiguren in die Fenster. Für den morgigen Tag wurde, wie jedes Jahr auch, Besuch erwartet.

Die Telefonate am Abend mit den Weihnachtsgrüßen waren ebenfalls zu überlegen. Wer wohl anrufen würde, und wer geschrieben hatte? Weihnachtspost war auch gekommen, mehrere Pakete und einige Briefe. So wurde unser Haus langsam weihnachtlich. Inzwischen waren wir überein gekommen, den Weihnachtsbaum so zu belassen, wie er gewachsen war. Die einzige Frage, die sich noch stellte, war, ob er wohl ins Wohnzimmer ginge. Wir hatten uns dieses Jahr für einen größeren Weihnachtsbaum entschieden. Aber auch das klappte – trotz der Größe des Baumes. Er wurde in den Christbaumständer gestellt. Und wir konnten mit dem Schmücken des Baumes beginnen. Wegen der Nadeln mußte allerdings zunächst noch staubgesaugt werden. Wir freuten uns auf die Bescherung und hörten beim Schmücken des Weihnachtsbaumes immer Musik. Klassische Musik, aber ebenso alte Schlager und Jazz und was uns sonst so gefiel. Dieses Jahr kamen in den Weihnachtsbaum auch Lebkuchen aus Nürnberg. Mit einer Gießkanne füllten wir das nötige Wasser in den Christbaumständer und betrachteten das erste Mal unser Werk. Ein herrlicher Weihnachtsbaum, nun doch und wie fast immer, in unserem Wohnzimmer, ein herrlicher Weihnachtsbaum, dessen Spitze die Zimmerdecke fast streifte. Unser Streitpunkt rückte näher: Die Baumspitze müßte wieder herausgeschnitten werden. Und die Frage war, um wieviel, und somit ging es uns, wie üblich, um die Größe des Baumes. Wir steckten eine rote Christbaumspitze auf den Baum und begannen so langsam das eigentliche Schmücken des Weihnachtsbaumes. Wir holten die roten Christbaumkugeln hervor, da es ja dieses Jahr ein roter Weihnachtsbaum werden sollte. Meine Mutter steuerte noch kleine, rote und goldene Engelsköpfchen bei, die man ebenfalls in den Christbaum hängen konnte. Es schneite ein wenig. Vor dem Fenster fielen die ersten Schneeflocken. Es könnte ein Schneetreiben geben. Wollten wir noch zur Christmesse am Nachmittag in die Kirche, müßten wir uns auf Kälte und Schnee einstellen.
Aber wir entschieden uns anders. Wir betrachteten nochmals unseren herrlichen Weihnachtsbaum und überlegten, wie denn dessen weitere Ausstattung vor sich ginge. Weiße, silberne und goldene Christbaumkugeln hatten wir auch. Unser Weihnachtsbaum gefiel uns sehr.

Nachdem er nun festlich geschmückt im Wohnzimmer stand, auch eine Krippe fehlte nicht, könnte die Bescherung beginnen. Wir holten unsere Päckchen und Geschenke, die wir füreinander hatten, und auch die Pakete und Briefe, die für uns gekommen waren, und legten sie unter den Weihnachtsbaum. Die Bescherung konnte beginnen. Anschließend gingen wir noch ein bißchen spazieren. Unser Weihnachtsbaum im Wohnzimmer streckte sich ein wenig und besah sich seine Umgebung. Wir hatten ihn wirklich sehr schön geschmückt. Der Weihnachtsbaum bemerkte die wohlige Wärme, und auch unser Wohnzimmer war ihm wohl nicht unrecht. Und somit begann unser Weihnachtsbaum zu träumen. Er träumte lange und viel. Solange, wie wir fort waren. Er träumte von den Wäldern, aus denen er kam und in denen er als winziger Tannenbaum aufgewachsen war. Er träumte von spielenden Kindern, die sich um den Weihnachtsbaum versammelt hatten. Und er träumte von den Weihnachtsfesten in unserem Wohnzimmer. Er verströmte noch die Erinnerung an den Herbst und den winterlichen Wald. Vielleicht können Weihnachtsbäume auch zaubern und kennen die Wünsche der Kinder und Erwachsenen sehr gut. Der Weihnachtsbaum hat also auch einen Zauberstab, mit dem er zu träumen versteht und seine Umgebung verwandeln kann. Wenn ein Weihnachtsbaum träumt, nimmt er hin und wieder die Haltung der Menschen an. Dann erscheinen seine Zweige wie Arme, und der Weihnachtsbaum selbst vielleicht wie ein Gesicht, das Gefühle ausdrückt. Weihnachtsbäume, die wie im Märchen träumen, müssen ja heutzutage entsorgt werden, aber es gibt noch hin und wieder ein paar echte Weihnachtsbäume, die träumen und zaubern können. Nur sind sie eben selten geworden.

Claudia Trapka

Weihnachten im Krankenhaus

für Klaus

Manchmal wünschen wir uns, wir hätten bestimmte Dinge anders gemacht. Oder wir hätten uns mit jemandem nicht gestritten. Genauso eine Situation erlebte ich zu einem Weihnachtsfest.
Ich bereitete alles für das Festmahl vor, welches eigentlich an jenem Heiligen Abend stattfinden sollte.
Üblicherweise gab es bei uns erst am ersten Feiertag einen wunderschönen Gänsebraten. Doch in diesem Jahr hatte sich mein Paps das Festmahl bereits am Heiligen Abend gewünscht, und ich wollte ihm diesen Wunsch erfüllen. Er liebte meinen Gänsebraten.
Er sagte immer, ich kann so etwas besser kochen als meine Mutter. Er liebte das Essen meiner Mutter auch, doch ich wusste, solch außergewöhnlichen Aufwand betrieb meine Mutter in der Regel nur ungern. Wenn es etwas Besonderes zum Mittag geben sollte, luden sie sich immer gern bei mir ein.
Der Braten war schon im Ofen, der Rotkohl köchelte fröhlich vor sich hin, und die Kartoffeln kochten bereits, als das Telefon klingelte.
Ich hüpfte freudig zum Apparat und trällerte hinein: „Frohe Weihnachten, ich dachte, Ihr seid schon auf dem Weg hierher?"
Was ich dann hörte, ließ mich erstarren. „Mach den Herd aus. Wir kommen nicht zum Essen." Die Stimme meiner Mutter klang verzweifelt.
Ich spürte sofort, da stimmte etwas ganz gewaltig nicht.
„Was ist los?", wollte ich wissen. „Das erzähle ich dir, wenn du hier bist. Mach alles aus und komm ins Krankenhaus. Ich warte unten am Empfang auf dich."
Schon hatte sie aufgelegt. Zeit, irgendetwas zu fragen, hatte ich nicht.
Ich machte alles aus, wohlwissend, dass das Weihnachtsessen gelaufen war, und wetzte zum Auto. Schneller als erlaubt, fuhr ich zum Krankenhaus.

Kaum hatte ich mein Auto abgeschlossen, sprintete ich auch schon Richtung Empfang. Dort stand sie, meine Mutter, bereits teilweise in weihnachtlichem Gewand. Sie schien ihre Prozedur abgebrochen zu haben. Kaum dass sie mich schon hören konnte, fragte ich: „Wo ist Paps?“ Sie fing sofort an zu weinen. „Mama“, sagte ich ungeduldig, inzwischen direkt bei ihr stehend, „was ist los? Was ist passiert?“ Doch mir schwante nichts Gutes. Meine Mutter blickte mich durch ihre Brille an und flüsterte so etwas wie: „Im Moment untersuchen sie ihn gerade. Aber er konnte sich plötzlich nicht mehr bewegen und hatte fürchterliche Schmerzen.“ „Dann lass uns vor das Untersuchungszimmer gehen.“ Schon zottelte ich sie in eine Richtung, ohne recht zu wissen, wo ich hin musste.

Nach wenigen Minuten hatte meine Mutter sich wieder einigermaßen gefangen und führte mich zum richtigen Zimmer. Dort, vor der Tür, erzählte sie mir dann in aller Ruhe, aber unter Tränen, was sich genau zugetragen hatte.

Paps hatte plötzlich geschrien, und es hatte gerumpelt. Sie war aus dem Bad gerannt und hatte ihn im Wohnzimmer vor seinem Platz liegen sehen. Er war zwar bei Bewusstsein, konnte sich aber nicht einen Millimeter bewegen, und sein Gesicht war schmerzverzerrt. (Mein Paps mit schmerzverzerrtem Gesicht? Das konnte ich mir gar nicht vorstellen. Gewöhnlich zuckte er mit keiner Mine, wenn es ihm nicht so gut ging.)

Sie hatte die Feuerwehr gerufen und war mit ihnen hierher gefahren.

Sie meinte: „Wir müssen nachher sehen, wie wir heim kommen.“

Keine Frage, ich würde sie bringen. Zumal ich nach den Erzählungen davon ausging, dass wir noch ein paar Sachen holen mussten und Paps nicht mitnehmen konnten.

Den Weihnachtsbraten würde ich nachher einfrieren müssen.

Einige Zeit später saßen wir gemeinsam im Warteraum und hofften auf positive Nachrichten.

Endlich kam ein Arzt: „Sie können jetzt zu ihm. Aber bitte nur fünf Minuten, und bitte regen Sie ihn nicht auf. Wenn er die nächsten 48 Stunden überlebt, dann ist er erst einmal über den Berg.“ Ich schaute den Arzt an und fragte: „Dann liegt er jetzt auf der Intensivstation?“

Der Arzt nickte nur müde. Und seine Augen verrieten mir, dass er nur wenig Hoffnung hatte. Doch er sprach es, meiner Mutter und mir zuliebe, nicht aus.
‚Und das am Heiligen Abend', dachte ich nur.
Mit den Intensivkitteln bekleidet, gingen wir leise und vorsichtig in Paps' Zimmer.
Ein Häufchen Elend lag da. Mit Kabeln und Schläuchen versehen, suchte er unsere Blicke. Als er uns gefunden hatte, schloss er seine Augen wieder.
Es ging ihm überhaupt nicht gut. „Paps, haben sie dir gesagt, was du hast?" Müde nickte er traurig. Ganz leise flüsterte er: „Ich habe mein Leben lang zu ungesund gelebt und muss jetzt wohl die Rechnung dafür zahlen."
„Paps, nicht reden, wir sind ja bei dir. Mama und ich dürfen dich im Moment nur fünf Minuten besuchen, aber einer von uns wird die ganze Nacht hier bei dir im Krankenhaus bleiben." Und meine Mutter fügte hinzu: „Du musst schnell wieder gesund werden, hörst du? Wir wollen doch alle gemeinsam noch Gänsebraten essen."
Doch das hat Paps nicht mehr gehört. Er war eingeschlafen. Die Medikamente hatten ihn wohl soweit beruhigt, dass er ohne Schmerzen schlafen konnte.
Ich fuhr rasch nach Hause. Inzwischen waren die Gans und der Rotkohl abgekühlt, und ich konnte beides einfrieren. Dann kochte ich uns noch einen wunderschönen Jasmintee. In anderen Situationen hatte er mir oft geholfen, zur Ruhe zu kommen.
Mit einer Thermoskanne Tee und ein paar Brötchen von einer Tankstelle kehrte ich ins Krankenhaus zurück.
Sowohl meine Mutter als auch ich aßen mit wenig Appetit. Wir schliefen in dieser Nacht nicht und tigerten im Warteraum abwechselnd auf und ab.
Es wurde Morgen. Ein Arzt lief an uns vorüber. Dann kam eine Schwester zu uns. „Er ist wieder aufgewacht, möchten Sie zu ihm?"
Wie aus einem Munde erwiderten wir: „Natürlich." Und schlichen uns wieder in das Zimmer.
Paps lag da, leicht erhöht, und sah sehr matt aus, aber er bemühte sich zu lächeln: „Frohe Weihnachten." „Frohe Weihnachten, Paps." Ich lächelte wehmütig zurück.

„Was machst du nur für Sachen?“ Er schaute mich fragend an. „Ach Paps, du hättest mir doch einfach sagen können, dass du den Braten doch nicht am Heiligen Abend möchtest. Dafür hättest du nicht umkippen müssen.“ Ich versuchte, zu scherzen, aber es gelang mir nicht so recht. Seine Hand umfasste die meine, und er sah mich flehend an. „Kleines“, wie ich diese Anrede hasste, „ich habe mich so auf den Braten gefreut.“ Dann wirkte er plötzlich wieder fürchterlich traurig und müde. Mama nahm seine andere Hand und sagte: „Schlaf ruhig, Schatz. Wir sind hier.“ Es dauerte nicht lange, und er war wieder eingeschlafen. Doch wir blieben beide bei ihm sitzen.
Wir verbrachten die Weihnachtstage im Krankenhaus. Die Ärzte erlaubten mir, Paps ein Stück von dem Gänsebraten zu bringen.
Paps war nicht mehr der Alte. Er wirkte müde, und seine Haut war blass. Seine gesamte Statur erweckte bei mir den Eindruck, es könnte sein letztes Weihnachtsfest gewesen sein.
Entsprechend war meine Stimmung. Ich konnte kaum lachen. Trotzdem bemühte ich mich darum und holte sogar einen CD-Player. Mit ihm ließ ich Weihnachtslieder laufen.
Paps bemühte sich ebenfalls um gute Laune. Die Einzige, die wirklich gute Laune zu haben schien, war meine Mutter. Sie wirkte so, als würde sie nicht bemerken, dass Paps und ich nur spielten und wir eher nachdenklich waren. Aber wir sagten nichts und versuchten, es ihr gleich zu tun. Zumal ich vermutete, dass auch sie das doch nur spielte.

Nach diesem Erlebnis war nichts mehr so, wie es vorher war. Wir bangten darum, dass er wieder gesund würde.

Es dauerte auch eine ganze Weile, bis Paps wieder einigermaßen fit war. Wir halfen ihm, seine Lebensweise zu ändern. Er hörte auf, zu rauchen, fing an, Sport zu treiben, und ernährte sich um einiges gesünder. Wir sind alle froh, dass er noch bei uns ist.

Ich wünsche allen kranken Menschen eine gute Besserung und uns allen ein gesegnetes friedvolles Weihnachtsfest.

Adelheid Weigl-Gosse

Fürs Fest etwas ganz Besonderes

„… und jetzt du, Oma!" – „Ach, Gott", seufzte sie.
„Du weißt doch bestimmt auch eine Weihnachtsgeschichte", drängte die Enkeltochter. „Sie weiß sogar eine ganz besondere!", stachelte die Mutter an und machte ein geheimnisvolles Zeichen, das aussah, als ob sie die Mondsichel nachzeichnen würde. Die Oma schaute ein Weilchen vor sich hin. „Das war halt noch eine ganz andere Zeit", fing sie an. „Das war noch, bevor das Milchauto ins Dorf kam, um die Milch abzuholen, als die Bauern ihre Milch noch mit Handkarren oder auf der Kraxe zur Sennerei brachten …" Oma machte eine Pause. Sie sah diese Zeit vor sich, als sie hinzufügte: „… jeden Tag. Und in der Sennerei wurde auf der schwarzen Tafel aufgeschrieben, wie viel jeder abgegeben hat, ganz öffentlich. Da hat sich keiner etwas dabei gedacht."
„Oma, eine Weihnachtsgeschichte!", mahnte die Enkelin.
„Ja. Damals war ich gerade noch nicht in der Schule. Ich hatte Glück als jüngstes Kind. Die älteren Kinder mussten schon fleißig mithelfen in der Küche, beim Kochen und Abwasch, im Stall und bei der schweren Feldarbeit. Wäre ich das älteste Kind gewesen, hätte ich auch mit fünf und sechs Jahren schon ganz anders mit zupacken müssen. So aber traf es die anderen. Ich war eigentlich nur für zwei Sachen zuständig: Im Sommer ließ ich die Kühe auf die Weide und am Abend trieb ich sie wieder heim. Das war keine große Sache, die paar Meter. Der Stock, den ich hatte, war ein gerade gewachsener Haselstock. Eine Handbreit hatte ich selber mit dem Messer abgeschabt. Auf den Stock, der fast so lang war wie ich damals, war ich stolz. Ich glaube, die Kühe hatten keinen Respekt vor mir, wohl aber vor dem Stock. Wenn die Kühe auf der Weide waren, machte ich hinter ihnen das Tor wieder zu. Sie kamen und gingen von ganz alleine."
„Gehört das zur Weihnachtserzählung?", fragte Katja, die Enkeltochter.
„Ja", antwortete die Mutter an Stelle der Oma, „hör einfach zu."

„Also, ich brachte die Kühe zur Weide und holte sie, und gelegentlich trug ich etwas zur Nachbarin oder borgte etwas von ihr. Ein Scheffel Mehl oder Eier. Die Nachbarn hatten nicht so viele Kinder wie wir. Da wurde es dann manchmal eng mit der Arbeit, gerade im Sommer. Dann musste ich nicht nur unsere Kühe auf die Weide lassen, sondern auch die von der Resi-Nachbarin. Das ging genauso gut, und ich war stolz, dass ich das machen durfte. Ja, und dann kam Weihnachten. Die Mutter war fertig und hatte schon die Schürze abgelegt; das war das Zeichen, dass es jetzt gleich anging. Da hat sie noch zu mir gesagt: „Marili, geh noch schnell zur Resi rüber; die wollte dir noch was geben."
Ich nichts wie raus. Ein Weihnachtsgeschenk von der Nachbarin! Als ich rüberlief, malte ich mir aus, was das sein könnte. Zu Weihnachten gab es bei uns nie etwas. Die Christmesse war die schönste Bescherung – und halt die Plätzchen, der Stollen und das Kletznbrot. Wenn es etwas gab, dann an Nikolaus. Da bekamen wir einen Apfel. Das war was! Die Äpfel waren im Keller eingelagert. Mit der Zeit wurden sie runzlig und unansehnlich. Die schönsten gab es dann an Nikolaus, für jedes Kind einen. Ich stellte mir vor, ich würde so einen schönen Apfel kriegen. Den würde ich dann daheim im Schlafzimmer auf den Schrank legen. Ich lag im Stockbett oben. Die Elisabeth war drunter. Und dann könnte ich den Apfel anschauen und hätte eine Freude dran. Und so nach einer Woche würde ich ihn essen, vielleicht draußen im Heu mit dem Nachbarskind zusammen. Sowas in der Art stellte ich mir vor; oder vielleicht eine Handvoll Nüsse. Viele Bauern hatten damals einen Nussbaum im Garten. Wenn die Nüsse recht eingelagert waren, dann waren sie gut und machten richtig satt. Das galt etwas! Ja. Auf mehr kam ich nicht und freute mich auch so genug. Ich ging also rüber und überlegte: ‚Was sage ich, wenn ich die Bäuerin sehe?' Ich war ja noch klein. Aber das war gar nicht schlimm. Als ich die Tür aufmachte – bei uns auf dem Land sind die Türen den ganzen Tag nicht abgesperrt gewesen –, stand die Resi schon im Flur, sah mich an und sagte ganz freundlich: „Du bekommst noch etwas von uns."
Ich sagte nichts. Ich stand bloß da mit großen Augen und wartete, was kommt. Die Nachbarin ging in die Küche und holte etwas, ließ es aber noch hinter ihrem Rücken versteckt.

Ich stieg von einem Fuß auf den anderen, weil ich doch so gespannt war. Naja, und dann, dann holte sie das Stück hervor. Das war etwas wie eine Gurke, aber keine Gurke, wie es sich gehört. Ich wusste doch, wie Mutters Salatgurke ausschaute und was schöne Essiggurken waren. Grün und krumm. Also, krumm war es schon, etwas kleiner als unsere Salatgurken und ein bisschen größer als die Essiggurken. Aber ihre Gurke war nicht grün, sondern goldgelb! Das war was! Das hätte ich der Resi nicht zugetraut, dass sie mir am Heiligen Abend eine alte Gurke andreht. Aus der Traum vom schönen Apfel oder von einer Hand voll Nüsse. Die Resi drückte mir das Ding in die Hand und fragte noch: „Und jetzt, was sagt man da?" Und ich wie eine aufgezogene Spieluhr: „Dankschön" – und weg war ich. Die blöde Gurke war aber noch nicht einmal schmierig oder weich. Das wunderte mich noch. Aber der Mama wollte ich das Ding nicht zeigen. Das weiß ich noch wie heute: Es hatte keinen Schnee. Ich schaute mich um, wohin damit? Als ich um die Ecke war, war da der Misthaufen. Ich nahm die Mistgabel, hob den Dreck ein wenig auf – und weg war sie, die alte blöde Gurke. Dann war ich rein. Stand da natürlich gleich meine Mutter. „Na, was hast du denn bekommen", fragte sie – und eine Mutter sieht und spürt ja gleich immer alles ...

„Ja, Marili, was ist denn los?" Da habe ich losgeweint: „Eine alte Gurke habe ich bekommen." Die Mutter schaute mich an und fragte mich: „Ja, und wie schaut die aus?" „Kleiner als eine große und größer als eine kleine", sagte ich. „Und wo ist die jetzt", fragte mich meine Mutter. „Ich hab sie im Mist vergraben." Jetzt war es gesagt, und mir war schon leichter.

„Marili", sagte da meine Mutter, „du hast etwas ganz selten Feines bekommen. Das war keine Gurke, das war etwas ganz vornehmes, eine Südfrucht, weißt du, die kommt aus dem Süden, von drunten aus Italien oder von weiter her aus Afrika, wo die Leute schwarz sind wie die Nacht, richtige Neger, wie der Mohr vom Struwwelpeter. Kind, das war eine Banane. Resi war doch letzte Woche auf dem Markt in der Stadt. Da hat es so etwas gegeben. Man hat ihr gesagt, dass das gut ist und süß schmeckt. Und sie hat es ausprobiert, hat für die eigene Familie einen Büschel Bananen eingekauft und hat sie mir gezeigt, weil doch Weihnachten ist, fürs Fest etwas ganz etwas Besonderes."

Hans Werner

Das wundersame Kettchen

Kilian ging an der Auslage des Schmuckgeschäftes vorbei, ohne hinzuschauen. Gerade kam er vom Orthopäden. Bei diesem war er in Behandlung wegen einer Verstauchung und Zerrung am rechten Bein, die er sich im Wald zugezogen hatte. Er war nämlich Waldarbeiter, und diese Arbeit begann ihn mit seinen fünfzig Jahren langsam anzustrengen. Ja früher, da hatte er Bärenkräfte, im Tragen schwerer Holzstämme konnte er es mit allen aufnehmen. Auf den Forstämtern war er gut angeschrieben, denn man konnte ihn da einsetzen, wo rohe Kräfte gefragt waren. Nun fühlte er, dass er von der schweren Arbeit langsam verbraucht war und nicht mehr so zupacken konnte wie früher. Mühsam schleppte er sich vorwärts, das verstauchte Bein schmerzte ihn, nur wenig hatte die Behandlung geholfen. Aber etwas zwang ihn umzukehren. Hätte ein hypnotischer Blick durch seinen Nacken hindurch seine Seele beherrschen können, bohrender hätte er wohl den Zwang nicht empfunden, diesen Zwang, sich umzudrehen und wieder zur Auslage des Schmuckgeschäftes zurückzugehen.

Da lag etwas unter der Vitrine und leuchtete, sandte ein mildes, blaues Licht aus, das sich im spiegelnden Glas mit den schräg einfallenden Sonnenstrahlen verfing und dabei glitzerte und funkelte. Es war ein kleines, goldenes Kettchen, mit einem blauen Stein, kaum größer als zwei Millimeter im Durchmesser, aber so sorgsam eingefasst, als hätte ein Goldschmied dabei seine ganze Kunst aufgeboten. Und dieser Stein leuchtete, strahlte, blitzte, funkelte, glitzerte und blendete jeden Blick, den sein Licht getroffen hatte. Sein Blau sprang Kilian in die Augen, er konnte sich nicht davon lösen. Fieberhaft suchte er nach dem Preisschild.

Kilian war arm, jeden Pfennig musste er umdrehen. Seine Frau hatte ihm schon längst zum Vorwurf gemacht, es beruflich nicht weiter gebracht zu haben als bis zum gewöhnlichen Waldarbeiter. Das monatliche Geld reichte gerade, um den täglichen Bedarf zu decken. Vor zwanzig Jahren hatten sie geheiratet. Seine Frau Carla

hatte ihn damals leidenschaftlich begehrt, denn er war wegen seiner kräftigen Gestalt durchaus vorzeigbar, sozusagen ein männliches Idealbild wie aus dem Werbeprospekt eines Bodybuildcenters. Und wenn er sommers aus dem Freibad stieg, dann glänzten seine Muskelpakete in der Sonne. Auch auf dem Tanzboden machte er damals eine gute Figur. Zwar beherrschte er nur die einfachsten Schritte – kompliziertere Figuren überstiegen sein Vorstellungsvermögen –, aber die legte er flott aufs Parkett. Dabei hielt er seine Carla mit starken Armen umfasst, und sie schmiegte sich an seine kräftige Brust. Nach Jahresfrist hatte sie ihm einen Sohn geboren, Felix nannte sie ihn. Bei der Namensfindung war schon damals sein Urteil nicht gefragt. Denn alles Poetische, Geistige ging nicht in sein Fach. Und wie dann der Sohn allmählich zu einem ebenfalls hübschen und auch noch intelligenten Knaben heranwuchs, da sank gleichermaßen Carlas Achtung vor ihrem Mann.
Das Unglück wollte es zudem, dass sich in jener Zeit auch bei der Waldarbeit einige Unfälle ereigneten, zwar keine dramatischen Sachen, aber doch Missgeschicke mit hartnäckigen Folgen. Einmal war ihm die Motorsäge aus der Hand gerutscht und hatte ihn bös ans Knie geschlagen, so dass er lange Zeit hinkte. Dann war beim Fällen einer noch jungen, aber kranken Fichte ein Ast zurückgeschnellt und hatte ihn so schlimm an der Schulter getroffen, dass sein rechter Arm halb auskugelte und er lange einen Verband tragen musste. Mit diesen Ereignissen schwächte sich auch zusehends sein Ruf als unübertrefflicher Herkules. Sein Profil bekam Risse. Das merkte er auch, wenn zur Vesperzeit seine Kumpels beisammen saßen und diskutierten. Während früher alle andächtig schwiegen, wenn er nur den Mund aufmachte und seine Meinung äußerte, so hatte er nun Mühe, überhaupt erst zu Wort zu kommen. Die andern redeten einfach weiter, wenn er etwas sagen wollte. Dann verspürte er ein Würgen im Hals.
Seine Frau liebte er indessen immer mehr, je stärker ihre Zuneigung zu ihm abnahm. Es schien, als entwickle sich in ihm, mit schwindendem Ansehen und nachlassender Körperkraft, eine Zartheit der Seele, die ihm vorher in dieser Art völlig fremd gewesen war. Manchmal wollte er abends, wenn er mit Carla beim Nachtessen zusammensaß, einige einfühlsame Worte wechseln, über den Tagesverlauf, über die Planungen der kommenden Tage,

auch über das Leben ganz im allgemeinen, schlichte Betrachtungen, die ihm sein ungebildeter Verstand gerade eingab. Dann sah sie ihn an, süßsauer lächelnd, und meinte, es wäre nun wohl an der Zeit, die Fernsehserie einzuschalten, die seit einigen Tagen lief und der sie voller Begeisterung zusprach. Wenn sie sich dann nach einigen Stunden Flimmerkiste betäubt aus den Sesseln erhoben und das Bett aufsuchten, dann fiel sie augenblicklich in Schlaf, während er meist noch längere Zeit wach dalag und über sich und sein Leben nachdachte.

Immer noch stand er dort, vor der Auslage des Schmuckgeschäftes, und schaute aufs Preisschild. 149 DM waren nicht viel für dieses Kettchen. Es sah bei Gott viel kostbarer aus, es machte, wie man so schön sagte, etwas her. Diesen Schmuck hätte sogar ein Vornehmer seiner Herzensdame verehren können. Kilian begann zu rechnen. Er erinnerte sich, dass er auf seinem geheimen Sparbuch, das er über alle Jahre hinweg für sich angelegt und vor seiner Frau mit Erfolg verheimlicht hatte, noch eine Summe stehen hatte, die ungefähr gerade soviel betrug, wie das Kettchen kostete. Die Sonnenstrahlen fielen schräg durch das Schaufenster auf den blauen Stein und ließen sein mildes Licht erglänzen. Und dieses Licht schien auf Kilian eine seltsame Wirkung auszuüben. Plötzlich konnte er nicht mehr anders, er musste, wie von einem Zwang getrieben, zur Bank gehen, die nur wenige Schritte entfernt eine kleine Zweigstelle hatte. Dort verlangte er die Auszahlung seiner Barschaft. Der Schalterbeamte sah ihn zunächst misstrauisch an, ließ sich die Kontonummer des Sparbuches zweimal sagen, die Kilian seit Jahren auswendig wusste. Dann erst, nach prüfendem Blick in den Computerbildschirm, war er bereit, die 155 DM auszuzahlen, die Kilian angespart hatte. Kilian nahm das Geld in Empfang, betrachtete dabei sorgfältig Scheine und Münzen und verstaute sie in seinem ranzigen Geldbeutel.

Kurz darauf hatte er das Kettchen erstanden und weihnachtlich einpacken lassen. Am Christtag wurde, wie jedes Jahr, der Baum aufgestellt. Hier konnte sich Kilian nützlich machen. Aus seinem Revier durfte er sich eine hübsche Weißtanne schlagen, die er zuvor mit Kennerblick ausgesucht hatte. Carla war mit dem Baum recht zufrieden und lächelte ihrem Mann anerkennend zu, was dieser in sich aufnahm wie eine selten gewordene Labung der Seele. Der Baum wurde schön geschmückt, einige Päckchen kamen drunter zu liegen, die meisten für Felix, einige für die wenigen Verwandten, die an den Feiertagen kommen würden, zwei verheiratete Schwestern Carlas, und auch ein Päckchen für Kilian. In diesem befand sich ein neuer Rasierpinsel, den er dringend benötigte, nachdem der alte seine letzten Haare eingebüßt hatte. Aber auch ein Päckchen war darunter, auf das Kilian alle seine Hoffnungen setzte, nämlich das kleine Schmuckkästchen mit der Kette und dem blauen Stein.

Wie nun am Heiligen Abend, nach dem obligatorischen „Stille Nacht", die Bescherung in vollem Gange war, da staunte Carla nicht schlecht, als sie ihr Päckchen aufmachte.

„Schau, Carla, das ist für dich", sagte Kilian mit leiser, fast brechender Stimme und sah ihr dabei treuherzig in die Augen.

Als Carla das Kästchen öffnete, die Halskette entdeckte und dabei den kleinen blauen Stein funkeln sah, geschah mit ihr plötzlich eine Verwandlung, unerwartet und unbegreiflich. Sie fühlte, wie dieses blaue Licht sie anstrahlte, durch ihre Augen drang, als wollte es ihre ganze Seele ausfüllen, und sie dabei mit einer Wärme überflutete, die sie in dieser angenehmen Art überhaupt noch nie empfunden hatte. Sie konnte die Augen von dem warmen Licht des Steins nicht lösen, und plötzlich, kaum dass sie sich dessen bewusst war, wandte sie sich ihrem Manne zu, diesem groben Kilian, dem sie schon seit vielen Jahren keine Zärtlichkeit mehr geschenkt hatte, umfing seinen Kopf mit beiden Händen und küsste ihn auf den Mund. Er wusste nicht, wie ihm geschah, seine hellblauen Augen wässerten. Nur stammeln konnte er: „Aber Carla, was ist mit dir?" Dann legte Carla ihren Kopf an seine Brust und flüsterte kaum hörbar: „Verzeih, ich war immer so grob zu dir."

Dieses Ereignis war für Kilian die schönste Weihnachtsüberraschung. Aber es sollte nicht die einzige bleiben. Als Carla in den folgenden Tagen ihr neues Kettchen trug, stellte sie fest, dass auch andere Menschen wie gebannt den blauen Stein betrachteten, erstaunt, verwundert, hingerissen, und dass ihre Augen dabei freundlich aufleuchteten. Selbst Personen, die Carla immer missmutig und unfreundlich begegnet waren, der alte Milchmann, der immer so kurz angebunden war, oder auch die ewig unzufriedene Nachbarin, deren Mann fremd ging, oder der Friseur, bei dem sie die Haare schneiden ließ, und der mit seinem aufdringlichen Wesen alle Damen belästigte, alle diese Menschen schienen mit einem Male wie verwandelt, wenn sie das blaue Steinchen erblickten. Dieser Stein schien eine heilende Kraft zu besitzen, etwas Wunderbares, das man auf natürliche Weise nicht erklären konnte.

Zunächst hielt Carla diese Veränderung ihrer Mitmenschen für bloßen Zufall, für eine vorübergehende Aufhellung deren Wesens. Aber je öfter sie die Kette trug und unter Menschen ging, desto regelmäßiger begegneten ihr die Menschen mit ungewohnter Freundlichkeit, die sich im Laufe der Zeit bis zu einer deutlichen Liebenswürdigkeit steigerte, ja manchmal in eine unverhohlene Bereitschaft ausartete, Carla Zuneigung und Freundschaft anzutragen. Dann kehrte Carla verwundert nach Hause zurück und stellte sich im Schlafzimmer vor den großen Spiegel. Sie schaute ihr Kettchen an und ließ das blaue Licht auf sich wirken.

„Was bist du nur für ein Licht?“, konnte sie nur verwundert fragen, und dann schien es ihr manchmal, als ob ihr der Stein mit einem aufblitzenden Funkeln antwortete:

„Du selbst bist das Licht, nicht ich, nicht ich, nicht ich ...“

Carla schien es zu hören und doch nicht zu hören. Sie ging weiter ihrer gewohnten Arbeit nach. Der übliche Alltag nahm sie wieder in Beschlag. Doch versäumte sie nie, ihr Kettchen anzulegen. Sie trug es, wo auch immer sie arbeitete, wohin sie auch ging, bei Besuchen, Besorgungen, Einkäufen und allen täglichen Verrichtungen. Und nie verfehlte der Stein seine Wirkung. Das milde, blaue Licht schien auf alle zu strahlen. Und Carla empfand diese Atmosphäre der Freundlichkeit als ein neues, ihr bislang unbekanntes Glück.

Und so kam es, dass sie selbst immer mehr auf den Stein vertraute und mit seiner Wirkung sicher rechnete. Und die Freundlichkeit, mit der sie auf die anderen zuging, die anmutige Sicherheit beruhte letztlich auf dem dauernden Vertrauen, das sie auf die Wirkung des Steins setzte. Und nie enttäuschte sie der blaue Edelstein, von dessen Echtheit eigentlich niemand ein Zertifikat hätte abgeben können, vermutlich war er nur ein billiges Doublé. Mit der Zeit gewöhnte sich Carla so sehr an dieses neue Lebensgefühl, dass sie immer weniger auf den Stein achtete, ihn sozusagen für selbstverständlich nahm und nicht mehr kontrollierte, ob sie nun die Kette gerade trug oder nicht.

Eines schönen Tages musste sie auf der Polizeiwache erscheinen, weil sie ohne Führerschein in eine Kontrolle geraten war. Ihr Herz klopfte mächtig, denn sie hatte Angst, es könnte einen unangenehmen Auftritt geben, und vor allem fürchtete sie die Geldstrafe, die mit Sicherheit über sie verhängt werden würde. Mit schlotternden Knien ging sie die Treppen zur Dienststelle hinauf. Dort empfing sie der diensttuende Beamte, ein Mann mittleren Alters, dessen Augen sie groß und forschend anschauten, während er die Mundwinkel gravitätisch nach unten zog.
„Sie sind also Carla Moosgruber?“, fragte er und richtete Blicke auf sie, als würde er nun ein peinliches Verhör führen müssen.
Sie lächelte ihm zu und erwiderte, so freundlich sie konnte: „Carla Moosgruber, Steinallee 14, ja, ich bin herbestellt. Da ist mein Führerschein. Und ich entschuldige mich vielmals, es soll nicht mehr vorkommen. Wissen Sie, ich hatte es so eilig. Ich musste doch meinen Sohn zur Bahn bringen. Er studiert in Tübingen.“
Sie hatte, ohne sich dessen bewusst zu sein, ihr charmantestes Lächeln aufgesetzt, und auch er wurde plötzlich freundlich und entgegenkommend, ohne recht zu wissen, warum und wieso.
„Aber gnädige Frau, das kann doch einmal vorkommen. Wir sind auch keine Unmenschen. Wo studiert ihr Sohn? In Tübingen? Ja, der meine auch. Vielleicht können sie das nächste Mal zusammen fahren.“
Und mit den höflichsten Worten und einer höchst galanten Ermahnung wurde sie aus der Polizeiwache entlassen.

Wie sie erleichtert die Treppen hinunterging, wollte sie dankbar nach ihrem Kettchen greifen, dessen Stein sie die günstige Wendung dieses Gesprächs zuschrieb. Doch, oh Wunder, er hing nicht an ihrem Hals. Sie hatte, im Eifer des Gefechts, vergessen, das Kettchen anzulegen.

Roswitha Marie Wintergerst

Der Weihnachtsspaziergang mit dem Chow-Chow

Ich ging die Treppe hinab und schon!
... begann mein Chow zu heulen.
Er heulte fast nie, er brummte, und das auch eher nie, wenn er jedoch „heulte“, wollte er unbedingt und sofort und gleich „etwas“! Große, dicke Schneeflocken schwebten vor seiner Nase auf die Erde. Die Haustüre trennte ihn von ihnen. Lass mich hinaus!, bedeutete sein „Heul-Konzert“ für mich.

Peng! Wie gern hätte ich meinen „geträumten“ Teppichklopfer zur Hand! Als sein folgsames „Frauchen“ jedoch legte ich ihm, so schnell ich konnte, das Geschirr an. Kaum war er in diesem, hängte er sich hinein und zog mich hinter sich her.

So kamen wir in den Stadtpark. Die Kälte verlieh ihm besonders große Ziehkräfte, der Winter war sein Element! Ich wollte gemütlich nach links gehen. Nein, schon drückte der „Dicke-Chow“ sich mit seinen 33 kg und voller Kraft nach rechts Richtung großer Trauerweide. Dort am kleinen Teich befand sich seine „Lieblings-ins-Wasser-steh-Stelle“. Auch an diesem kalten, schneebedeckten Weihnachtstag stellte er sich fast bis zum Bauch ins Wasser, blieb eine Weile darin stehen und schlabberte etwas herum.

Im Vorübergehen sagte eine Frau: „So ein schöner Hund, welch herrlicher Pelz!“ Ich erwiderte: „Haben Sie die Tiere, die sie tragen, selber erlegt?“ Darauf quiekte diese: „Sie sind eine blöde Kuh.“ – „Ich, nein, ich bin für die Kunst!“

Der Chow zog mich weiter über die schneebedeckte Wiese. Wohlig „rugelte“ er sich auf dem Rücken von einer Seite zur andern. Er ist ein „Schneerugler“, kein „sich-in-allem-Wälzer“ wie die anderen Hunde.

Ein Hund näherte sich vorsichtig – der Chow verströmt keinen Hundegeruch – und stellte beim Näherkommen ängstlich die Rückenhaare auf. Banquo ignorierte ihn.

Draußen vor dem Park musste ich ihm in die Residenzstraße folgen; das ist ein Umweg heimwärts, aber Banquo geht gern die Residenzstraße entlang ...
Jetzt hätten wir in die Memminger Straße einbiegen müssen. Leider gelang es mir nicht, ihn dahin zu bringen. Er bohrte zielsicher geradeaus zur Lindauer Straße.
Ich hasste die Lindauer Straße, musste jedoch dahin, wohin der Chow wollte!
Mit vielen leichten „Drückungen" und Schiebungen – meinen „geträumten" Teppichklopfer konnte ich nicht greifen! – brachte ich den unglaublich starken, quadratisch aufgebauten „Bär" endlich auf die linke Straßenseite. Er verstand nicht, dass es auf der anderen Seite keinen Gehweg gab – nur eine Baustelle.

Als die Ampel grün zeigte und ich losgehen wollte, zog Banquo rückwärts, um noch einmal zu riechen, jedoch blieb ich dieses Mal Siegerin. Wir überquerten irgendwie die Straße und kamen ohne weitere Richtungsänderungen daheim an.

Banquo freute sich über den Eimer frischen Wassers, schleckte langsam seinen Abendbrotteller leer und schlabberte dabei wie immer viel um ihn herum. Während ich sein „Sauzeug" wegputzte, hörte ich bereits zufriedene tiefste Schnarchtöne ...

Das war wirklich ein schöner Spaziergang an Weihnachten mit meinem Chow-Chow!

Der Gottesacker

Mit dem letzten Ton der Harfe begannen die Glocken zu läuten. Mächtig tönten sie aus dem Turm der kleinen Dorfkirche St. Theodor in Haldenwang. Schneeflocken erfüllten die Luft. Draußen auf dem Kirchplatz bei der alten Linde standen schon die ersten Blechbläser. Oft geübt, nahmen sie Aufstellung zum Gang hinauf in den Gottesacker, dort, wo Papa auf uns wartete.

Im Tempo des Trauermarsches setzte sich der lange Menschenzug in Bewegung, vorsichtig, so als ob man verhindern wollte, zu früh dort anzugelangen, wo kein Leben mehr sein durfte, dort, wo lautlos eine andere Sprache schwebte. Sogar die Schneeflocken schienen sich im Takt der Musik auf die Erde zu senken.
Ein Ministrant trug den Weihrauch-, ein anderer den großen Weihwasserkessel, den der Pfarrer oft benützte. Auf einem kleinen Wagen stand der helle, mit weichen Girlanden verzierte Eichensarg. Klein war er, beinahe zu klein für einen Mann.
Bei der mit einem grünen Tuch abgedeckten Öffnung machte der Pfarrer die Pause, und vier Nachbarn trugen den Sarg mit dem Papa langsam dorthin.

Dort, das ist nahe der niedrigen Friedhofsmauer mit ihrem schmiedeeisernen Zaun. Hell liegen die Gräber auf halber Bergeshöhe. Im Süden stehen, wie zu einer Kette aneinandergereiht, die verschneiten Berge der Allgäuer Alpen mit dem Nebelhorn in ihrer Mitte. Von den nahen Bauernhöfen und Häusern dringt leicht Kinderlachen und Hundebellen durch die Zaunstäbe herein.

Das Kameradenlied ertönte, eine Fahne wurde geschwenkt.
Der Pfarrer sagte, dass Asche zu Asche käme.

Schnee färbte den Gottesacker weiß und ließ ihn unberührt aussehen.
Seit über 100 Jahren tat er seine Pflicht, der Gottesacker!

Das Vogelhäuschen und sein Meisenmädchen

Dicke Tränensteine fallen auf die Wurzel des Baumes, an dem ich hänge. Aus ein paar Restbrettern wurde ich zu einem Häuschen für Vögel gezimmert. Davor lebte ich als Tanne mit meiner Familie in einem großen Wald. Meine Tränen gelten meiner Hilflosigkeit.
Das wunderhübsche Meisenmädchen mit seinem schwarzen Käppchen und seinem grünen Kleidchen lässt sich seit ein paar Tagen nicht mehr lange auf mir nieder, denn es gibt keine Körner bei mir im Häuschen, die ich diesem hungrigen wunderhübschen Meischen anbieten könnte.
Gestern flog es zu mir, pickte kurz in mich hinein, kraftlos, ohne Lied verließ es mich wieder. Mit der hereinbrechenden Nacht bringt ein tiefer Schluchzer meinen Schlaf.

Klapp, klapp, besonders hell leuchtet die Sonne an diesem Morgen durch die Zweige. O! Es glitzert und strahlt, als ob Edelsteine die Blätter und die Erde bedeckten! Der neue Schnee verändert auch mich mit einem weißen Häubchen!
Schon wollen meine Tränensteine wieder aus mir herabplumpsen, da streckt sich eine zarte Hand herauf und – schüttet viele verschiedene Körner in mich hinein! Meinen Juchzer kann die freundliche Spaziergängerin nicht hören, aber die Vögelein ringsumher, die hören mich! Lauter und lauter schreie ich meine Freude hinaus in die weiße Schneeluft. Hört alle her, ihr Vögelchen, ich habe Körner für euch!

Wo bist du, geliebtes Meisenmädchen? Bald ist kein Platz mehr in mir, immer mehr hungrige Spatzen, Amseln und Meisen setzen sich auf mich. Alle mag ich gern, aber das Meisenmädchen ist mein Liebling.
Ziwitt, ziwitt, sofort höre ich ihre Stimme, und mein Glück ist grenzenlos, als endlich das Meisenmädchen zu mir einkehrt. Bis in den Abend hinein pickt und pickt es ein Körnchen nach dem anderen auf und dazwischen singt es ein wunderhübsches Lied nur für mich!
Zufrieden schließe ich meine Augen zum Träumen.

Weihnachtswunsch

Heute ist Weihnachten, ein schöner Tag.
Jeder tut so, als ob er mich mag.

Geschenke sind nur ein weltlicher Tand.
Wo ist die Liebe, die ich noch nicht fand?

Sie ist droben im Himmel,
und mit viel Glück

schenken mir die Engel
von der Liebe ein Stück!

***

Die Schneeflocke

Ich seh eine Schneeflocke
durchscheinend klein.

Ist's eine Schneeflocke
oder der Traum für die Nacht?

Ich schließ meine Augen
und lass ihn ein.

Der Schutzengel

Ich denke
nimmt mich der Schutzengel
unter seine Flügel

und
hoffentlich schiebt er den Eisbär
auch drunter

unter seinen Schutz und dann
sind wir zusammen.

***

Ein Sternlein

Ein Sternlein blinzelt hin und her.
Wo ist mein Vater, wo komm ich her?

Nimmt mich die Mutter wohl an der Hand?
Wo ist die Liebe, die mich verband?

Das Glitzern andauert die ganze Nacht,
bis der Morgen es zum Erlöschen gebracht.

Sura Zaler

Wintermärchen – Ein Wintermärchen

Konsumwirrwarr

Blick aus dem Fenster: bunt erleuchtete Skyline – Tiergarten. Erstaunlich viele Lichter noch nachts an, bunte Traumwelt um diese Zeit, wilde Tierrufe von der Platte neben mir, ich arbeite hart – alleine in dieser Stadt. Der Kerzenschein neben mir, Mysterium in dieser Nacht, farbige Blumen tauchen auf, alles wirkt zierlich, fremdartig, fern. Ich weiß nicht, wo anfangen.

Kinderzeit, Puppen, Figürchen tanzen auf meinen Regalen, lachen mich an. Mittelalterliche Stube, in der drei Königinnen, eine Vase auf ihren Köpfen haltend, zuoberst thronen. Eine Dame des 18. Jahrhunderts schaukelt auf einem Gobelin Amor im Gärtchen an meiner Küchentür. Eine dunkle, orientalisch-weißhäutige Stimme ertönt jetzt vom Plattenteller. Die Stimmung wechselt, die Geisterinnen erscheinen bald, Micky Maus, Oma Duck neben Pralinen, ein Weihnachtshampelmannkalender an der Wand vor mir. Das Grau des Himmels zeigt die Erscheinungen an. Eine goldene, indische Tempelgöttinenmaske tritt jetzt hervor ins Licht. Tantra, die indische Sexualfantasie, nimmt Platz in meinem Gehirn, die gelbe Königin einer Vorlesung tritt in den Raum.

Mein Geliebter ist räumlich fern. Fern in dieser riesigen Stadt, fern im Süden, eine dreiviertel Stunde mit dem Wagen entfernt, so weit ist die Stadt, wie ein entlegenes Dorf über die Landstraße hinaus. Der Jüngling mit den dunklen Locken, dem dunklen Blick, behütet von seiner Mutter wie ein Schatz. Im Hause gehalten wie ein seltenes Tier, Bewerberinnen werden nicht am Hofe zugelassen. Ich bleibe draußen stehen, wage mich noch nicht einmal in die Nähe dieses Königinnenhofs in Buckow oder jwd. Auch Märchen existieren in dieser Stadt aus hartem Pflaster, sie zu suchen, ist mein Ziel. Ein Sandelholzbuddha gebietet mir Ruhe, ein Rabbi bedeutet mir, zu schweigen, zu lernen, zu hören.

Synagogentempel südlicher Länder zwischen Palmen leuchten entgegen, Innen- und Außenwelt, Hermann Hesse – und der Himmel verdunkelt sich weiter, zieht über die Stadt Richtung Nord-West, und immer noch brennen viele Lichter inmitten der Stadt in Hochhäusern, ruhige oder ruhelose Gestalten? Der lärmende Papagei Tagores fällt mir ein, zärtliche, ungesagte, unsagbare Worte, niemand ist da, sie abzuholen.

Das nächtliche Märchen geht weiter: ein brauner, lieb aussehender, bissiger Hund erscheint, rot bekleidete Weihnachtsmänner aus Schokolade stehen gleichförmig in einem Adventsherzkranz, daneben blühen weinrote Orchideen aus tropischen Gegenden, ein Spaziergang im Botanischen Garten im künstlichen Haus mit angelegtem Wasserfall, die Lebendigkeit fehlt, Vögel und Tiere. Ein einfaches Bett, Decke aufgeschlagen, mit Wärmflasche darin für die kalte Jahreszeit als Ersatz wofür? Hämmernde Musik, leise auf Minimum gestellt, ertönt, Muskeln werden angepriesen, nicht mein Geschmack. Eine Frau greift sich ans Genital, liegt sonnengleich neben einem Mann in Halskrause, Laute spielend, genießerisch, da ohne Gesicht. Aha, Dali, dalli. Schokoladenkaubonbons erfreuen den Gaumen. Konsumgesellschaft, Wirrwarr, orientalische Musik flötet mir einschleichend ins Ohr, ich beginne, meinen Bauch im Rhythmus zu bewegen, englischer Gesang darüber mit tibetanischen Choreinschlägen. Eine grüne Kinderpustewindmühle steht lächelnd vor mir, ich gehe rüber, die Musik nochmals bemühend, wieder singen mir die Muskeln entgegen, angepriesenes Stück Fleisch. Da, endlich, der orientalische Singsang. Ein Porzellanfüllfederständer mit Frauenkopf blinzelt mir entgegen, aus die Traumwelt, das Futur fängt an, Geld liegt griffbereit neben der Schreibmaschine, auch zum Rechnen geeignet. Notenblätter, eine Gitarre, mein Geheimnis einer Geschichte taucht auf. Ich lehne mich zurück, vor: Ich arbeite mit harten Jungs, Kriminelle allen Schlages fast, wie seltsam meine Wege in dieser Stadt, auf diesem Planeten, in diesem Leben und doch nicht seltsam? Ich erbitte die orientalische Musik noch einmal. Drogen, ich denke an Drogen, an Rausch, soll ich's wagen, was, Märchen, kommt dann? Ein japanisches Himbeer-, nein, Erdbeertäschchen liegt auf den Boden gestellt, wieder die Anpreisung der Muskeln aus dem Lautsprecher, eine Irre, diese Frau, was sagt sie da? Was sage ich?

Ah, orientalisches Märchen beginnt, mein Bauch wackelt freudig erwartend los. Pflanzen verschönern das Heim, heim, wohin? In dieser Stadt, fern, fern von meinem Planeten, fremd, buntartig, berauschend sinnlos fast, Hochhäuser wie Raumschiffe gebaut. Ich irre ohne Orientierung die Bismarckstraße entlang, finde mich nicht zurecht. Auch den Zoo erkenne ich nicht, weder die Budapester Straße noch das Haus, in dem ich wohne. Das Grau breitet sich aus, auch über den Norden, der Nebel überdeckt die Hochhäuser mit den vielen, leuchtenden Fenstern in dieser Nacht, senkt sich tiefer, bald bin ich allein mit dieser Nacht, gehöre ihr, sie, er, mir.

Eine seltsame Hütte, ein Riese wohnt darin, lockt verlockend mit ihren rot-gelben Lichtern, weist verführerisch den Weg durch den Park ins Ungewisse. Ein Warenhaus mit Silberschalen über Boxen gestellt bietet sich mir dar. Mein Kreuz tut weh, gebückt über Tasten, Buchstaben, sehe ich ein aufgeschlagenes Buch, links das Mädchen, rechts die alte Frau, gebeugt an einem Stock vielleicht, lese mein Leben, ohne entziffern zu können, muss mich beeilen, der Nebel senkt sich tiefer, tiefer, überdeckt bald das Haus der Riesin mit den bunten Lichtern, die Nacht kommt, Grau, Grau, Ankündigung durch Töne, Tiergeschrei, Aufbäumen, der Rausch beginnt. Ich richte mich geradeaus, bin müde, mein linker Nasenflügel läuft, ist erkältet, nein, siekältet, ichkälte. Ich Kälte?

Das Wintermärchen zwischen Lampions und Girlanden, der Kudamm, für dieses Städtchen recht hübsch gemacht in diesem Jahr, einfallsreich – warum nicht diesen Kindertraum, die Spielerchen das ganze Jahr über, hübsch anzusehen, nehmen sie die Aggressivität, machen freundlich und froh – warum nicht öfter freuen, kindlich sein? Pflanzenstiele, kühl stehend in klarem Lichtstrahl, betrachten mich starr, abwartend; reden andere auch mit Bäumen und Pflanzen wie ich? Miniferseher liefern Bilder in Schwarz-Weiß aus fernen Gegenden ins Haus. Milch macht Frauen froh und frisch, ich trinke etwas an der Hausbar.

Der Nebel senkt sich vor mir nieder, schwarzlockiger Jüngling, die Zeit des fliegenden Geistervogels ist da, Bewegung kommt, die Seele im Bauch wird durch Sehnsucht gezogen, ich höre schwarze Stimmen weiße Musik machend, besser als diese selbst.

Triebe überkommen mich und zwei Leuchter, wunderschön alt, jugendstilartig unter kleinen Palmen, ein Porzellanmädchen neben einem Gärtchen aus getrockneten Blumen, stehen da, Wiederholungen der Worte sind unvermeidlich? Garniert mit freudigen Botschaften, denke ich an Pfarrerstürme, Häuser mit selbstlos animierenden Plakaten, Inhalt nicht wirklich im Tun. Der Nebel senkt sich weiter, nimmt die Sicht.

London, schmutzig – lebendige Bahnhöfe, Gastfreundschaft, nebenher geduldetes Leben, Felsen mit darin eingehauenen Häusern, Wasser, meine Liebe schwimmt darin herum.
Rom, blau-kupferne Dächer von Tempeln ferner Frömmigkeit, in Berlin weit abgelegen hinter normalen Fassaden versteckt, nur Eingeweihte wissen darum. Kinderbilder, schlicht gerahmt, Giebeltürmchen, spielerisch anzusehen, fehlen in Berlin.

Osteuropaexpress, Orientexpress, Istanbulzug gen Kreuzberg, Düfte, Rauch, Wärme, Gefahr, Kultur, Straßen ohne Bäume. Zehlendorf, dezent hinter Gärten versteckte Villa, Ruhe, niemand stört niemanden, alles fein – und ländlich offen Spandau, unentdeckt. Kleine Gäßchen, zweistöckiges Wohnen auf neutraler Erde? Über Brücken entfernt Ost-Berlin – immer noch unbekannt – Rockmusik gut, besser als im Westen, mehr Fantasie als Technikphallus.
West-Berlin, Beate Uhse unterm Chinarestaurant, Vibratoren werden seit dem letzten feministischen Angriff hinter holzplattenvernagelten Fensterscheiben verkauft, Peep-Show-Konsum nur für Männer – warum nicht auch für uns? – gegenüber von Bekleidung und Theater neben Currywurstgestankbuden vor Süßigkeitsständen, aufgebaut vor Warenhäusern für Schuhe und Rest. Bananenmilch baut vor – ich trinke.

Konsummärchen innen und außen: Berlin – eine Reise wert? Eine Klostergestalt – eine Rolle wie Keulen erhoben – Riemers Hofgarten fällt mir ein – sehr zu empfehlen für Berlin – Besucher mit besonderem Geschmack, anstatt Besetzte-Häuser-Besichtigung nun Friedrichshainvergnügungen infolge Mangels an Chaos. Ruhige Gegend, gesäubert, legalisiert, adrett für die Show gemacht, lässt sich sehen. Mein dunkellockiger Jüngling, Ausländer wie ich, schläft in dieser nebligen Stadt.

Weihnachtsöde

Gesichter, verdeckt und versteckt hinter Masken
von Tod und Gleichgültigkeit,
eilen hastig in bunte Tempel der Freuden,
deren Herr und Meister
wir bemüht sind zu sein.

Langeweile und Öde, das Gefühl, das sie kennen,
geben den Eindruck von Saus und Braus.
Trauer erfaßt mich und Schmerz im Bauch.

Ich gebe auf, weil der Sinn sich verliert,
lasse mich fallen und drehe mich ab.

Renne nach Lebendigem, Feuer und Wärme,
verdeckt und versteckt
lauernd hinter all diesen Masken
von Tod und Gleichgültigkeit,
bunten Tempeln des Vergnügens,
auf der Suche nach Leben statt Schein.

Autorenspiegel

Dr. Horst Bieber, geb. 1942 in Essen. Der Autor studierte Geschichte, Philosophie und Germanistik. In Philosophie promovierte er. Er ist als Redakteur und Autor tätig. Veröffentlichungen: zwei Tatorte, zwanzig Kriminalromane, Kurzgeschichten und zwölf Kriminalhörspiele sowie Sachbücher.

Julia Ellen Bösinger, geb. 1996. Die junge Autorin, die mit ihren Eltern und ihrem Bruder in Neckarsulm lebt, schreibt, seitdem sie neun Jahre alt ist. Schreiben ist ihr Lieblingshobby, das sie später auch gerne zu ihrem Beruf machen möchte. Bislang keine Veröffentlichungen.

Dr. Jean Colombera, geb. 1954 in Esch/Alzette (Luxemburg). Der Autor ist Arzt für Allgemeinmedizin und Naturheilverfahren. Von 1999 bis 2004 war er Abgeordneter im Luxemburger Parlament. Seit 2009 bekleidet er dieses Amt erneut. Veröffentlichungen: „Hermes und Aphrodite" und „Sklaven und Opfer", zwei Sachbücher jeweils in Form eines Romans, beide erschienen im August von Goethe-Literaturverlag, Oktober 2008 bzw. März 2009; „Der Augenblick", Gedicht, in der Frankfurter Bibliothek 2009; „Mutter", Gedicht, in *Die Besten 2009/2010*.

Renate Dalaun, bürgerlicher Name Dr. Renate Blosche, geb. 1935 in Karlsbad-Fischern. Die Autorin, die 1946 in die BRD aussiedelte, legte nach ihrem Studium an der Pädagogischen Hochschule ihre erste Lehramtsprüfung für Volksschulen ab und war zunächst vier Jahre lang im Volksschuldienst tätig. Nebenbei studierte sie am Konservatorium. Nachdem sie die zweite Lehramtsprüfung für Volksschulen und die Lehramtsprüfung für Realschulen in den Fächern Deutsch und Musik bestanden hatte, unterrichtete sie an einer Realschule. Parallel dazu studierte sie an der Universität Pädagogik mit den Nebenfächern Kunstgeschichte, Musikwissenschaften und Literatur. 1975 promovierte sie im Fach Pädagogik und erlangte nach einer Zusatzprüfung die Lehrbefähigung für Fachoberschulen. Sie unterrichtete 23 Jahre an einer Fachoberschule und wurde nach 41 Dienstjahren in den Ruhestand versetzt. Veröffentlichungen: eine Lyrik-Anthologie, eine Kurzepik-Anthologie und eine Anthologie Hörbilder und Bühnenstück aus den Jahren 1968-1998; Erzählungen, Tragikomödien, Bühnenstück und Romane.

Evelin Deuring-Pöhlein, geb. 1966 in Kulmbach. Die Autorin ist Mutter eines erwachsenen Sohnes und als Sekretärin tätig. Sie hat sich per Fernstudium erfolgreich zur Journalistin ausbilden lassen. Im September diesen Jahres heiratete sie ihren Lebensgefährten, mit dem sie seit zwölf Jahren zusammenlebt. Veröffentlichungen: Beiträge in den Anthologien *Neue Literatur Herbst 2008* und *Weihnachtsanthologie 2008*, beide August von Goethe-Literaturverlag, Frankfurt/Main; „Rosa, Rosa", Jugendbuch, August von Goethe-Literaturverlag, Frankfurt/Main. Ihr bereits fertiges Manuskript für das Kinderbuch „Weihnachtssalat" liegt der Frankfurter Verlagsgruppe vor, ein weiteres Kinderbuch ist in Bearbeitung. Daneben stellte die Autorin Bilder, bemalte Schneiderpuppen und Spiegelbeschriftungen mit eigenen Gedichten „Farbe bekennen" 2008 – auch anläßlich der Kunsttage in Hollfeld (fränkische Schweiz) – und 2009 in der Musikschule in Bayreuth aus.

Andreas Dittrich, geb. 1964 in Dresden. Der verheiratete Autor ist Vater von fünf Kindern. Von 1970 bis 1980 besuchte er die POS in Dresden, von 1980-1983 ließ er sich zum Tischler ausbilden, von 1985-1987 folgte eine Ausbildung zum Handwerksmeister. 1990 war er selbständig in einem Tischlereibetrieb tätig. Seit 2004 ist er freier Holzgestalter, Spielplatzbauer u.v.m. Weitere Informationen unter www.forest-art.de. 1996 studierte er an der Schule des Schreibens. Zum Schreiben war er über das Geschichtenerzählen gekommen. Bislang keine Veröffentlichungen.

Ramona Fezzeni, geborene Heckel, geb. 1985 in Augsburg. Die Autorin ist von Beruf Kinderpflegerin. Veröffentlichungen: Gedichtbeitrag in Welt der Poesie, Musenalmanach für das Jahr 2008, Frieling Verlag; Gedichtbeitrag in der Frankfurter Bibliothek des zeitgenössischen Gedichts, 2008.

Regina Franziska Fischer, geborene Pollok, geb. 1951 in Herford. Die verheiratete Autorin, die ihre Kindheit in der Wittekindstadt Enger verbrachte, ist Mutter eines erwachsenen Sohnes und lebt seit 1976 in Bielefeld. Von Beruf ist sie Industriekauffrau, Fremdsprachenkorrespondentin für Englisch und Psychologische Beraterin; jetzt ist sie als freie Schriftstellerin tätig. 2005 war sie Namensgeberin der „Dankward-Stele" im Kulturland Schelphof e.V. Bielefeld. 2006 schloß sie ein zweijähriges Belletristikstudium an der Hamburger Axel-Andersson-Akademie erfolgreich ab. Sie nahm ebenso erfolgreich an einer experimentellen Lyrik-Schulung teil. Veröffentlichungen: Bücher „Blumen für die Seele" und „Das Licht ist immer in Dir ...!", 2005; Kurzprosa und Lyrik – fünf eigene Lyrik-Bände im Herbert Utz Verlag Literareon, 2007 und 2008. An die hundert Publikationen im Bereich Lyrik und Prosa in Anthologien, Cornelia Goethe-Literaturverlag und R.G. Fischer Verlag, Frankfurter Bibliothek, Eschbacher pockets 2007, Lyrik Bibliothek Literareon, Bde. 5-10, und in 2009 „Maienkönigin", Prosa und Lyrik. Als Mitglied der Deutschen Haiku-Gesellschaft (DHG) erschienen bereits zahlreiche Haiku in diversen Verlagen, u.a. im Wendepunkt Verlag. 2009 wurde ihr erster Haiku-Band „Zauber eines Augenblicks" publiziert. 2010 folgt ihr zweiter Band „Im Licht des Bergkristalls". Die Autorin unterstützt Greenpeace, Hamburg, und ist seit 30 Jahren Mehrfachpatin verschiedener Patenschaftsprojekte in der Dritten Welt.

Chris Frey, bürgerlicher Name Christian Freuer, geb. 1954 in Berlin. Der Autor studierte Meteorologie, Fachrichtung Synoptik (Wettervorhersage) und Klimatologie. Nach seinem Diplom 1980 war er zunächst als Meteorologe an der Freien Universität Berlin tätig. Seit Ende 1993 ist er Angestellter beim Deutschen Wetterdienst im Wettervorhersage- und -warndienst. Veröffentlichungen: einige wissenschaftliche Fachartikel; „Das kleine Mädchen und die Rocker", Anthologie *Neue Literatur Herbst 2008*; „Tizianas Weihnachtsbummel", *Weihnachtsanthologie 2008*; „Das Mädchen, das zweimal geboren wurde", Roman, August von Goethe-Literaturverlag. Der Autor ist Mitglied der *Deutschen Meteorologischen Gesellschaft*.

Arno Johannes Häcker, geb. 1957 in Ilshofen. Der Autor studierte Germanistik und Geschichte an der Eberhard-Karls-Universität in Tübingen. Seit 1981 ist er als Lehrer im beruflichen Schulwesen tätig. Verschiedene Veröffentlichungen im Frankfurter Literaturverlag/August von Goethe-Literaturverlag.

Christian Imhoff, geb. 1962 in St. Avold (Lothringen, Frankreich). Der Autor, der 1986 die schweizerische Staatsbürgerschaft annahm, ist seit 20 Jahren in einer Industrieelektronikhandelsfirma als Lagerchef tätig. Neben dem Schreiben hat er zahlreiche andere Hobbies wie zum Beispiel das Fotografieren, Lesen und Briefmarkensammeln. Bislang keine Veröffentlichungen. Im Dezember 2009 erscheint der erste von insgesamt sechs Bänden seines Pferdeabenteuers „Boxy und Black Fame“ mit dem Titel „Spannende Abenteuer um einen Jungen und seinen klugen Pferdefreund“ im August von Goethe-Literaturverlag, Frankfurt/Main.

Ingrid Karner, geb.1944 in Wien. Die Autorin ist Bibliothekarin. Sie schreibt Gedichte. Veröffentlichungen: zahlreiche Beiträge für Anthologien und Zeitschriften; „In den Zwischenräumen“, Gedichtband, Rampenlicht Verlag Wien, 2006; „Sonnen- und Schattenstreifen“, Gedichtband, Rampenlicht Verlag Wien, 2009.

Ruth Kellerhoff, geb. 1943 in Salzkotten. Die Autorin ist Rentnerin. Sie hält Lesungen in Büchereien, beim Tag der Frau und in Frauenforen. Veröffentlichungen: verschiedene Beiträge zusammen mit anderen schreibenden Frauen wie ein immerwährender Kalender und ein Lebenskarussell.

Achim Klein, geb. 1941 in Schlesien. Schon während seiner Schulzeit gehörten Kunst und Deutsch zu seinen Lieblingsfächern. Nach dem Studium der Nachrichtentechnik an der technischen Universität Hannover veröffentlichte er ein Fachbuch. Bisher sind im R.G. Fischer-Verlag acht Bücher erschienen. Weitere Veröffentlichungen: Beiträge in zehn Weihnachtsanthologien und drei Kollektionen deutscher Erzähler sowie dem Dokument erlebter Zeitgeschichte. Der Autor hat zudem an Gedichtbänden mitgearbeitet. Zu seinen Hobbies zählt auch Malen.

Steffanie K. F. Krank, geb. 1979 in Alzenau (Unterfranken). Die Autorin ist seit 1997 Hausfrau und Mutter von vier Kindern. Nebenbei studierte sie Werbegrafik und -design. Sie schreibt seit ihrem sechsten Lebensjahr, auch für private Anlässe. Später veröffentlichte sie Gedichte im „Orkus". Im Herbst hatte sie den Beitrag „Die Wiedervereinigung und ich" in der Anthologie *Neue Literatur Herbst 2009*, August von Goethe-Literaturverlag. Im Februar 2010 wird ihr erster Roman „Venatrix lunae", im September 2010 ihr zweiter Roman „Zwillingswelt", beide im novumverlag, erscheinen.

Ulrike Küppers, geb. 1944 in Wanne-Eickel. Die Autorin besuchte nach der Volksschule die evangelische Pflegeschule und ließ sich danach zur staatlich geprüften Krankenschwester ausbilden. Sie ist verheiratet und Mutter zweier Söhne. Naturverbundenheit und Tierliebe zeichnen sie aus. Veröffentlichungen: Autobiographie „Der Himmel ist voller Träume", August von Goethe-Literaturverlag, 2006; „Mathilde Semmelknoten: Gez kumma, so is dat Leben", Alltagsgeschichten im Ruhrpottdeutsch verfaßt, August von Goethe-Literaturverlag, 2008; „Weihnachten", Gedicht im Standardwerk neue Lyrik 2007; „Bärbel", Kurzgeschichte in *Das besondere Ereignis 2007*; „Ein weihnachtlicher Mensch", Kurzgeschichte in der *Weihnachtsanthologie 2007*; „Das Lichterfest", Kurzgeschichte in der *Weihnachtsanthologie 2008*; „Otto der Gummifrosch", Kurzgeschichte in *Das große Vorlesebuch 2009*. Für *Das große Vorlesebuch 2010* ist die Kurzgeschichte „Domis schönstes Ferienerlebnis" in Planung.

Waltraud Lahn, geb. 1941 in Berlin. Die Autorin hat sich sowohl zur Verkäuferin als auch zur Verwaltungsangestellten ausbilden lassen. Seit 1988 ist sie wegen der Pflege ihres Mannes nicht mehr berufstätig. Nach dessen Tod 2001 begann die Autorin mit dem Schreiben von vor allem Kurzgeschichten und Theaterstücken. Veröffentlichungen: „Die Weihnachtsfrau" und „Der Floh oder warum das Jesuskind niesen mußte" in der *Weihnachtsanthologie 2008*.

Olaf Lange, geb. 1967 in Duisburg. Der verheiratete Autor hat zwei Kinder. 1987 ließ er sich zum Elektriker ausbilden, heute ist er als Polier im Feuerfestbau tätig. In seiner Freizeit schreibt er Kurzgeschichten. Bislang keine Veröffentlichungen. Geplante Publikation seines Romans „Das Haus am See" (Arbeitstitel) im novumverlag, 2010.

Christine Langer, geb. 1962 in Fürstenberg/Havel. Die Autorin ist gelernte Telefonistin, aber nicht mehr berufstätig. Veröffentlichungen: Gedichte in kleinen Regionalzeitungen und Schriften der Stadt Fürstenberg sowie in bundesweiten Zeitschriften des Blindenwesens; zweimalige erfolgreiche Teilnahme an der Künstler-Werkstatt für Behinderte „Ermutigung" in Fürstenwalde/Spree.

Ursula Masbaum, geb. in Salzgitter. Die in Hunteburg (Niedersachsen) lebende Autorin ist als Lehr-MTA (Fachlehrerin an MTA-Schulen) tätig. Ein Literaturstudium ist in Planung. Veröffentlichungen: „Cyrano vom Sonnenland", Roman/Erzählung?, August von Goethe-Literaturverlag, 2008; Gedichte „Der Augenblick" und „Irden" in der Frankfurter Bibliothek des zeitgenössischen Gedichts 2008 bzw. 2009.

Anna Josefa Mayrhofer, geb. Hammerl, geb. 1946. Die Autorin, die auf dem Bauernhof der Eltern in Pessenburgheim, einem kleinen Dorf in der Nähe von Neuburg/Donau, aufgewachsen ist, ließ sich in Hauswirtschaft, Gartenbau und Landwirtschaft ausbilden. 1971 heiratete sie, danach war sie als Hausfrau und Mutter von vier Kindern tätig. Sie beschäftigt sich viel mit Literatur, Philosophie und Theologie. 1974 wurde sie Schülerin des indischen Yogalehrers Jonas Remedios in Augsburg und erhielt durch seine Erklärungen und durch das Studium des Yoga Antworten auf viele Lebensfragen. Schon als Kind verspürte sie eine besondere Liebe zu den Pflanzen. Sie konnte in mehrjähriger Arbeit die Pflanzenstärkungsmittel „Grünkraft“ entwickeln, die nun anwendungsreif sind. Veröffentlichung: „Ammi, ein Roman aus der Jungsteinzeit“, edition nove, 2009.

Ingrid Möck, geb. 1949 in Reutlingen. Die Autorin ist Mutter von vier Kindern und hat fünf Enkelkinder. Sie betreibt einen Wasch- und Bügelservice. 2003/2004 absolvierte sie die Autorenschule beim Weltbildverlag und belegte in Reutlingen VHS-Kurse in der Schreibwerkstatt. In den Jahrbüchern der Brentano-Gesellschaft wurden folgende Gedichte von ihr veröffentlicht: „Krieg und Frieden“, 2004; „Tagesanfang“, 2005; „Am Abend“, 2006; „Das Unverzichtbare“, 2007; „Das Erbe“, 2008 und „Das Ungesagte“, 2009. In *Die besten Gedichte 2006* erschien ihr Gedicht „Krieg und Frieden“ noch einmal. Die Autorin nahm bei verschiedenen Schreibwettbewerben teil. Eine Kindergeschichte ist in Arbeit.

Anna Ilona Mörl, geb. 1953 in Bad Homburg. Die Autorin ist als Krankengymnastin, Lebensberaterin und Pazifistische Kreative in Bild- und Wortgestaltung tätig. Bislang keine Veröffentlichungen. Ein Gedichtband über das Zeitgeschehen, die Wasserschlange, die ihr Glück findet, die Schlange Silberpfeil und Frieda Freudwasser ist in Planung.

Wolfgang Nelles, geb. 1943 in Trier. Der Autor studierte Geschichte, Germanistik und Jura an der Universität Bonn. Er war als Rechtsanwalt mit Schwerpunkt Flüchtlingsrecht tätig. 2007 zog er nach Südfrankreich um. Seitdem schreibt er als freier Schriftsteller Gedichte, Kurzgeschichten und historische Romane. Sein Lieblingsthema ist das Leben in Südfrankreich. Veröffentlichungen: Kurzgeschichte über das Leben des bekannten Pariser Chansonniers Alexandre Le Bruyant als Beitrag für die Anthologie *Querschnitte Sommer 2009*, novum-verlag; „Die Flucht und die Ankunft", zeitgenössischer Beitrag für die Anthologie *Neue Literatur Herbst 2009*, August von Goethe-Literaturverlag, Frankfurt/Main.

Gerhard Opfer, geb. 1948 in Frankfurt/Main. Der Autor, der noch immer in Frankfurt wohnhaft ist, war im Beamtenverhältnis bei einer Krankenversicherung tätig und befindet sich nun im Vorruhestand. Veröffentlichungen: „Zornige Schatten", Kriminalroman, R.G. Fischer Verlag, 2006; „Schönen Urlaub und andere Träume", Kurzgeschichten, Karin Fischer Verlag, 2008; mehrere Kurzgeschichten für verschiedene Anthologien.

Uwe Ottensmann, geb. 1962 in Bielefeld. Der Autor ist hauptberuflich als Kraftfahrzeugmechanikermeister und nebenberuflich als selbständiger Autor tätig. Veröffentlichung: „Wer das Leben sucht", Kolb Verlag, 2009.

Stephan Querfurth, geb. 1954 in Braunlage/Harz. Der Autor, der mit Ehefrau, einem Sohn und zwei Pflegekindern an der Asse bei Wolfenbüttel lebt, ist Kommunikationswirt und Journalist von Beruf. Seit 1976 schreibt er Lyrik, Essays und Reportagen. Veröffentlichungen: zahlreiche Beiträge bisher in Anthologien und Literaturzeitschriften.

Hans-Georg Rudzinski, geb. 1953 in Bleckede/Elbe. Der Autor studierte Biologie und Chemie an der Hochschule Lüneburg und ist seit 1982 als Lehrer an der KGS Schwanewede tätig. Veröffentlichungen: zahlreiche biologiedidaktische und entomologische Publikationen zur Taxonomie und Faunistik der Dipteren (Fliegen und Mücken); „Delirius", Roman, Verlag Neue Literatur, Jena, 2009.

Kunigunde Nadysana Schlereth, geb. 1938 in Gevenich/Eifel. Die Autorin ist seit 1984 als Heilpraktikerin, Kabbalistin und Lebensberaterin (Kryonschule) in eigener Praxis tätig; zudem hält sie Vorträge und gibt Seminare. Veröffentlichung: „Gedicht-Meditationen als Reise zur Quelle", Buch mit Begleit-CD. Weitere Informationen unter www. kunigunde-schlereth.de.

Traudl Schmitt, geb. 1935 in Tübingen. Die Autorin lebt mit ihrem Hund „Quincy" in Wurmlingen/Tuttlingen. Ein befreundeter Literaturdozent nahm die ehemalige Sekretärin nach dem frühen Tod ihres Mannes an die Hand und half ihr, ihr eigenes Erleben und ihre Fantasie in Worte zu fassen. Mit der Schreiberei hat sie gelernt, die Leere zu überwinden und ihrem Leben einen neuen Sinn zu geben. Sie nahm an verschiedenen Schreibwerkstätten teil. Veröffentlichungen: einige Gedichte; „Maggie Maulwurf", Kinderbuch, vorgestellt auf der Frankfurter Buchmesse 2007; „Akelei und Gänseblümchen" in der Anthologie *Neue Literatur Herbst 2008*, August von Goethe-Literaturverlag, Frankfurt/Main; „Hallo! – Das Christkind ist jetzt online", *Weihnachtsanthologie 2008*, August von Goethe-Literaturverlag, Frankfurt/Main.

Hildegard Schormann, geb. 1931 im Saarland. Die Autorin ist gelernte Schneiderin und arbeitete später auch für das Kunstgewerbe. Seit 1994 schreibt sie Kurzgeschichten und Gedichte. Veröffentlichungen: „Sonnentage", Broschüre, August von Goethe-Literaturverlag, 2003; „Ein Vogel ohne Nest", Erzählung, Cornelia Goethe-Literaturverlag, 2004; „Malegoila", Roman, Pro Business Digital Printing & Copyservice GmbH, 2009; zahlreiche Beiträge in Anthologien und Gedichtbänden. Sie ist GAL-Mitglied.

Gerhard Schunck, geb. 1937 in Ludwigshafen/Rhein. Der Autor, der sich mittlerweile im wohlverdienten Ruhestand befindet, hatte durch seinen Beruf die Möglichkeit, Menschen in zahlreichen Ländern kennenzulernen. Seine vielfältigen Erfahrungen und Erlebnisse sind in seine Aphorismen und Gedichte eingeflossen. Veröffentlichungen: „Blick durch eine andere Brille", Sprüche und Aphorismen, erschienen im August von Goethe-Literaturverlag; Gedichtbeiträge in der Anthologie *Neue Literatur 2007, 2008* und *Frühjahr 2009* sowie *Die besten Gedichte* der Frankfurter Bibliothek 2007/2008 und *Weihnachtsanthologie 2008.*

Thea Elisabeth Sedlick, geb. 1948 in Dresden. Die Autorin, die auch heute noch in Dresden wohnt, machte 1967 Abitur und gleichzeitig den Facharbeiter als Stenotypistin. Anschließend studierte sie Textiltechnik an der TU Dresden mit Abschluß als Dipl.-Ing. Sie arbeitete zunächst in der Forschung und Entwicklung eines Konfektionsbetriebes, danach als Sachbearbeiterin in anderen Branchen. Seit 2003 ist sie aus gesundheitlichen Gründen zu Hause. Veröffentlichung: Eine erste Ausgabe von Versen und Gedichten ist 2009 unter dem Titel „Was so im Kopf herumspukt" im Frankfurter Literaturverlag erschienen.

Sieglinde Seiler, geb. 1950 in Wolframs-Eschenbach/Bayern. Die Autorin ist Dipl. Verwaltungswirt (FH). Veröffentlichungen: im Internet unter www.feiertagsgedichte.de.

Elisabeth Susanne Stahl, geb. 1963 in Leverkusen-Wiesdorf. Die Autorin studierte Kunstgeschichte und Romanistik in Graz und Lille. Sie ging zunächst einer Unterrichtstätigkeit in Lille nach, seit 1995 ist sie als freiberufliche Kunsthistorikerin und Romanistin tätig. Veröffentlichungen: „Correspondances. Ein forschungsgeschichtlicher Überblick zum Bildbegriff Charles Baudelaires", C. Winter, Heidelberg, 1999; Beteiligung an Jahrbüchern und Anthologien, Fouqué-, Cornelia-Goethe- und August von Goethe-Literaturverlag sowie Brentano-Gesellschaft, Frankfurt/M., 2001 ff.

Claudia Trapka, geb. 1969 in Berlin. Die Autorin ist beruflich als telefonische Online-Lebensberaterin tätig. Daneben studierte sie Literarisches Schreiben an der Cornelia Goethe-Akademie. Veröffentlichungen: „Ein ganz besonderes Weihnachtsfest", Weihnachtsanthologie *Besinnliches zur Weihnachtszeit*, August von Goethe-Literaturverlag, 2005; „Ein Tag bei einer Lebensmittelausgabe", Cornelia Goethe-Akademie (Brentano GmbH), 2006; „Der Weihnachtsmann beim Arbeitsamt", August von Goethe-Literaturverlag, 2006; „Die Gurke" und „Weihnachten", *Weihnachtsanthologie 2008*.

Adelheid Weigl-Gosse, geb. 1961 in Nördlingen. Die verheiratete Autorin ist Mutter dreier Kinder und als Pastoralreferentin sowohl in der Krankenhausseelsorge als auch in der Erwachsenenbildung tätig. Sie ist Mitglied im Autorenkreis Allgäu. Veröffentlichungen: zahlreiche Beiträge in Anthologien. Weitere Informationen unter www.weigl-gosse.de.

Hans Werner, geb. 1946 in Schramberg im Schwarzwald. Der Autor unterrichtete als Studiendirektor am Gymnasium Schramberg die Fächer Deutsch, Französisch und Musik. Seit 1992 schreibt er belletristische Texte. Von 1972 bis 2002 schrieb er zudem Theater- und Konzertberichte für die Schwäbische Zeitung. Veröffentlichungen: „Aus mir selbst", Gedicht- und Erzählband, Lumen-Verlag, Freiburg, 2003; „Lauras Flucht", Roman, Lumen-Verlag, Freiburg, 2004; „Herbstblumen", Gedichtsammlung, Lumen-Verlag, Freiburg, 2005; didaktisch-pädagogische Hefte über Siegfried Lenz, Gerhart Hauptmann, Franz Kafka, Goethe und Brecht in der Reihe „Deutsch betrifft uns", Bergmoser & Höller-Verlag, Aachen, 1997-2004; „Aus mir selbst", Geschichte, Vorlesebuch, August von Goethe-Literaturverlag, 2008; „Einsame Frau an Weihnachten", Geschichte, Weihnachtsanthologie *Besinnliches zur Weihnachtszeit*, August von Goethe-Literaturverlag, 2008.

Roswitha Marie Wintergerst, geb. in Kempten. Die Autorin, die als freie Poetin mit ihrem Chow-Chow in München lebt, schreibt seit ihrer Jugend Geschichten und Gedichte. Ihr erster Gedichtband „Fröhliche Gesichter“ erschien im November 2009 im August von Goethe-Literaturverlag, Frankfurt/Main.

Sura Sylwia Zaler, Jahre nach dem 2. Weltkrieg als Second Generation des Holocaust in Polen geboren, verbrachte die Autorin ihre Kindheit im Vorderen Orient. Sie ist als Psychotherapeutin, Musikerin und Fotografin tätig. Veröffentlichungen: Beiträge in französischen und deutschen Anthologien und Zeitschriften. 1985 war sie Preisträgerin des literarischen Preisausschreibens für ausländische Autoren in München. Ihr Text „Wintermärchen – Ein Wintermärchen“ wurde erstmals in *Renntag im Irrgarten*, Labyrinth Verlag, Berlin, veröffentlicht.

Inhalt